河出文庫

世界が終わる街
戦力外捜査官

似鳥鶏

JN192277

河出書房新社

目次

世界が終わる街　戦力外捜査官　5
あとがき　334
文庫版あとがき　342
解説　不要という解説　辻真先　348

［登場人物］

海月《うみづき》千波《ちなみ》……警視庁捜査一課火災犯捜査二係所属の新米警部。
キャリア組。
設楽《したら》恭介《きようすけ》……巡査。捜査一課火災犯捜査二係所属。海月のお守役。
麻生《あそう》……巡査。捜査一課火災犯捜査二係所属。設楽の同期。
川萩《かわはぎ》……警部。捜査一課火災犯捜査二係の係長。海月、設楽の上司。
高宮《たかみや》……巡査部長。警視庁捜査一課、殺人犯捜査六係所属。
越前《えちぜん》憲正《のりまさ》……警視庁刑事部長。警視監。
三浦《みうら》……警部補。公安部公安総務課所属。

小寺《こでら》……宇宙神瞠会の後継組織「友愛の国」信者、過激派「十字軍」を率いる。
井畑《いばた》……「友愛の国」の信者。小寺率いる「十字軍」の一人。
仲本《なかもと》……フリーターで、高校中退の元ニート。
名無《なな》し……殺し屋。

世界が終わる街

戦力外捜査官

井畑道夫《いばたみちお》死刑囚の証言

——あなたは宇宙神瞠会《うちゅうじんどうかい》の後継組織である宗教法人「友愛の国」に所属していましたね。

はい。十月二十五日のテロ事件の後、信者の数は半分くらいになりましたが、それでも宇宙神瞠会をやめられない人がたくさんいました。ほとんどがすでに家を出て、教団の施設で暮らしている人で、私もそうでした。家に帰ればテロリスト扱いされると思うと、とても帰る気にはなりませんでしたし。

——他に居場所がなかった、ということですか。

はい。私もそうでしたし、他の皆もそうだったと思います。皆、日本の社会に居場所がなく、信者であることを隠してひっそりと働き、身を寄せあってなんとか暮らしている、といったような状態でした。

——その教団自体も一度解散させられ、「友愛の国」も常に警察に監視されていました。

結局それが、今回の事件の原因だったのだと思います。もうこれ以上、今の日本に期待はできない、それならば皆で神の国に行こう、と。実際にそう主張する人もいました。今の日本は世俗のサタンに染まりきっているし、マスコミは国家権力の言いなりで情報操作をしているし、どこに行っても信者は差別される。こんな国にいてもどうにもならない、と。

——残った信者たちは、昨年のテロ事件の報道はどう受け止めていたのですか。

テレビで報道がされた時、最初は信じられませんでしたが、教祖であるエノク道古《どうこ》が逮捕される姿が映り、本当なんだと分かりました。その時、私は松戸《まつど》の道場にいたのですが、皆、食い入るようにテレビを見つめていました。誰かが「陰謀だ」と言いました。それで、そうかもしれないと思いました。エノク道古は逮捕される前から、教団が国家権力の陰謀によって弾圧されているということと、マスコミは国家権力の言いなりで情報操作をしているということを繰り返し言っていました。私たちもそれを信じていました。だから皆で、陰謀だ、そうだと言いあいました。テロ事件を起こしたのは公安警察で、エノク道古がその罪を着せられて逮捕されたのだと。

——では宇宙神瞠会としては、テロ行為を認めるような雰囲気はなかったのですか。

大半の信者はそうでしたが、一部の信者と、幹部は分かりません。当時聖徒だった小《こ》寺《でら》たちは「革命が必要だ」と言っていました。ラファエル湯江《ゆえ》は反対しているようでしたが、経典である「ご本」には「未開の国民たちを覚醒させるため、大きな改革が必要になります」と書かれていましたし、エノク道古自身も「信仰のための戦いでは犠牲が出ることもあるが、我々がきちんと導けば、彼らは死後に悔い改めてエデンに行く」と言っていました。

——あなたが小寺と親しかったということは、あなたもそう考えていたのですか。

結果としてエデンに招かれるのだし、そのくらいの荒療治も必要かもしれないなと思っていました。

——他にもそういう考えを持つ信者たちがいて、派閥《はばつ》のようなものを形成していた。

はい。「十字軍」と名乗る私たちは、小寺に賛同する信者たちの集まりでした。小寺はラファエルとはうまくいっていないようでしたし、使徒クシエル小寺と名乗っていたのですが、正式に使徒だったのかは分かりません。今思えば、自分で勝手に名乗っていたのかもしれません。

――「友愛の国」内では孤立していた?

おそらくそうだったと思います。いつも自分たちだけで集まっていましたし、小寺の「ラファエルは生温い。あれには真の信仰が欠けている」という主張には、集まった者は皆、賛同していました。ラファエルはエノクが処刑されたらエノクに代わって教団内の権力を握るつもりではないかとか、今回の逮捕もラファエルが手引きをしたのではないかといった話もしていました。そんな男についていったらせっかく高めた聖性が下がってしまう。あれはユダだと。

――自分たちは孤立無援である、と。

はい。

──そこに飯能《はんのう》道場での事件が起きたわけですね。過激化したのはそれがきっかけですか。

そうだと思います。飯能道場の事件の後、誰かがすぐに「冷静になろう」と言っていれば、今回のようなとんでもない事件を起こしてしまうところまでは行かなかったかもしれません。

──飯能道場襲撃事件の犯人は「名無《なな》し」と呼ばれる連続殺人犯ですが、知っていましたか。

ここ最近、宇宙神瞠会の信者を続けて殺している男がいる、ということは聞いていました。信者に殺された娘の復讐らしいという話は、逮捕されてから知りました。当時、たまたま飯能道場に顔を出していた小寺は「名無し」を見て、公安警察が教団を潰すために差し向けた殺し屋だと言っていましたし、現場にいて事件を見ていた私にも、そうとしか思えませんでした。飯能道場襲撃事件の生き残りは皆、「名無し」をプロの殺し屋だと言っていました。あんなに恐ろしい人間は見たことがありません。

——襲撃事件があった時、飯能道場にあなたもいたのですね。事件時はどんな様子でしたか。

夜でした。午後十時頃で、勉強会が終わって皆、食堂で雑談していたと思います。すると、窓の外から、敷地の門が「がしゃん」と鳴る音が聞こえました。何だろうと思って一人がカーテンを開け窓の外を見ましたが、その時は何も見えませんでした。
それから、足音が建物の方に向かって近付いてくるのが聞こえました。私の向かいに座っていた、たしか林田《はやしだ》さんが、「誰だろう」と言いました。こんな時間に郵便も来客もないはずなので、私も少し、おかしいなと思いました。一番入口の近くにいた中森《なかもり》さんが立ち上がり、廊下に出ていきました。

——そこで入ってきたのが「名無し」だったわけですね。

はい。食堂のドアは開いたままだったので、中森さんが応対する声が聞こえました。相手の声は全く聞こえませんでしたが、何か揉めているようで、中森さんの声が荒くなっているのが分かりました。「やめろ」とか「公安か」とか言っているようでした。
それから、壁に何かがぶつかる「どしん」という音が聞こえ、中森さんのものらしき呻《うめ》き声が聞こえてきました。それで私たちは、何かトラブルがあったのだと分かりました。

一番最初に口を開いたのは小寺で、小寺は皆を見回し、「敵だ。攻めてきたぞ」と言いました。それまでも「政府は公安警察を使って教団を監視している」とか「いずれ潰しにくる」と言っていた小寺はすぐに、これは襲撃だと考えたようでした。小寺が「道具を出せ」と言い、たしか辻本《つじもと》さんだったと思いますが、一人が部屋を出て、隣の部屋に隠してあった猟銃を抱えて戻ってきました。その時には、小寺もいつも持っているサバイバルナイフを出していましたし、林田さんも特殊警棒を持っていました。私も立ち上がりはしましたが、とっさのことで動けず、一人だけ手ぶらで立っていました。

廊下からはもう中森さんの声が聞こえなくなっていました。廊下に向かって猟銃を構えた辻本さんが、「何だ貴様」とかいったようなことを怒鳴りながら発砲しようとしました。するとそれより先に、猟銃のものではない銃声が聞こえて、辻本さんが腹から血を出して倒れるのが見えました。仰向《あおむ》けに倒れた辻本さんが椅子にぶつかり、椅子も倒れました。

私は何が何だか分からず、ただ倒れて呻く辻本さんを見ていました。すると、土足の足音がごつりごつりと聞こえてきて、スーツを着て拳銃を持った男が食堂に入ってきました。私は最初、辻本さんを撃ったのが入ってきたこの男だということを認識できていませんでした。それにしては落ち着きすぎていると思ったのです。男は食堂に入ってくると銃をしまい、私たちを見回して「湯江孝太郎《こうたろう》はいるか」と訊きました。一瞬「誰のことだろう」と思いましたが、それが「友愛の国」代表であるラファエル湯江の息子であることに気付きました。

一番入口の近くにいた小林《こばやし》さんが、「何だ」とか何か叫び、警棒を振り上げて殴りかかりました。私のいた位置は小林さんの斜め後ろだったので少し陰にはなっていたのですが、男が手を無造作に突き出し、小林さんの目に突き入れると、もう一方の手で小林さんの後頭部を摑んで、突き入れた親指を目の奥まで押し込むのが見えました。男が指を抜くと小林さんは力が抜けたように膝から崩れ、横向きに倒れるとしばらく痙攣《けいれん》して、そのまま動かなくなりました。

小寺が「公安か」と怒鳴るのが聞こえました。小寺はナイフを腰のところで構えて男に体当たりしようとしましたが、男は軽々と刃先をよけて、気がつくと小寺が殴られて膝をついていました。部屋にいた人間はあと私だけで、男は私の方に来ました。私が動けないでいると、男は私のシャツの襟を摑み、「湯江孝太郎はいるか」と訊いてきました。私は「ここにはいない」と答えましたが、それで相手が納得してくれなかったらと思うと怖くなり、つい、たまたまその時不在だった竹《たけ》ヶ原《はら》さんの名前を出し「竹ヶ原さんなら知っていると思う」と答えました。すると男は私を突き飛ばし、部屋から出ていきました。竹ヶ原さんがこの場にいないことをすぐ理解した様子だったので、この男は私たちのことを知っているのだと分かりました。「名無し」と呼ばれるその男は元警察官だそうで、捜査情報などで私たちのことを知っていたのですね。

――「名無し」はそれで去っていったのですか。

いいえ、その後、天井から物音が聞こえてきましたので、私たちが湯江孝太郎をかくまっていると考えて、二階の各部屋とトイレ等を捜していたのだと思います。しばらくすると階段を下りてくる音がして、廊下を足音が遠ざかっていきました。そのまま座っていると、外の門扉を開け閉めする音が聞こえてきました。その間、床に座り込んだ小寺はずっと「公安が」とか「襲撃された」とか言っていました。

――この事件が発覚したのは、今回起こったいわゆる「恐怖の八日間」の後でした。なぜ通報しなかったのですか。

通報すれば、飯能道場に警察を入れることになるからです。前のテロ事件以来、各地の道場には次々と警察の手が入っていて、皆、警察を中に入れることにすごく抵抗感がありました。それに当時、飯能道場には警察に見られるとまずいものがありました。猟銃の保管状態もそうでしたし、小寺は拳銃などの武器も隠しているようでした。また、小寺たちが常用していたマナも保管していました。

——教団の言う「マナ」というのは、つまり覚せい剤のことですね。

はい。すみません。そう言うべきでした。

——あなたも「マナ」つまり覚せい剤のことは知っていた。

はい。小寺たちは常用していましたが、私はあまり好きでなく、時々分けてもらう程度でした。でも今思えばそのことが、私が今ここでこうしている原因になったのではないかと思います。

——飯能道場に覚せい剤があることは知っていた。

はい。小寺以外の人たちも皆知っていたと思います。それで「警察は入れない」ということにすぐ同意しました。とにかく、小寺が一番強硬に「警察に通報するな」と主張しました。襲撃してきたのは公安の殺し屋で、だから通報しても警察は何もしてくれない、それどころか捜査を口実に家捜しをするに決まっている、と。

——それで、小林の死体を秩父《ちちぶ》に埋めた。

そうするしかありませんでした。重傷の二人は、信者の荻野《おぎの》医師を呼んで自分たちで手当てしました。今思えば、この時点で私たちはだいぶおかしくなっていたのだと思います。

——襲撃犯人である「名無し」の印象は。

それが、全く印象に残らない男でした。普通のスーツに灰色のネクタイで、四十歳くらいだと記憶しているのですが、顔は平凡すぎてよく覚えていません。

ですが、あれははっきり言って怪物でした。あの時もし何か少しでも抵抗していたら、私も簡単に殺されていたと思います。

（七月二十九日　東京拘置所）

1

東京の鉄道には無数のお願いが溢れている。階段では「下り優先」「左側通行にご協力ください」ホームに下りると「この付近には立ち止まらないでください」「キャリーバッグ等はお気をつけの上」「携帯電話等を操作しながらの『ながら歩き』は」「二列に並んでお待ちください」電車が来れば「降りる方優先で」「前の方に続いて順序よく」「左右を見て少しでも空いているドアから」「乗車後はドア付近で立ち止まらず車両中ほどまでお進みください」「座席に荷物を置かずお一人様一人分で」「足を投げ出して座られますと」「ドア付近の方は一度ホームにお降りになり再度」と、始終お願いのされ通しだ。それ以外にも乗客たちの間で暗黙の了解になっているルールがある。駅では、人の流れの中で立ち止まってはならない。斜めに動いてもならない。流れに合わせた歩行速度を維持しなければならない。自動改札は歩調を緩めず速やかに通過できなければならない。Uターンや一旦停止をしたい場合は徐々に軌道を変え、柱の陰などで流れをかわしてからタイミングを見計らって歩き出さなければならない——高速道路上の自動車より厳しい。無論、個々のルール自体は事故を避け快適な利用を実現するための至極合理的かつまっとうなもので、東京の電車に一度でも乗ってみれば、むしろ守っていない奴に苛立つことになるのだ。しかし総体として見ると、随分と積もったものだと思う。窮屈《きゅうくつ》だ。そして多すぎる。詰め込まれ、肩同士をぶつけあい、犇《ひし》めきあっている。ルールも電車も人間も。

そういう人の流れの中では弱者は簡単に呑み込まれて消える。ここでいう弱者とは体の小さい人間、体力のない人間、性格がおっとりしていたり人ごみを歩くことに慣れていない人間のことだ。そして困ったことに、俺の同行者はそのすべてに当てはまる。

俺は溜め息をついて後ろの人ごみを振り返った。人の頭と頭とマフラーと頭と帽子。立錐の余地なしで、上を泳いでいった方が楽そうだ。俺は一応身長がでかい方なのでJR品川駅四番線ホームの人ごみは遠くまで見渡せたのだが、三十秒前に姿を消した同行者の方は、大人ばかりのこの空間ではシベリアンハスキーの群れに紛れたチワワといったサイズである。すでに完全にロストしてしまっており、背伸びをしても見つけようがなかった。

それにしても人が多い。港南《こうなん》署の捜査本部に参加していながら諸事情により本部への使い走りに回されていた、というあまり笑えない状況なのだが、午後一時過ぎという時間のわりにホームは縁日なみになっている。品川駅はもともと一日中人が多いとはいえこれは少し異常で、向かいの五番線ホームに東海道線の車両が停まったままであることを考えると、何かの都合でダイヤが乱れているらしい。天気予報では氷点下まで冷え込むということだったが、周囲は人いきれでマフラーを巻いていると暑く、人波の上の空間は体温による熱対流でゆらめいているように見える。

行き交う人間にぶつからないよう柱にぴたりと背をつけて周囲を見回す。同行していた海月《うみづき》千波《ちなみ》警部の姿はない。方向音痴の運動音痴で通常の捜査能力はゼロ、運転をすればぶつけるし張り込みが夜十一時を過ぎると眠気でふにゃふにゃにとろけ始める、というどうしようもない人だが、それでも一応キャリアであり、諸事情により越前憲正《えちぜんのりまさ》刑事部長の密命を受けて捜査一課に配属されている重要人物でもある。どうも話を聞くに越前刑事部長の親戚でもあるようで、だから「品川駅に落っことしてきました」などということになったら俺が大目玉をくらう。

ひと通り見回したところで一つ気付いた。ホームの大井町《おおいまち》方向、自動販売機の前あたりで、人波が不自然に膨らみ、空間ができている。

……てんじゃねえよ。……ろっつってんだよ。……のかよ。

はっきりとは聞こえなかったが、ありゃ揉め事だな、というのは声の調子だけですぐに分かった。それほど歳のいっていない男。声の感じからして、真昼間から酒が入っているようだ。相手の怒鳴り声も聞こえたなら喧嘩《けんか》だが、そうではないとなると、誰かに一方的に絡んでいるらしい。

面倒だなと思った。職務上放っておくわけにはいかないが、すでに周囲に空間ができている段階である。じきに駅員が来る。雰囲気からしてまだただの「揉め事」レベルだろう。駅ではよくあることで、駅構内での事件の管轄は鉄道警察隊だ。刑事部の人間が出しゃばることもないだろう。俺はそれより、早く海月警部を発見しなければならない。

しかし俺は揉め事の空間に向かって、人をかき分けながら歩き出していた。なぜなら。

「……海月さん」

中学生か高校生のようなベージュのダッフルコートに声をかけると、そのくらいの子供にしか見えない美少女顔の女性が振り返り、ぱっと笑顔になった。

「設楽《したら》さん」海月は眼鏡を直し、なぜか説教口調になる。「どこに行っていたんですか？　捜してしまいました」

「どう見てもこっちの台詞です」ここに来るまでの間だって三十秒に一回は流されていたくせに、こちらが迷子になったかのように言わないでいただきたい。「いったい何回いなくなるんですか。もう、はぐれないように俺の尻尾《しっぽ》摑んでてください」

「設楽さん、尻尾があったのですか」

「冗談です。真に受けないでください」後ろに回り込もうとしてくる海月を押しとどめる。「それより警部、あれ見つけて寄ってきましたね？」

俺が後ろの揉め事を指して囁《ささや》くと、海月は肩がぶつかった男性にすみませんと頭を下げ、それから頷いた。「はい。設楽さん、あれは事件の端緒だと思うのですが」

そんな難しい言い方をしなくてよろしい。「揉め事《ゴタ》ですね。……一応、分けますか」

「やはりですね。揉めている感じの声がしたので、そうではないかと思ったのです。おかげで事件の端緒を見落とさずに済みました」海月はまた肩にぶつかられてすみませんと謝ると、なぜか得意げにふふん、と笑った。「わたしは最近、刑事の勘というものが少しずつ利くようになってきた気がします」

「何を言ってるんですか」

誰がどう見たって揉め事だ。しかし海月は得意満面で人波をかき分けようとし、かき分けきれずにぶつかられてふらつき、どんどん揉め事の方向に移動していってしまう。俺はもう一度溜め息をついて続いた。捜査能力はゼロだが仕事熱心なのだ。揉めている人間や困っていそうな人間を見つけると、ビルの屋上だろうが川の対岸だろうが真っ先に寄っていく。もちろんそれは警察官として正しい姿であるし、俺が今、彼女を見つけられたのもその性質のおかげである。だから俺も続いた。

「『ああ』じゃねえよチョンカスが。人間に分かる言葉で喋れよ」

「どうせ痴漢しに来たんだろ。てめえらのせいで日本人が痴漢冤罪《えんざい》になるんだよ」

「こっち向いて息してんじゃねえよ。キムチ臭えんだよ」

胸の中に腐臭が広がる感覚があった。坊主頭の若い男が韓国人らしい中年の男性を自動販売機の側面に追いつめ、唾を飛ばし、首に青筋をたてながら罵声を浴びせている。外国人に対して通り過ぎざまに罵声を浴びせる、などの事案は聞いていたが、ここまで執拗に一人に絡むのは初めて見た。絡んでいる方の男はやはり酔っ払っている。周囲の人間たちはというと、ああいうのには関わるまい、と顔を伏せ、膨らんで距離を取りながら足早に通り過ぎている。

「暴行と言うには微妙なところですね」隣の海月が、前の二人を観察して言う。「なら侮辱罪とかでもいいでしょう。普通なら分けて終わりですが、ヘイトクライムですからね。きちんとした方がよさそうだ」

俺が前に出ようとすると、海月が俺の袖を引っぱって囁いた。「設楽さん、これ、侮辱罪でいいのですよね？」

腰を曲げて耳元に囁き返す。「なんでそこで悩むんです。どう見てもそうでしょう」「言われている方は日本語が分かっていないようなのです」海月は首をかしげた。「相手が何を言われているか分からなくても侮辱罪は成立するのでしょうか。判例上は、侮辱罪の保護法益は外部的名誉であるとする見解をもとに、昭和五十八年……」

「いらんこと悩まなくていいんです」いちいちそんな頭でっかちになっていたら現場が回らない、ということを、この人はいつ学習してくれるのだろうか。「そういうのは最高裁の先生方がやりますから、俺たちはとりあえずしょっぴいときゃいいんです」

俺は罵声を浴びせている方の男の肩を叩いた。「おいこら。やめろ」

「ああん？」

男は酒臭い息を吐きながら赤い顔で振り返り、思ったより俺がでかいことに気付いたのか一瞬ちらりと視線を彷徨《さまよ》わせたが、すぐに眉を八の字にして睨《ね》めあげてきた。「んだよてめえ」

「警察だ」コートのポケットから手帳を出し、「見えなかった」と言い訳のできない距離に突きつける。「ちょっと駅員室来てもらうぞ。暴行の現行犯だ」

男は一瞬怯《ひる》んだ様子で俺を観察したが、すぐに顎を突き出して虚勢を張る。「ふざけんなよ。何もしてねえよ」

「じゃあ侮辱罪の現行犯だ。とにかく駅員室来い」

「設楽さん。侮辱罪の法定刑は拘留または科料ですから、住居もしくは氏名が明らかでない場合または逃亡するおそれがある場合でないと現行犯逮捕は」*

「いいんですってそういうのは。どうせ逃げますよこういう奴は」味方なのに被疑者と一緒になって言いがかりをつけてどうする。

「それと侮辱罪は親告罪ですので、一応」海月はきょとんとしている韓国人の男性に話しかけた。「당신은《タンシヌン》 모욕되었습니까《モヨットウエオッスムニカ》？」

男性が何度も頷く。「예《イエ》、예《イエ》」

「처벌을《チョボルル》 기대합니까《キデハムニカ》？」

「예《イエ》. 부탁합니다《プタカムニダ》」

「警部、何話してるんですか？」

「告訴をとりつけました」海月は真面目な顔で振り返る。

「今ので？」

「ふふふ。設楽さんは知りませんでしたね？」海月は得意げに胸を反らせる。「実はわたしは韓国語ができるのです」

「いつ勉強したんです」

「NHKの外国語講座を欠かさず見ているのです」

それだけでできるものだっただろうかと思うが、そこはたいして問題ではない。俺は被疑者の男に言った。「とにかく、お前は駅員室来い」

「はあ？　誰がだよ。不当逮捕だよ」男は赤い顔で言い、ちらりと海月を見ると三白眼で俺を睨んだ。「だいたいてめえ、警察官のくせにチョンカスとつきあってんのかよ」

「いいえ。わたしは警視庁捜査一課」

「いいですよ名乗らなくて。どうせ信じてもらえませんから」律義に説明しようとする海月を止める。

初対面で海月を警察官だと思う人間はまずいないし名乗っても信じない。ひどい場合は警察手帳を見せても「偽物だ」と言われたりする。まあ、捜査員としては悪くない特

＊　原則的に三十万円以下の罰金・拘留・科料にしかならない罪の場合、いつでも現行犯逮捕できるわけではない（刑事訴訟法二一七条）。だが、こんな軽い刑なのは侮辱罪くらいしかなく、極めて例外的な場合にのみ出てくるルールである。現行犯を見つけたら遠慮なく逮捕しましょう。

微である。

　男の肩に手を置く。「いいから黙って来い。現行犯だ」

「うるせえよ」男は俺の手を振り払い、足を蹴ってきた。「在日だろてめえ。税金で給料もらってんじゃねえよ」

　俺の頭の中で「よし蹴った」と、ある種のランプが点灯した。要件は充足した。

　もう一度蹴ってきたので足を上げてカットし、掌底で軽く耳を打ってぐらつかせてから後ろに回ってアームロックをかける。たいして強く締め上げてもいないはずだが、男は悲鳴をあげた。

「公務執行妨害な」

　背中に回した男の腕を固め、それから海月を見て言う。「ややこしいこと言わず、こうしときゃいいんですよ」

　痛え放せチョンカス、と少ない語彙《ごい》でわめく男を無視し、自動販売機に押しつけて後ろ手錠をかませる。手錠を使うほどの事件ではないのだが、酔っ払いは手加減や躊躇《ちゅうちょ》がないので、両手を自由にしておくと危険なこともある。いきなり目を突いてきたりするのだ。

　わめかせるだけわめかせながら自動販売機の横腹に押しつけていると駅員が来た。その両側を挟むように、「鉄道警察隊」の腕章をつけた制服警官も二人来た。随分早いなと思ったが、そういえば品川駅には鉄道警察隊の連絡所があった。そこから来たのだろう。

「どうしました」

「公妨《こうぼう》です。……火災犯捜査二係の設楽です。通りかかりました」男を押しつけながら片方の手を空けて手帳を見せ、それから傍《かたわ》らに突っ立っている被害者の男性を顎で示す。「もともとはこの人に対する侮辱。逮捕過程で公妨。ヘイトクライムなんで、扱いはそれなりに願います」

俺は平巡査だが、本庁捜査一課、と言うとやはり一応の反応はある。鉄道警察隊の二人は背筋を伸ばして敬礼をし、代わります、と言って男の手首を摑んだ。男はまだ「税金泥棒」とか「チョンカスの味方をするのか」とかわめいていたが、被害者の男性を含めてもう誰も相手にしていなかった。驚くべきことに他の通行人たちも、遠巻きに携帯で撮影している者が二、三名見えるだけで、こちらを特に見もしない。皆、揉め事に慣れているのだろう。鉄道警察隊員二名に挟まれた被疑者と駅員に促された被害者の男性が歩き出すと、あっという間に人波が元に戻り、おかげで人ごみを歩くのが苦手な海月は早速ぶつかられて出遅れてしまった。はぐれないように後ろを見ながら、階段方向に向かう人の流れに乗る。

もともと俺たちは使い走りの途中だったのだから、正直なところここの鉄道警察隊連絡所で事情聴取のため留め置かれるのは困る。とはいえ急ぎの用事ではなかったし、小さい事件だが検挙一、ではある。公務執行妨害のこともあるので、俺たちがいなければ鉄道警察隊の二人も困ってしまうだろう。行く予定だった使い走り先には遅れますという電話を一本入れ、さっさと事情聴取を済ますべきだ。

だというのに、海月は人波に流されて早速後方にロストしかかっている。その間に前の五人はさっさと階段を上っていってしまう。もう手を引いて連れていこうと思い、人波をかわすためホームの端に出た時、俺は突然横から強くぶつかられた。

体の重心が傾き、黄色い線を大きく踏み越えた。ホームから落ちそうになってぞっとする。

「設楽さん」海月が飛びついてきて俺のコートにしがみついた。

「うおっ、ちょっと」

引っぱろうとしてくれたつもりなのだろうが、いきなり変な所にしがみつかれたので逆にふらついた。向かいのホームに停まっている車両の車輪と、バラストの敷かれた地面とレールが視界に入る。落ちる。

またか、と思った。この海月警部と組んでからというもの、俺は様々な場所から落下している。木の上、崖の上、アパート二階の床に開いた穴から落下したこともある。また落ちるのか。

反射的に右足を強く踏んでいた。踵《かかと》に地面の感触がなく踏み外したかと思ったが、爪《つま》先《さき》側が半分ほどホームの端に残っていてくれた。急いで体勢を立て直す。落ちずに済んだ。

と思ったら、短い悲鳴を残して海月が落ちた。

「あっ、ちょっと警部」

自分が落ちてどうする。俺は慌ててホームの端に膝をつき下を見る。一メートル少々下方にいる海月は見事にレールの上に落下しており、呆気にとられたようにぺたんと座り込んでいる。

「警部」

「設楽さん。わたし、落ちました」

「見りゃ分かります」

さっさと上がらないと非常ベルが鳴らされて電車が停まる騒ぎになってしまう。そう思って左右を見たところでぎょっとした。ホームの屋根の途切れる先、日の光の中を、水色のラインが入った京浜東北線の車両が近付いてきている。

「やばい」

そういえばさっき「まもなく電車が」というアナウンスが流れていたのだ。俺は左右を見る。少し離れた柱に黄色い非常ベルのスイッチが見えたが、人が多すぎてあそこまでは行けない。

「電車来ますよ。早く上がって」下を見て海月に怒鳴る。それからホームを振り返ってもう一度怒鳴った。「人が落ちました。非常ベルを押してください」

周囲の人が歩みを止め始める。誰かが非常ベルを押してくれたらしく、びいいー……

という音が長く続いた。その間にも車両は迫ってくる。俺は下を見た。海月はホームに手をかけてはいたが、上がれそうな気配が全くない。

「け……海月さん。何してるんです早く」警察官だとばれない方がよさそうなざまである。

「設楽さん、上がれません」

「ええっ？」

ホームの高さは一・五メートルもないのにと思ったが、よく考えてみれば海月の身長の方も一・五メートルあるかどうか怪しいくらいなのだ。彼女にとってはかなり高い。もちろん普通の警察官なら簡単に這い上がれる高さだが、それでも懸垂めいた動作が必要になる。そんな動作を海月に求めようがないことに気付き、俺は初めてぞっとした。

電車のブレーキ音が聞こえてきた。見るともうホームに入ってきている。

「ちょっ、海月さん早く」

身を乗り出して両手を差し出し、海月の両手首を摑む。だが思いきり引いても、両膝をついたこの姿勢で、俺の力だけでは彼女を引き上げられない。「おい危ないぞ」という怒鳴り声が聞こえた。

「早く。足で蹴って上ってください早く」

「設楽さん、ここ段がありません」

「いいから早く体を持ち上げて」

「いえ段がないんです」

海月の言う「段」のイメージが今ひとつ摑めない。しかし一向に上がらずじたばたしている彼女から視線を上げると、車両前部が予想外に近くまで迫ってきていた。反射的に身を引こうとし、とっさに思い直して海月の手首を握り直す。放してしまえば海月が一人で轢《ひ》かれる。だがこのままでは俺も巻き込まれる。

「くそ」

もう仕方がない。俺はホームの縁から下に向かって飛び降りた。海月は軽い。さっと抱えて逃げるしかない。

線路の上というのはいつもホームの上から見ているのに絶対に立ち入らない領域だ。すとんと着地した瞬間、俺は一方通行を逆走している時のような不安感を覚えた。もちろんそれは錯覚だ。客観的には、いかに遠く思えてもたった一・二メートルほど下の空間に下りたに過ぎないし、毎日、線路上で作業している人間だっている。実際、線路に下りてみても、何かめくるめく光景が展開されるわけではなかった。

だが下りてみて気付いた。このホームの下には退避スペースがなかった。目の前にはダムのようにまっすぐにコンクリートの壁が続いている。左右を見ても、ずっと先まで容赦なく壁が続いていて、逃げ込めそうなスペースが全くなかった。背後、隣の線路上には東海道線の車両がまだ停まっている。飛び降りたホームを下から見る。近くにいる何人かがこちらを見下ろして何か言っている。助けてくれ、と言おうとしたが、海月を抱え上げ、それから俺が這い上がるのでは間に合わない。海月を引き寄せて周囲を見回す。右からは車両が迫る。左へ走ってもホームの端までは遠すぎる。けたたましいブレーキ音が耳一杯に鳴り響く。車両が迫ってくる。こうなったら隣の車両のどこかに張りつくしかないと振り返ったが、隣の車両は動き始めていて、非常ベルを聞いて停まるにしてもまだ時間がかかりそうだった。鉄の車輪が容赦なく目の前を通り過ぎる。

「おい……」

ちょっと待て、と言いたかった。前は塞《ふさ》がっている。右も左もだ。後ろも塞がっている。どこにも逃げられない。

車両が迫ってきた。ホームの上から見ていた時よりはるかに巨大になった鉄の塊が、まっすぐ押し潰しにくる。冗談じゃない。いつものホームからたった一・二メートル。すぐそこに下りただけなのだ。なのに死ぬ。周囲の景色がスローモーションになるのを感じた。ブレーキの甲高い音を聞きながら頭の中が急速に白濁化してゆく。こんな簡単に俺は死ぬのか。

「伏せてください」

いきなり海月が俺の頭を押さえつけた。「レールの間に。頭を下げて」

本気か、と質《ただ》している暇はない。俺は海月と向かい合わせになってレールの間にうつ伏せになり、地面に敷かれたバラストがごりごりと頬に当たるのも構わず顔を地面に押しつけた。体はできる限り伸ばして低く、上に出っ張っている部分がないように。海月もコートのフードを押さえている。車両の起こす風に吹き上げられて衣服のどこか一部分だけでも巻き込まれれば、引きずられて車輪にぶつかりずたずただ。あとはもう祈るしかなかった。顔の前で鈍い色に光る金属のレールに向かって、神様、とだけ繰り返した。

目を閉じると同時にがりりという音が聞こえ、体がすっと冷えた。轟音《ごうおん》と震動の中で、後頭部の髪の毛が風で煽《あお》られている感触がある。

「……したらさん。設楽さん」

はっとして目を開けると、暗い影の中、すぐ前に海月の顔があった。

「設楽さん、大丈夫ですか？　手や足はなくなっていませんか」

「あ……いてっ」

頭を上げようとしたら後頭部が硬い何かにぶつかった。バラストで頬を擦りながら首を捻《ひね》ると、すぐ鼻先に車両下部の機械部品が迫っていた。何かの焼ける焦げくさい臭いがする。あとほんの二、三センチの隙間しかなかったのだ。だが手も足も動く。

「警部……は、大丈夫ですか」自分の全身ががちがちに緊張していることに気付く。もう少しでいともあっさりと死ぬところだったのだ。

「はい。健康です」海月はほう、と息を吐いた。「……危ないところでしたね」

「……ええ」

「車両の位置が高くてよかったです。低かった場合、わたしたちは一緒に轢かれて、どちらがどちらだか分からなくなっているところでした」

「さらっと黒いこと言わないでください」頭上の車両が動き出すのではないかと怖く、俺は地面のバラストに額《ひたい》を押しつける。

車両は完全に停まっており、頭上ではざわめきが起こっている。周囲の通行人たちも状況を把握したらしく、上から声が降ってきた。「おい、大丈夫か」

「健康です」海月が答える。よくこんなに落ち着いているものだ。

「健康だってよ」声が聞こえ、ざわめきが大きくなる。

海月がこちらを見る。「ですよね？」

「そうです」確かめてから答えてほしい。

「何よりです」海月は俺と同じく、芋虫《いもむし》のように伏せたまま言う。「ですが設楽さん。助けにきていただいたことに関してはお礼を言いますが、同時にこれも言っておかなければなりません。線路上に人が落ちた時は列車非常停止装置を鳴らすべきであって、自分も下りてしまうべきではありません。二次災害につながりますよ？」

「申し訳ありません。ですが警部だって上がれなかったじゃないですか」

「わたしはわたしでなんとかします。設楽さんの方が体が大きいのですから危険です」

「なんとかなったんですか？　これ、たまたま車高が高かっただけでしょう*」

上から声が降ってきた。「なんか揉めてるぞ」揉めている場合ではなかった。このままでは電車が動かせない。ダイヤが乱れた分だけJRの損害が大きくなっていく。そのことに思い至って背筋が冷えた。ぶつかられたせいとはいえ電車を止めてしまった。これは非常にまずい。

しかし、とっさに動こうとした俺は後頭部を車両下部にぶつけた。ごいん、という派手な音が響いた。「いてえ」

「頭を上げては駄目ですよ」海月は聞きわけのない患者を諭す看護師の口調で言う。

「……ところで設楽さん。わたしは一つ、気になったことがあるのですが」

「はあ?」頭をさすろうにも腕を上げるスペースがない。

俺は続きを待ったが、海月はなぜか言わず、「広いところでお話しします」と言って黙ってしまった。確かに、込み入った話をするには少々狭すぎる場所だ。

＊　この方法で助かる確率は低い。よい子は真似をしないように。

2

日配品の品出しは単純作業なので、気が楽といえば楽だ。レジ接客は気が重い。嫌な客が来る。金を投げ出すように放る奴。ほんの十数秒も待てないで「遅えよ」と怒鳴る奴。煙草の銘柄を「セッタ」とか「マイセン」とか、こちらに分からない略語で言う奴。マイルドセブンなんてとっくの昔に名前を変えているし、そもそもそれだけでは何ミリグラムのやつなのか分からない。だから棚に番号をつけているのに、それを無視する。頭が悪いのだろう。大抵はちゃらちゃらしたヤンキー系か、教養のなさそうなじじいだ。なのにまわりの奴らは、レジで何かあると僕の方が悪いように言う。「仲本《なかもと》君の声が小さいから」「なんでボソボソ言うの」「もっとハキハキ笑顔で喋れないの」——想像力がないのだと思う。態度の悪い客相手に上手に作り笑顔ができる能力などというものが、誰にでも自然に備わっていると思い込んでいる。それが苦手な人間はどうしろというのだろうか。コミュニケーション能力コミュニケーション能力と、おっさん連中は狂ったようにそればかり繰り返す。日本人のコミュニケーション能力崇拝は異常で、それさえあればどんなに無能だろうがクズだろうが構わない、と言わんばかりだ。あれは生まれつき恥の概念がない馬鹿か、顔がいい奴か、あるいはこちらの外見的特徴をとらえて虐《いじ》めてくるクズがまわりに存在しない幸運な学生時代を送れた奴がたまたま身につけるものに過ぎないのに。

そして世の中には喋っていないと耐えられないという人種も多くて、レジに入っていると、客足が途絶えた時に大抵どうでもいい話題で話しかけられる。そのたびに作り笑いをして話を合わせなければならないのだが、こちらが苦労しているかもしれない、ということは誰も想像してくれない。「ああ」とか適当に頷いていると、露骨につまらなそうな顔をして喋るのをやめる。勝手にくだらない話を振っておいて、こちらが作り笑いを見せなかったことが不満らしい。自分がいかに勝手かは考えもしない。そういう点からもレジは嫌いだった。

掃除はまだいい。品出しや検品も一人でやれるから、それでもいい。でもそればかりしてはいられない。六時間のシフトを一度もレジに入らずに済ませられるわけがない。だから掃除や品出しに回った時はいつも、できる限り時間をかけてやろうとしているのだが、そうしていると今度はレジの方から「遅えよ」と怒鳴られる。

午後便の弁当の品出しはもうほとんど済んでしまっていて、早く退勤にならないかと思って店内の時計を見ても、ろくに針が進んでいなかった。もっとも午後七時あたりから客が増えてどうせレジに入らなければならなくなるから、ここで時間をかけてもあまり意味はないのだ。僕は空になったコンテナを積んでレジの方に戻った。

それでも今日は一緒に入っているのが古関《こせき》さんだから、レジもそれほど苦痛ではなかった。古関さんは黙っている僕に絡んでこないで放っておいてくれるし、僕がミスをしても勝田《かつた》や店長みたいに「使えねえな」などと言ったりせず、優しくフォローしてくれる。それにちょっと可愛い。大学院生だというから、やはり教養の差だと思う。これが勝田だと最悪で、わざと派手に舌打ちしてから「使えねえな」「ボソボソ気持ち悪い上にやる気もねえのかよ」「馬鹿だろお前？」と好き放題言う。客が来るか勝田が攻撃に飽きるかするまで、ひどい時は二十分も俯《うつむ》き続けて嵐が過ぎ去るのを待たなければならない。

だが、空になったコンテナを持って古関さんのいるカウンターの内側に戻ろうとしたら、嫌な声が聞こえてぎょっとした。その勝田がいたのだ。カウンターに肘《ひじ》をついて、中の古関さんに話しかけている。

今日はシフト入っていないはずなのになんでいるんだよ、と思ったら、勝田の方が振り返った。「あ、ロリコがいる」

僕は衝撃でほとんどコンテナを落としそうになった。私服だし、どうやら休みなのに、古関さんと喋るためにわざわざ店に来たらしい。最悪だ。

「仲本君、ロリコって呼ばれてるの？」古関さんが訊く。勝田を嫌がっている様子はない。

「ああ、こいつロリコンだから」勝田が薄笑いを浮かべながら僕を親指で指し、振り返った。「な。ロリコン」

違う、と言いたかったが、勝田の押しつけるような口調のせいで声が出なかった。古関さんが僕を見る。「そうだったの？」

いえ、と言って首を振る。

「否定すんなロリコン」勝田はにやにやしながら大きな声で言い、古関さんの方に身を乗り出す。「いや、こいつの鞄の中見たことあるけど、なんか小学生くらいの女の子が露出度高い服着て笑ってるマンガのタオル入ってんの。だから正真正銘本物。アニメオタクだし」

アニメが好きだからってなぜロリコンになるのか。それに〈魔装天使クラン〉は誰もが知っている名作だし、内容は奥が深くて勝田ごときじゃ到底理解できないような大人向けの作品なのに。だがそれを言っても「ほらやっぱりオタクだ」と言われるだけだった。くそったれ。持っているコンテナに向かって「死ねよクズ」と心の中で呟く。

「まあ趣味は自由だけどね。でもうちの店、小学生の客とかも結構来るじゃん？　女の子来るたびにこいつが何かしねえかってひやひやもんだから」勝田は笑いながら僕を犯罪者扱いする。

「やめなって。仲本君は犯罪とか、しないよ」

古関さんはそう言ってくれたが、あまり真剣に窘《たしな》める様子はなく笑いながらだった。それに、なし崩し的に「ロリコン」というところまでは本当だと思われてしまっているようだった。もちろんそれが勝田の狙いなのだろう。よくある手だが、防ぐ方法がないのが腹立たしい。

勝田は古関さんに気があるらしく、なんとかして古関さんの周囲にいる自分以外の男の印象を悪くしてやろうといつも腐心している。冗談めかして他人にシャレにならないレッテルを貼るのが主な手口で、否定すれば「必死に否定するのが怪しい」と言ってグレーゾーンにもっていこうとする。どうせこちらが本気で怒ったら、今度は「冗談で言ったのにキレる、空気の読めない奴」呼ばわりするつもりなのだろう。死ねばいいと思うし、バレないなら、いやバレても逮捕されないなら、今日にでもすぐ殺してやるのにと思う。やろうと思えばレジにあるものでも殺せる。頸動脈を狙えばカッターで切っても、ボールペンで刺してもいい。

だが実のところ、こいつ一人殺してもどうにもならないのだ。現代日本にはこういう奴が無数に、どこにでもはびこっている。僕のこれまでの人生でも、小学校、中学校、高校、どこに行っても一人は必ずいた。大抵はクラスの人気者の取り巻き、といったポジションで、人気者と一緒のグループ、という権力をフルに使って下位カーストの人間を虐める。そうすることで自分の優位を実感しているのだろう。それを咎《とが》めてくれる人は一度も見たことがない。笑いながらでも窘めてくれた古関さんはかなりましな方だ。

「じゃ。……おいロリコ。しっかり働けよ」

　勝田は笑いながらそう言い、自動ドアから出ていく。そんなことしなくていいのに古関さんは微笑《ほほえ》んで手を振っていた。

「よく来るよね。休みなのに」古関さんは苦笑して言う。「品出しありがとう。……別に、アニメ好きだっていいと思うよ」

　古関さんは気を遣ってそう言ってくれる。僕は、いえ、と口の中で言って、コンテナを下げにバックヤードに入った。

　分かっている。古関さんが気を遣ってくれるのは、いじめで高校を中退した後ニート、という僕の経歴を知っているからだ。


　バイト先を探す時に家の近くのコンビニを避けたとはいえ、午後九時上がりでも九時半過ぎには家に着く。本当はどこかで遊んで帰りたいけど、金もないし、遊び方も分からない。

　うちは七時には夕食なので、九時半に帰るともう皆、ばらばらになっている。母親は台所にいるかテレビを見ている。父親はまだ帰っていないか、酒を飲みながらリビングにいる。妹は部屋に籠《こも》っているから何をしているか分からないが、前に見た時は寝そべって携帯をいじっていた。

　ただいま、と最小限の声で言って玄関に上がる。靴を脱ぎ捨て、最小限の歩数で階段に向かう。昔は母親が顔を出し、夕飯はいるのか、といちいち訊いてきたが、「いらない」と何度か答えているうちにそれもしなくなった。廊下でやりとりをしていると帰宅している父親が顔を出しかねないので、この方がありがたい。

可能な限りの早足で階段を上る。提《さ》げているコンビニの袋ががさがさと鳴る。もちろんバイト先ではなく、帰りに別の店舗で買ってきたものだ。以前は外の牛丼屋などで食べていたが、買って帰ってパソコンの前で食べる方がいいと気付いて、そうすることにした。

廊下の洗面台で手を洗っていたら、運悪く妹が出てきた。

妹は僕を見ると顔をしかめ、首まわりの伸びたスウェットの上から腹をぼりぼり掻きながらトイレに入り、ばたんと苛立たしげにドアを閉めた。風が起こり、芳香剤の押しつけがましい匂いが鼻をかすめる。

何を苛ついていやがる、と思う。本来、怒っていいのはこっちの方だ。兄が仕事から帰ってきたのに「おかえり」の一言もないどころか、縁起の悪いものを見たかのような顔をする。なぜそちらが被害者面なのか。

僕は自室のドアを開けて中に滑り込む。パソコンデスクまでは三歩。自分の椅子にどかりと座ると同時に電源を入れる。起動までの間に買ってきたコンビニ弁当を袋から出す。真冬だからすでにだいぶ冷めていたが、電子レンジは台所だからどうしようもない。

ドア越しにトイレの水の流れる音がして、妹が乱暴にドアを開けるのも聞こえてくる。

僕が高校に行っていたくらいの頃まではまだ可愛いところがあったのに、女子高生になってから急速にひどくなった。汚い言葉遣い。余計な化粧。長々と洗面台を占領する。親に何か買ってもらおうとする時だけ猫撫で声を出す。外では可愛く作っているのだろうが、家の中ではおばさんそのものだらしなさで、実際におばさんである母親の方がましなくらいだった。そして僕を毛嫌いしている。「高校中退の元ニートでフリーター」の兄がいることが自分の経歴上の汚点である、というふうに振る舞っている。何が経歴だ。子供のくせに。

それは母親も似たようなものだった。高校に行かなくなった時は心配もしてくれたが、中退して半年もすると「大学には行かないのか」とプレッシャーをかけ始め、「露骨に暗い顔をしてみせる」という、他とは違うやり方で僕を追い立て始めた。就職活動をしてみる。免許を取る。コンビニでバイトをする。僕が何か行動を起こせば一時的に、人格が変わったように明るく優しくなるが、また三ヶ月もすると暗い顔に戻る。コンビニでバイトを始めてからそろそろ五ヶ月。効果はとっくに切れていて、最近は声もかけてこない。父親はもっとひどい。キレると怒鳴ってきて怖いので、家の中でも父親だけは慎重に避けなければならなかった。だが、部屋にいれば大丈夫だ。ドアには鍵がかけられるから、いくらキレても入ってはこられない。

そういう苛立ちを遮断してパソコンの画面に意識を集中させる。ネットにつないでも、特に楽しいサイトはない。惰性で各掲示板を回っているだけだ。ネットゲームも無課金だと課金ユーザーに絶対勝てないようになっているから、たいして面白くない。つまらないな、という気持ちを無理矢理抑えてマウスをクリックする。将来自分はどうなるのか、という不安も湧いてくる。二十二歳。高校中退。ニート歴四年あり。今はコンビニのバイト。ヘッドフォンをしてそれも遮断する。

3

「ＪＲからは連絡があった。京浜東北線下りに三十五分の遅れだそうだ。他人にぶつかられて落ちたということに加えてもともと遅れていたということもあるから、貴様らが損害賠償請求されることはないようだ」デスクに座る川萩《かわはぎ》係長は、俺と海月をぎろりと見上げた。「ホームでの検挙に協力した直後のことだしな」

「それは助かりました」海月は下方から照射される係長のプレッシャーなどまるで気付いていない様子で笑顔になる。「行きずりの案件でもきちんとお仕事をしておくというのは、やはり大事なことですね」

逮捕されたチンピラがわめいて抵抗したため事情聴取その他に時間がかかり、また海月がそのまま韓国語の通訳を頼まれたため、捜査本部のある港南署に戻れたのは結局、夜になってからだった。その間に捜査本部の方にはきちんと連絡がいっていたようで、俺と海月は港南署に戻るなり係長のいる会議室に呼び出された。

デスクの横には港南署捜査一係の福場《ふくば》係長も立っているが、川萩係長が喋る間、こちらを見ては溜め息をつく、ということを何度か繰り返している。川萩係長自身も四角い巨体を窮屈そうに椅子に収め、そうしなければ立ち上がってしまうからなのか、全身をぎゅっと縮めて動かない。しかしよく見るとその手に握られた湯呑みが小刻みに震えており、握る手の甲にもりりと青筋が浮き出ている。

つまり、当たり前のことだが俺たちはお叱りを受けているのだ。だが隣の海月は全く怖がる様子も縮こまる様子もなく報告をし、時折微笑みすらしている。俺は海月と組んでからそれなりに経つが、未だにこいつの内面はよく分からない。お叱りを受けるために呼び出されている、ということに気付かないのか、それとも持ち前の、アンゴラウサギなみに毛むくじゃらな心臓のせいで、係長の落とす雷をさして恐れていないのか。両方だと思えなくもない。

「その通りだ。今回のような馬鹿には、自分のしていることがどういうことなのかを思い知らせなきゃいかん」川萩係長の視線が俺の方に移る。「設楽。なかなか鮮やかだったそうじゃないか。一部始終は撮影されていて、動画サイトに上げられているぞ」

初耳だったが、そういえばホーム上には携帯カメラを構えている者も数名いた。一体どんなふうにアップされているのかと思ったら、まるでこちらの頭の中を読んだようなタイミングで福場係長が咳払いし、持っていたタブレットを差し出してきた。受け取って海月と一緒に画面を覗くと、動画サイトが表示されている。

品川駅　ホームにどうやっても上がれない女の子　▽再生数5103

「うっ」思わず顔をしかめた。嫌な予感がする。

しかし海月が何の躊躇もなく再生ボタンをタップしてしまう。駅のざわめきと車両の通行音、さらに非常停止ボタンのベル音が混ざりあう攪拌《かくはん》されたようなノイズの中、ホームから落ち、這い上がろうとしてじたばたしている少女の背中が映っている。撮影者の手ぶれがひどく画面が揺れるが、少女の手を摑んで引き上げようとしている見覚えのある男もしっかり映っている。

「品川駅ですね」海月が真剣な顔で言う。「危険ですね。この子は……」

「あんただ！」川萩係長が吼《ほ》えた。「見りゃ分かるだろうが。貴様らがホームから落ちてじたばた無様にやっているところの実況中継だ！」

「えっ」海月は今初めて気付いたらしく、驚いた顔で画面を見る。「あっ。これ、設楽さんですね」

俺はもうまともに画面を見る気がしない。「その背中向けてじたばたしてるの、警部ですから」

「えっ、本当ですか？」海月は画面に目を凝らす。「中学生くらいに見えるのですが」

「だからそれが警部です」

「しかし、わたしはこんなに」

「どう見てもあんただ！」川萩係長が海月を指さして怒鳴る。横に置いてある電気ストーブの電熱線がじりりと明滅した。「コメント欄を見ろ！　大盛況になってるぞ！」

確かに、アップされてから半日も経っていないのに再生数とコメント数が多い。俺は天を仰いでジーザスと言いたい気分なのに、海月は何の躊躇もなくコメント欄をスクロールさせる。

〉上がれてねえ　かわいい

〉じたばたじたばたじたばた

〉昔飼ってたミドリガメが水槽の中でこういう動きしてたよ

〉鈍すぎる

「……あのう警部。もういいです」コメントを全部見るつもりらしい。

「どうして貴様らはいつもこう、都民に面白トピックを提供できるんだ！　いつもいつも！」係長は湯呑みを粉々に握り潰した。「いつになったら俺は貴様らのヘマに怯えずに熟睡できるようになるんだ？」

「『〉**ホームの高さは120センチ以上あります。実際に下りてみると意外と高いので、仕方がないのではないでしょうか**』……」

「警部」何を書き込んでいるのだ。

「設楽！」

「は」

係長は破片が落ちているのにもかまわずデスクに肘をつき、ずい、と身を乗り出す。

「貴様、そこに映ってるミドリガメが海月《うちのクラゲ》だとバレるようなことはしていないだろうな」

「は」視線を天井に向けて記憶を辿《たど》りかけ、いやここは即答すべき場面だと思い直して直立不動になる。「問題ありません。ご心配なく」

「そこの海月《クラゲ》に手帳出させたりしてないだろうな？」

「はい。すべて自分が処理しました」

『**そもそも他人を勝手に撮影した映像を、本人の許可なくこういった……**』

「書き込んでよろしい！」

「あっ、失礼いたしました」海月も直立不動になる。「わたしは所属を名乗ってはいませんし、映像にも設楽巡査の顔以外は映っておりませんでしたので、わたしの特定はできないかと思われます」

最後まで見たらしい。俺は怒鳴られる前に係長に言った。「海月警部の……その、容姿からしまして、警察官だと思われることはまずないかと。……自重します」

「いいか。絶対にバレるな」川萩係長は沖縄のシーサーに似た顔で鼻孔を膨らませて俺たちに厳命した。「バレたら本庁、いや所轄も含めて警視庁全体の大恥だ。いいな？」

福場係長も観念したかのような表情で目を閉じ、頷いている。

「よって貴様らは、現時刻をもってこの捜査本部《チヨウバ》から外れてもらう。品川駅周辺を二人仲良く並んで歩いていたら見つかりかねんからな」

思わず「うっ」と呻き声が出そうになった。本庁捜査一課の人間は「所轄では手に負えない事件が俺たちの出番」という意識で上から乗り込んでくる。少なくとも所轄の捜査員はそう見ている。それなのに捜査から外される。大恥もいいところである。

「越前刑事部長、直々の指示だ。貴様らは明日から高尾《たかお》の浅川《あさかわ》署に行け。高尾でニワトリ小屋に火をつけられた件がまだ未解決だっただろう。それをやれ。専従*だ」

「は」いきなり山の中に飛ばされた。「海月・設楽両名、ニワトリ小屋放火事件継続捜査のため明朝より浅川署に移動します」

「安心しろ。高尾ならホームから落ちても這い上がる余裕がある。電車が少ないからな」川萩係長はぎりり、と歯ぎしりをした。

「JR高尾駅ですと中央線上下がそれぞれ一時間あたり七～九本。甲府方面の中央本線はぐっと少なくて一時間あたり二、三本といったところですね」福場係長が付け加え、なぜか得意顔になった。

「以上だ。二度と戻ってくるな！」

係長は怒号を会議室に響かせ、握っていた湯呑みの破片を指で真っ二つに割った。

港南署を出るまでの間に所轄の刑事二人とすれちがったが、一人は俺たちに気付くとふっと頬を緩め、それからそれを打ち消すように慌てて会釈をした。もう一人は肩をすくめ、憐れむような視線を向けてきた。つまり例の映像はすでに、捜査本部員の知るところとなっているらしい。昼から現在までの間に動画サイトを見た者が何人もいるとは考えにくいから、たまたま見つけた誰かが広めたのだろう。なんとなく火災犯捜査二係《ウチ》の双葉《ふたば》巡査長あたりが疑われたが、考えても仕方がないことではある。こうなってしまっては港南署の捜査本部にいても針のむしろだったから、飛ばされたことで気が楽になったといえなくもない。

しかし港南署の捜査本部は形式上、進藤《しんどう》捜査一課長が指揮する「課長指揮」の態勢なのに、捜査一課長や現場の指揮にあたる管理官らの頭上を飛び越えて越前刑事部長が出てくる、というのは極めておかしなことだった。それに捜査本部員がヘマをして別の捜査本部に「飛ばされる」というのもよく分からない。ついでに言うなら、そのことにさして驚いてもいない自分自身もよく分からない。海月と組んでからというものこういう目に遭ってばかりだったので、すでに感覚が麻痺しているのだろう。それに切れ者曲者

＊「その事件だけに専念して捜査しろ」という指示。普通は重要事件の発生に際し「重点的に人員を割く」という意味で専従捜査になるのだが。

変わり者と名高い越前刑事部長のことだから、何か意図があるのかもしれない。

「明日、浅川署っていうとだいぶ早くなりますが……」隣の海月を見ると、彼女は立ち止まって携帯を見ていた。「……歩きながら何してるんです」

海月は立ち止まり、俺に画面を見せてきた。「さっきの映像を見ているんです」

俺は目をそむけた。「もういいでしょうそれ」

「そうでもないのです」海月は眼鏡を直して俺を見上げる。「質問ですが、設楽さんはホームでぶつかられた時、体のどのあたりにぶつかられたか記憶していますか?」

「『どのあたり』?」不意の質問に記憶を探る。「……そういえば、下の方でしたね。腰のあたりだったような気がします」

そう答えると、海月は携帯を操作しながら言った。「では、より確実ですね」

「何がです」

「設楽さんが事故的にぶつかられたのではなく、意図的に突き落とされたということがです」

海月の言葉に、明日は何時起きになるだろうかととりとめなく考えていた俺の思考が一瞬、ぴたりと停止した。そして昼の、ぶつかられた時の感触が脳裏に蘇る。確かに、いくら混んでいたとはいえ相当強くぶつかられたような気がする。普通ならぶつかった奴を探しているところだが、直後に海月が落ちたためそれどころではなくなっていたのだ。

「しかし、意図的にぶつかったとまで言えるかどうか……」

「通常、人ごみで強く他人にぶつかるなら上体——腕か肩のあたりにです。歩行中の人の腰にぶつかる、などということはあまりありません」海月は背伸びをし、俺の頭に手をかざす。「それに設楽さんは背が高い方です。百八十二センチで変更はありませんよね？」

「はい」その個人情報をどこで見たのだ。

「設楽さんにたまたまぶつかってホームに落とすとなると、相手の人間もそれなりに体重のある成人男性でなければなりません。ですが設楽さんが押されたのが腰のあたり、ということになりますと、相手は身長が設楽さんより三十センチは低いということになりませんか？　つまり体重七十四キロの……変更はありませんよね？　設楽さんを押せるだけの体重があり、身長が百五十センチ程度の成人男性です」

「……豆タンクですね」なるほど、確かに周囲にそんな奴はいなかった。

「ですが、標準的な体型の人間が、設楽さんの腰のあたりを狙って押した、というなら分かります。人ごみの中で手をまっすぐ伸ばすのは目立ちますし、腰のあたりを強く押した方が向こう側にふらつかせるには有効です。上半身を押してもその場で転ぶだけですから」

海月の言葉に、俺は腕を組んだ。意図的に押されたのだとしたら、何のためだろうか。

「わたしは、設楽さんが押された瞬間の直後を見ていました。わたしたちは階段方向に向かう流れに乗っていましたが、そこから無理に出ようとしている人がいるせいで流れが詰まっている様子がありました。犯人が逃げようとしたのだと思います」

「見てたんですか」それを言ってほしかった。

「人が多すぎて、犯人の姿はほとんど見えませんでした。黒いコートの袖だけです。ですが、不自然な動きだったと思います」海月は携帯をしまい、俺を見た。「設楽さんは最近、誰かに殺意を抱かれるようなことをしてはいませんか？」

「逆恨みされる仕事ですからね。しかし最近と言いますと、特には」

「人を殺したですとか、莫大な遺産を相続することが決まったですとか」

「あるわけないでしょうが」

「形式的な質問ですから」海月は特にすまなそうな様子も見せない。「ですが、宇宙神瞠会や、あるいは『名無し』も、設楽さんに対しては禍根《かこん》があるはずです」

嫌な名前が出てきた。宇宙神瞠会に関しては、俺も海月も教祖エノク道古の逮捕に関わっている。殺し屋「名無し」に関しては、依頼人を逮捕しその仕事を妨害した。どちらも危険極まりない相手だ。特に「名無し」は、その気になれば、二、三名程度の護衛をつけてもらってもあっさりと突破してくる。

「……警部の方もそうですよ。気をつけてください」

「もちろんです。ですが、この相手は設楽さんだけを狙っているようです。押された時、わたしたちは階段へ向かう流れの中にいて、わたしは設楽さんの後ろにいました。犯人はわたしを無視して設楽さんを狙った、ということになりますから」

あの時、俺たちの周囲は階段に向かう人ばかりだった。つまり犯人は前方から来て前にいた俺を狙ったのではなく、後ろからやってきて俺の横に来たのだ。もし海月と俺の両方を狙っていたとすれば、まず突き落とすのは明らかに体が小さく軽そうな海月の方だろう。

「警部はまだ面が割れていないかもしれませんね。でも俺は、宇宙神瞠会の連中にも一度、狙われてますから」

それだけではなく、「名無し」にも一度、自宅を襲撃されたことがある。無論、襲撃されたアパートはすでに引き払っているが、宇宙神瞠会にしろ「名無し」にしろ、相応の手間をかければ、俺の引っ越し先を探ることぐらいはできるだろう。

どちらも現在、警視庁が頭を悩ませている案件だった。宇宙神瞠会は数ヶ月前、あと数時間対応が遅れたら何百人死んでいたか分からないという規模のテロ事件を起こし、摘発されている。だが現在、後継組織である「友愛の国」では信者数の減少が収まっている。それどころか新たに信者になる奴すら出ているのだ。「名無し」はもっと厄介だ。昨年末に殺人事件を起こしたが、警察はまだ奴を逮捕できていない。俺や二係の麻生《あそう》さん、強行犯捜査六係の高宮《たかみや》さん、さらには公安の三浦《みうら》警部補といった知り合いの面々は皆、一度は奴と対峙したが、簡単に殴り倒され、取り逃がしている。武装したヤクザ七名を数分で殺害し、最後は完全装備のＳＩＴと刑事・公安部員二十名超に包囲されていながらものともせず、パトカーを奪って逃走した。現在も手配中である。本当に人間かと疑うほどに戦闘能力が高いのだ。

俺はいち地方公務員であって名探偵でも超人ヒーローでもない。あんな連中にまた関わるのは御免だった。知らず眉間に皺《しわ》が寄る。

「そうです。……越前さんがわたしたちの勤務地を変えてくださったのは、そのためでもあるのだと思います」海月は俺を見た。「設楽さん、気をつけてくださいね」

俺は頷いたが、同時に言いようのない不安感を覚えていた。海月の勘はよく当たる。悪いことに関しては特に。

4

井畑道夫死刑囚の証言

――では小寺派、自称「十字軍」がテロ活動に走り始めたのは襲撃事件以降ですね。

はい。襲撃事件によって、このままでは国家権力に潰される、という危機感が小寺の中で決定的なものになったのだと思います。小寺が事実上「友愛の国」を脱会し、私を含めた自分の部下たちだけを集めて集会をするようになったのもその時ですし、エデンについてさかんに議論し始めたのもその時からです。

――教団の言うエデンというのは、現世から離れた楽園、ということですね。

はい。もともと「聖性の高い信者だけが死後エデンに行ける」といったことは「ご本」にも書いてありましたし、エノク道古も「だから死を恐れることはない」と言っていました。

——いわゆる例の、「エデン発言」が関係していますか。

はい。もともと現世にそれほど執着のなかった小寺にとっては、エノクのあの、いわゆる「エデン発言」が指針になったのではないかと思います。エノクは公判中に突然した「自分はもうエデンに行くから、現世のことに興味はない」というあの発言の後、ほとんど意味のあることを証言しなくなりましたが、テレビでその報道を見ていた小寺が「エノクさまはエデンに行かれるという心を決めたようだ」と言っていました。「俺たちもそろそろだろう」と。

——周囲の信者の反応はどうでしたか。

小寺がそう言うと盛り上がりました。それ以来、エデンはどんなところだろうかとか、自分たちはエデンに来る者たちをどう導いてどんな社会を作るべきかとか、そういった話題が多くなりました。「自分の聖性はエデンに行くだけの高さがあるのだろうか」ということは、皆、気にしていました。小寺はさかんに「もっと大きなおつとめで一気に聖性を高めた方がいい」と言っていました。情報操作でサタンに染まりきった今の日本で通常のおつとめをしても効果が薄い、と。

今思えば、あの時に止めていれば、今回のようなひどいテロ事件は起こらなかったし、「恐怖の八日間」のようなこともなかったと思います。私が言うのも勝手な話ですが、巻き込まれた方々には大変申し訳なく思います。

（八月二十八日　東京拘置所）

5

横から風が吹いてふらつきそうになったので、慌てて足を踏みしめて姿勢を直す。前に出すぎると下から見えてしまい自殺だと思われるので、半歩下がった。柵があればいいのにと思う。

眼下には薄汚れた東京の街並みが広がっている。いつも同じアングルだし、七階建て程度の高さではそれほど遠くまで見渡せるわけでもない。だが、下界で人間たちにまみれているよりは少し気分がよかった。だからこんな寒い日でもつい来てしまう。

雑居ビルにしては珍しく、このビルの屋上は自由に出入りできる。六階と七階にたまに行くマンガ喫茶が入っているのだが、ある日、何とはなしに階段を上ったら、屋上のドアに鍵がかかっていなかったのだ。ビル内の移動はすべてエレベーターで、階段は古い植木鉢やら何かのコンテナやらが積まれたまま放置されている感じだったから、ビル管理者も鍵を開けたまま忘れているのだろう。街中なのに人が全く来ない、軽い非現実感のある場所で、秘密基地のような緊張感が少し楽しかった。今はここで街を見下ろし、とりとめもなく考え事をするのが習慣になりつつある。この季節のビルの屋上は、風を遮るものがなくて寒い。それでもポケットに手を突っ込んで耐えた。

今日は世間的には休日なので、妹が友達を家に連れてきている。昨晩リビングの前を通った時に会話が漏れ聞こえてきたが、妹自身は家に友達を呼びたくなさそうだった。その後、バイトに行くんなら少し早めに出てくれない？　と言われた。つまり僕を友達に見られるのが嫌だということらしい。何様のつもりなのだろうかと思ったが、揉めるのも面倒なのでこうして出てきた。

今日のバイトは十三時から十九時まで。十三時からは古関さんだからいいが、シフト表ではたしか古関さんは十七時までとなっていて、あとの二時間は勝田と一緒だった。正直、行きたくない。

だがバイト先に着いてみると、店長からすぐ「仲本君、今日は十七時まででいいから」と言われた。遅番の人がもう一人、十七時過ぎから入れるようになったから、ということだった。つまり僕になるべく長く働かせたくないということで、それはそれで腹が立つことだったが、しかし僕の気分はすっと軽くなっていた。

十三時から十七時までは日中で最も客が少ない時間帯で、僕のことを知っている古関さんがずっとレジに回ってくれたので、僕はヘルプで二、三回レジに入るだけで済んだ。

その分、掃除を熱心にやり、キャンペーン中の菓子パンを切らさないようにした。

だが、いつもより楽に退勤時刻を迎え、勝田とできる限り接触しないよう最速で着替えていると、なぜかロッカールームに店長が顔を出し、呼ばれた。「あのさ仲本君、ちょっと来て」

何か説教をする時の「あのさ」だった。嫌な予感がしたが、黙って店長についてレジ内に戻る。私服でレジに入ってはいけないはずだったが、今は客がいない。サービス残業で飲み物棚の整理をしていた古関さんがちらりとこちらを見た。

「あのさ仲本君。困るんだけど」店長はいきなりそう言うと、レジスターの引き出しを開けた。

壁際のパソコンの画面からしてレジ締め作業中だったらしい。だが何の話なのか分からない。はあ、と言って黙っていると、店長は苛ついた顔になって言った。「『はあ』じゃないよ。レジの金額合ってないよ」

「はあ。……すみません」

「『すみません』じゃないだろ。ちょうど二万円だけ足りてないんだよ。万札二枚だけ綺麗《きれい》になくなってんの」店長はレジスターの引き出しを手で叩いた。「どこやったんだよ。二万」

「え」ようやく店長が何で怒っているのかを理解した。「いえ……知りませんけど」

「知らない、じゃないだろ。君しかいないだろ。二万円、どうしたんだよ」

本当に知らない。レジにずっといたのは古関さんなのだ。「いえ、僕じゃないです」

「嘘つくなよ。古関君から聞いたよ。今日、珍しく君がずっとレジにいたんだって?」

店長は初めて見る怒り方で顔をしかめた。「早く出せよ二万。問題にしたくねえんだよ」

「いえ、あの」ちょっと待ってほしかった。僕は本当に知らないのだ。それに本当に今日、レジに入っていた時間はわずかしかない。

口添えしてくれるかと思って目で古関さんを探した。菓子棚の陰から出てきていた古関さんと目が合ったが、彼女はさっと顔をそむけた。

「あの、古関……」

「古関君は関係ないだろ。早く返せよ二万」店長の声が大きくなる。見ると手が小刻みに震えていた。僕は怖くなって目を伏せる。ついに店長は怒鳴った。「てめえふざけんなよ。挨拶《あいさつ》もしねえ。レジも入らねえ。そのくせ金は抜くのかよ。警察呼ぶぞ」

「し」

知りません、と言いたかったが声が出ない。レジ内ではいつも営業スマイルを絶やさない店長が、人格が変わったようになっていた。「いじめで高校辞めたニートだっつうから可哀想だと思って、使えねえの我慢してやってたんだぞこっちは。それなのにこれかよ。クソガキ」

自動ドアが開いて女性が入ってきた。助かった、と思いそちらを見たが、店長はお構いなしに怒鳴った。「どこ見てんだよ。早く金返せよ。どこ隠したんだよ」

入ってきた女性はぎょっとしてこちらを見ると、回れ右をして出ていった。店長はまだ怒鳴っている。頭がおかしくなったのかもしれないと思うと急に怖くなった。だが古関さんはここから見えない位置に移動してしまっている。全く助けてくれない。

「警察呼ぶからな」

店長が怒鳴り、電話機に手を伸ばす。やめてくれ、と言いたかったが声が出ず、僕はとっさに逃げ出していた。バックヤードに飛び込むと、着替えていた勝田が驚いて「うお」とのけぞった。「何だよ」

「待てよ」店長の怒鳴り声が聞こえる。

自分の鞄を持って逃げようと思った。だがロッカーの中に携帯を置き忘れていることに気付き、そういう時に限って建て付けの悪いロッカーが開かず、携帯を取る間に店長が来た。その肩越しに古関さんの顔が見えた。

「逃げんじゃねえよ」

店長が摑みかかってくる。その腕を必死で振りほどいて逃げ、長机を店長に向かって押し倒した。バリケードのつもりだったが、店長はつまずいて長机の上に倒れ込んだ。大きな音がして古関さんの短い悲鳴が聞こえる。

僕はその間にドアに逃げた。振り返ると、こちらを見ていた古関さんと目が合った。

その瞬間、頭が真っ白になった。

古関さんはほとんど表情らしい表情は作っていなかったし、あとでいくら言われても余裕で否定できるだろう。だがこれまでの経緯を知っている僕にははっきり分かった。古関さんは僕を見て、「確認した」という顔をしていた。レジから一万円札が二枚消える。僕がそれを盗った犯人にされる。それを「確認した」という顔だった。

どうしていいか分からないままドアから飛び出した。飛び出す時に一瞬だけ見えた。古関さんが勝田に寄り添い、何かを言っていた。手が勝田の腕に添えられていた。

バックヤードの廊下を走り、裏口を開けて路上に出る。横から来た自転車のおばさんとぶつかりそうになり、ブレーキの甲高い音を聞きながら走った。頭の中がぐちゃぐちゃだった。


どこをどう走ったのか分からない。後ろから怒り狂った店長が追いかけてくる気がして、とにかく店から遠い方へと走った。周囲を見回すと、いつの間にかあまり馴染みのない隣の駅の近くまで来ていた。息が切れる。背中の気持ち悪さに気付いてコートを脱ぐと、中に着たシャツの背中が汗でびっしょり濡れていることに気付いた。膝に手をついて下を見ると、激しく吐いている自分の息が白く変わり、その一部がまた自分の口に吸い込まれていくのが見えた。

隣の駅の方まで走ってきたのだ、と確認するとやっと恐怖が薄らぎ、周囲を見回す。駅前の大通り。雑踏を行き交う人たちは僕には特に目を留めない。すぐ隣の僕が今どんな目に遭っているかなど、想像もつかないのだろう。

恐怖が消え、呼吸のリズムが戻ると、泣きたい気持ちになってきた。すでにはっきり分かっていた。レジから万札を抜いたのは古関さんだ。そして店長に嘘をつき、僕に罪をかぶせた。僕と古関さんの言い分が食い違った場合、店長の覚えめでたい古関さんの方が信用されるに決まっていた。しかも、僕は逃げ出してしまった。店長の目には犯人確定だと映っただろう。もうバイトには行けない。今月分の給料が振り込まれるかどうかも分からないが、このままばっくれるしかなかった。

ひどい。あんまりだ。

ジーンズの膝を握る。最後にちらりと見た、古関さんの顔を思い出した。

「……何だよ。それ」

バイト先の奴らはクソばかりだったけど、古関さんだけは少しマシだと思っていたのに。

結果を見れば、あの女が一番ひどかった。そうまでして二万円ぽっちが欲しかったのだろうか。あるいは本当はあの女も勝田みたいに僕を毛嫌いしていて、体《てい》よく追い出してしまおうと思ったのだろうか。それとも勝田の入れ知恵だろうか。勝田の腕を触っていた。あれは普通の触り方じゃなかった。実は陰でつきあっていたのだ。

じゃあ、と思い、奥歯を噛む。じゃあ、あの二人はきっと今頃、僕の悪口を言って盛り上がっている。もしかしたら今までもそうだったのかもしれない。そういえば、バイト中もよく何か短いやりとりをしていた。きっとバイトを上がった後に二人で会い、僕の悪口を肴《さかな》に盛り上がり、そして。

胸の中にざらざらした感触を覚える。やってるんだろうな。あの勝田と。

「……何だよ」自分が呟く声が涙声になっているのが分かった。「ビッチじゃねえかよ」

だが、考えてみれば昔からずっとこうだった。中二の時、初めて好きになったクラスで一番可愛い子は、三年のちゃらちゃらした先輩とつきあっていた。高一の時、クラスの女子の中で唯一会話をした可愛い子も、サッカー部のちゃらちゃらした奴に取られた。いつも真面目にノートをとっているし、図書室で会うことも多かったし、この人はまともだと思っていたのに、結局、「コミュニケーション能力」とやらだけがあるスカスカの馬鹿に引っかかっていた。もっと頭のいい、人の内面をちゃんと見て判断してくれる人だと思っていたのに、期待していた僕はあっさり裏切られた。

「……何だよ」

結局、同じことが繰り返されただけだった。古関《あの女》も結局、上っ面だけよくて中身はスカスカの男に引っかかるビッチの一人に過ぎなかったのだ。やってるんだろう。勝手に好きなだけやりまくればいい。勝田みたいなちゃらちゃらした男はどうせ性病を持っている。うつされて二人で仲良く性病科に行けばいい。

その様子を想像すると少しすっきりした。顔を上げ、駅に向かって歩き出す。周囲の雑踏を見回す。

この女も、あの女も、その隣の男も。みんなその程度だ。みんな頭はスカスカ。他人を上っ面でしか判断できないから、自分も必死になって流行の服を買いあさる。芸能人が不倫したとか妊娠したとか、くだらないネタにしか興味がない。少し知的な話は「ムズカシイ話、ワカンナーイ」と逃げ、選挙にすら行かない。こういう馬鹿のせいで、一度コースを外れた人間はもう人生終了、という理不尽な社会になったのに。馬鹿だから、自分が痛い目に遭うまでは分からないのだろう。前を三人連れの女が横一列に並んで歩いている。でかい声でぎゃはははと笑っている。邪魔だ。知性のかけらもないし、この程度のマナーもない。

最初から知っていたことだった。この国はクソばかりだ。クソが多数派だから、まともな少数派は数の暴力で迫害される。彼らは少数派を迫害し続けていなければならないのだ。そうでないと、自分たちが間違っていて、劣っていることがばれてしまうから。

歩きながら駅前通りを見回す。狂ったように頭の悪いテーマソングを繰り返す電器屋。歩行喫煙禁止区域なのに平然と歩き煙草をする男。下品な毛皮のついたコートを着て、イヤフォンをつけて携帯をいじりながら歩く女。その横の道路を、カーステレオをフルボリュームにした馬鹿の車が通る。ひと目見てそれと分かるほどの馬鹿ばかりで、まともな人間の姿はどこにもなかった。

今この場所にトラックでも突っ込んでくればいいのに、と思った。僕以外をみんな轢き殺せばいい。そうすれば少しはスカッとするのに。

駅南口の前でビラを配っている集団が目に入った。全員髪が黒く、なぜか眼鏡をかけていて、服装がぱっとしない若い男たちだった。「よろしくお願いします」と熱心にチラシを差し出すが、ほとんどの人は気持ち悪そうに無視して早足で通り過ぎている。

何だあいつらは、と思って近付くと、一人が言っていた。「『友愛の国』です。ただいまご案内のパンフレットをお配りしています」

その名前は知っている。少し前にテロ事件を起こした「宇宙神瞠会」の後継組織だ。あれだけ大ニュースになったのに、まだこんなに熱心な信者がいたらしい。

見ていると、一人が僕に気付き、やってきてチラシを差し出した。「『友愛の国』です。ただいまご案内のパンフレットをお配りしています」

受け取ったチラシには「当たり前の正義の通る社会を」「あなたの悩みは救われます」と書いてあった。そんな社会は絶対来ない、と僕は口許を歪めていた。これまでことごとく努力を否定されてきた僕はよく知っているのだ。

それを脈ありと見たのか、男が話しかけてきた。「あの、『友愛の国』ってご存じですか」

「ええ知ってます。有名ですから」

答えると、男は少し焦ったように早口になった。「あのテロ事件については」

「惜しかったですよね」

僕が言うと、男がはっとした顔になって動きを止めた。それが少し面白くなり、僕はわざと平然とした調子で続けた。「もう少しで大量に殺せるとこだったのに」

「……はあ」

「殺せばよかったんですよ。どうせ皆、頭スカスカでこの国の未来なんて少しも考えてない馬鹿ばっかりなんだから。派手に殺して目を覚まさせてやればよかったんです」

「それは……」男は目を見開いた。「……普通の人にない視点をお持ちですね」

「まあそうでしょうね。僕、大抵いつも少数派なんで」

男の声に感嘆するような調子があり、それが僕を饒舌《じょうぜつ》にさせた。僕の言うことは、普通の人間にとってみれば「非常識」だろう。せいぜい驚けばいい。「人間は内面の人格とか知性で判断されるべきです。なのに多数派ってだけで、今この国じゃろくでもない人間が主流になってるでしょう。馬鹿みたいに着飾って、食べて飲んでセックスすることにしか興味がない。ニュースは芸能ネタとスポーツしか見ない。字の本なんか読まない。あるのは動物的な欲求を充たすことだけ。クソですよ。一旦滅びた方がいい」

僕が演説をしていると、男の周囲に仲間が集まってきた。男は新しく来た左右の男に言う。「おい。この人すごいよ。ほとんど開かれてる」

「常識でしょう。少数派ですけど」

僕がそう言うと、男は感動した様子で頷いた。「ですが、その当たり前のことを、大部分の未開の人たちは分かっていません。なのにあなたはすごい。そこまで本質を見抜いていらっしゃるなんて。どこかの支部にいらしたんですか。それとも独学でそこまで？」

「こんなの一人で分かります。まあ中学の頃から分かってたっていうのは普通じゃないかもしれないけど」

「すばらしい。我々もそういったことは分かっています。でもそれは入会して教えを請うてからでした」男はほとんど涙ぐまんばかりにして僕を見ている。「今の日本に、在《ざい》野《や》にまだこんな方がいるなんて。……あの、少しお話をしませんか」

「あー……あいにく金がないんで」

「いえいえいえ」男たちは三人、同じ動作で首を振った。「そんな細かいことはこちらでやります。それよりもお話を伺いたい。どうでしょう」

「……まあ、少しくらいなら」

腕時計を見る仕草をしてみせ、頷く。ビラ配りをしていた男たちは全員僕の周りに集まってしまっていた。いいのだろうかと思ったが、よほど感動したのだろう。

そういえば彼らは外見を飾り立てていない。流行も無視している。だとすれば僕と同じく、流れというものに乗らない人間たちなのかもしれない。少しは分かっていそうだ。

それなら少しくらい、付き合ってもいいと思った。さっきから携帯が震えていた。どうせバイト先から、クビの通知だろう。だとすれば今頃家にも電話がいっている。正直、帰りたくなかった。

6

よく晴れて日差しも暖かかった。空が広い。都心で空を見上げても、頭上のはるか天空まで高層ビルがそびえ、空はその狭間に覗けるだけだ。それとはやはり違う。関東の二月らしい晴れ渡り方と相まって、周囲に民家と斜面しかないここ高尾の空は、やはり開放感がある。傍らの木から妙に賑やかな鳴き声が聞こえてくると思ってそちらに視線を下ろすと、小鳥の群れが来ていた。枝から枝へ移りながらさかんにヂイヂイと鳴く。よく見ると十羽以上もいる。白と黒のあれはシジュウカラといったか。しかし一種類だけではないようで、見ると、明らかに違う緑色のメジロも何食わぬ顔で交じっている。

鳥まみれだな、と思った。ネットで囲まれた半屋外の飼育スペースにお邪魔しているので、俺と海月の足元は、ココココ、ココココ、と鳴きながら意味なくぐるぐる歩き回るニワトリでいっぱいなのである。白と茶色が半々ぐらいに交ざっているが、皆やや興奮しているようで、なぜか海月の脚をつついたりしている。

「……では夏以来、特に変わったことはない、ということで？」

「……ん？」

耳が遠いらしいこの家の主人が耳に手を添えて近付いてきたので、大きな声で言い直す。「ひ、を、つ、け、ら、れ、た、り、は、し、て、い、ま、せ、ん、ね？」

「ん。ああ！　ないねえ！」

主人は大きな声で返す。それに驚いたか、茶色の一羽がばさばさ音をたてて羽ばたき、俺の顔をかすめて飛んで逃げた。

主人は笑い、大きな声で言う。「聞こえるよう！　そんな声でなくても！」

「了解です」さっき聞こえなかったではないか。

やれやれだ、と思う。周囲には「飛ばされた」と認識されているのだろうが、仕事は仕事であり、首相官邸爆破だろうがニワトリ小屋放火だろうが違いはない。だが、緊張感がなさすぎる。ニワトリ小屋から数件続けて煙が出たという事件なのだが、人的被害もなければ現住建造物でもない。しかもここ半年の間何の進展もないまま放置されていたらしく、初日、浅川署に挨拶にいったら捜査一係長が「えっ、今さらあれを調べにいらしたんですか」と驚いていた。しかも、通常は所轄の捜査員と組むところを、本庁所属の俺たちだけで動いている。もっとも海月がキャリアだというので、一係長はかえって「ああキャリアの経歴に傷がつかないよう、安全な現場にご案内したのだな」という具合に納得してくれた様子である。

無論、歯車である現場捜査員は人員配置の是非など問うべきではなく、与えられた仕事を黙ってこなすことだけが求められる。俺と海月はとにかくセオリー通り、こうして犯行のあった裏高尾町の民家に一軒一軒話を聞いて回っていた。だが、もう四日目になり、県境付近の小仏峠《こぼとけとうげ》まで来ても、放火犯は影も形もない。普通に考えれば、犯人は犯行に飽きてやめてしまったのだろう。ニワトリまみれと相まって、緊張感がとめどなく抜けてゆく。

「手がかりなしですねえ」やはり緊張感が感じられないからなのか、半年前に火がつけられたという箇所をしゃがんで見ている海月の背中に茶色い一羽が乗っかっている。

「まあ、半年前ですからね。……警部、乗られてますが」

「そのようです。現場に溶け込んできたということでしょうか」

「んなわけないでしょうが」主人に振り返る。「では、それ以外にも最近特に……ああ、か、わっ、た、こ、と、は、あ、り、ま、せ、ん、か？」

「ないねえ。……いや、あると言えばある」主人は思い出した様子で言った。「関係ないかね、こんなことは？」

「いえ、伺ってから判断します」

初めて意味のある話が聞けるかもしれないと、俺は主人に近付いた。海月も立ち上がる。背中に乗っていた茶色がフードの中に収まってしまっているが、気にならないのだろうか。

「いや、たいした話じゃなくて申し訳ないんだけども」俺たちの勢いが強すぎたか、主人はひらひらと手を振る。「最近ねえ、見ない連中がよく来るんだよ」

「見ない連中。そいつらが何かやりましたか」

「近所の方ではないのですね？」

「あんた、フードにニワトリ入ってるが、いいのかい？　高そうなコートだが」

「はい。それよりもお話を」

主人はフードにニワトリを入れた海月に接近され、照れたように言う。「いやあ、ただ見ない連中ってだけだから。ワゴンで来てね。ちょっと行ったとこの小屋に出たり入ったりして」

別にそれだけでは何の罪にもならない。四、五人でワゴンに乗って来たというなら、放火犯とも関係がないだろう。しかし気になる話ではあった。地元の人間の記憶に残る、ということは、それ自体何かあるのだ。所轄時代、こういう話があとで意外と重要になる、ということを経験してもいる。

俺は訊いた。「山……ええと、や、ま、の、ぼ、り、で、は、な、く？」

場所柄、高尾山の登山客が三百六十五日、二十四時間通る。だが主人は首を振った。

「違うねえ。釣りでもない。何やってるんだかねえ。男ばかり、若いのも中年もいたけど」

「小、屋、と、い、う、の、は、ど、こ、で、す、か？」

俺が訊くと、主人はすぐ後ろを指さした。「あれだよ」

見ると、生垣のむこう、斜面になっている隣の敷地の奥の方に小屋があった。プレハブだが、平屋なみの大きさがある。

「……あれですか」ちょっと行ったところ、どころか隣ではないか。三十メートルくらいしか離れていない。

小屋の方に目を凝らす。窓は曇りガラスのようだった。周囲に車はなく、今はひと気がない。

「設楽さん。これは……」

「ええ」海月と頷きあう。

あんな場所に四、五人で何度も、何をしにきているというのだろうか。しかもこの主人が「何をしているか分からない」ということは、集まった連中は外に出ず、小屋の中に閉じこもって何かをしているのだ。なぜもっと便のいい都心でなく、わざわざここなのか。経験上、などと言うまでもない。これなら「人に見せたくない何かをしている」ということぐらい誰にでも分かる。

フードの中に鎮座しているニワトリがココ、と鳴き、海月の携帯が鳴った。「もしもし」

——やあ千波ちゃん。越前だけど。

ぎょっとして海月を見る。漏れ聞こえてくるかすかな音声だけでも分かった。この軽い喋り方は間違えようもない。警視庁刑事部長の越前憲正警視監である。

反射的に海月の隣で直立不動になっていた。階級で言えば、直属の上司である川萩係長が警部。小さめの警察署の署長でもその上の警視。警視監はさらにその三つ上であり、本庁所属の刑事であっても、せいぜい式典で壇上にいるのを見るか、大規模な捜査本部が立てられ最初に訓示をいただく時に同じ部屋にいるか、という程度しかつながりがない。

主人が興味津々で俺を見る。「何、電話、偉い人かい？」

「はい。とても」

「設楽さん。替わってほしいそうです」

「げ。……いえ、はい」失礼します、と主人に断り、海月が差し出す携帯を受け取る。海月の方はその特殊な立場もあってか、刑事部長から自分の携帯に直接電話がかかってきても、驚く様子が全くなかった。

「……火災犯捜査二係、設楽恭介《きょうすけ》であります。お電話、拝借いたしました」

――ああ相楽《さがら》君。君ねえ、いいかげんそう硬くならずになんとかなんないかな。もう何度か会ってるんだからさあ。

そう言うなら名前を間違えないでいただきたいものだが、刑事部長は気楽に言う。

――それでね。どうだい、そっちの捜査？　小仏の方で何かおかしなことはあった？

「は、こちらは……」

一瞬「見ているのか」と思ったが、すぐに納得した。刑事部長は何か、事情を知っているのだ。「ご推察の通り、見かけない人間たちがワゴンに乗ってやってくるようだ、という証言がつい今しがた、ありましたが」

――当たりだね。

刑事部長はこちらの返答を予想していたらしい。いつもの軽い調子が消えた。

――そこの小屋と土地、名義は別の人間だが、宇宙神瞠会の信者が占有しているらしい。

「は」

驚いたのは俺の方だった。思わず小屋の方を見る。やはりひと気はない。「最近だそうです。若い男から中年まで四、五人」

――宇宙神瞠会の一部がここ二ヶ月ほど、不審な動きをみせている。詳細は分からないが、何か、活動を始めるきっかけになるようなことがあったらしい。この間のテロのことを考えればのんびりしてもいられないわけだが、宇宙神瞠会との関係が疑われている建物をすべて当たるとなると数が多すぎてね。筧《かけい》さんの方は公式の施設を監視するだけで手一杯だというから、ひとつ恩を売っておこうかと思ったわけだが。

筧公安部長の名前が出て、俺はようやく理解した。俺たちがこちらに「飛ばされた」本当の理由は、ここの小屋を当たれ、ということなのだ。

本来、宇宙神瞠会の監視は公安総務課の管轄である。人手が足りなくなったからといって、秘密主義の公安部がよその手を借りることなど通常はありえない。仮に筧公安部長がそれを望み、越前刑事部長が了承したとしても、トップの二人だけで勝手に人を貸し借りしては大問題になってしまうだろう。だが以前のテロ事件の際、越前刑事部長と筧公安部長は手を組んだ（というより、越前刑事部長の策略によって強引に組まされた）前例がある。その縁もあって、越前刑事部長に対し、非公式に協力が要請されたのだろう。だとすれば、おそらく俺たちの他にも刑事部長の指示により、適当な理由をつけて然るべき場所に飛ばされ、非公式に公安に協力している捜査員がいるはずだった。

だが筧公安部長がそこまでしたとなると、状況はそれなりに切迫しているのかもしれない。

俺は答えた。「了解いたしました。ニヽワヽトヽリヽ小ヽ屋ヽ放火事件の捜査、継続します」

――じゃ、千波ちゃんとはもう少し話があるから、君はちょっと小屋の方、訪問してみてね。

「了解。お電話、海月警部に戻します」

俺は海月に今の話を伝え、携帯を返した。そうと決まればすぐに当たる。主人に挨拶をし、門を出て坂道を上る。隣の小屋はひと気がないが、敷地の周囲に柵もない。まずは近付いて様子を窺《うかが》うだけでもいい。どの程度人が出入りしているかなどは、それだけでも分かる。

不穏なものが動き始めている。この東京で。

黄色く枯れた雑草を踏み分けてプレハブに近付く。白い壁に、閉じられた曇りガラス。一見何の変哲もないようだが、その普通さがかえって不気味に映った。

月が出ていた。最低限の幅の歩道とガードレールが辛うじて確保されている住宅街の通り。建築制限のためか上からプレスされたかのように同じ高さの家が連なる前方斜め上、手前を電線が横切る濃紺の夜空に、半分ほどに欠けた月がいつの間にか出ている。それほど大きくもなければ赤くも黄色くもない。だが妙に禍々《まがまが》しく見えた。

自宅近くまで帰ってきても、どこか気持ちがざわついている。

忙しい時は忘れているのだが、月が妙に明るく見え、何となしに気持ちがざわつく夜というのが時折ある。いつもと同じことをしていても妙に落ち着かない。ひどい事故や急病に襲われる気がする、という、根拠のない不安感がある。無論、それは杞憂《きゆう》であり、仮にその直後に何かが起こったとしてもただの偶然だろう。だが交番勤務時代、新月や満月の夜は犯罪や交通事故が増えると聞いてもいる。

そして今夜の場合、月の魔力に加えてもっと現実的な脅威もある。宇宙神瞠会が再び動き始めている。今この瞬間にも、新たなテロの準備を始めているかもしれない。この街のどこかで。その「どこか」とはもしかしたら、毎日何気なく歩いているこの通りのどこかかもしれないのだ。そういえば「テロリストはあなたの隣に」というポスターを壁に貼ったことがあった。これも交番勤務時代の記憶だ。

腕時計を見る。午後十時半過ぎ。夕飯は牛丼屋で済ませてきたが、風呂に入ったり洗濯物を取り込んだりしていればすぐ日付が変わってしまうだろう。今は勤務地が浅川署なので朝が早くなる。「帰っても寝るだけ」になりそうだった。冷たい風が襟元から吹き込んできたので、マフラーを強く巻き直して背中を丸める。

結局、今日一日歩き回っても大きな収穫はなかった。ニワトリの方もそうだが、宇宙神瞠会の信者が事実上管理しているとみられる例のプレハブ小屋は留守であり、周辺住民からも「男が何人か」「白いワゴンで行き来するのを見た」「コンビニで食料品を買っていた」という証言があるだけで、具体的に何をしている、と推測できるような情報はなかったのだ。小屋もドアは鍵がかかっており、窓は曇りガラスで、外には何も出していないという状態だったから、中で何をしているのか、それとも何もしていないのか、やはり推測のしようがなかった。無論、このことは海月を通じて公安部に伝わっているはずで、公安部が重要と見做《みな》せば今度はそちらの人間が、それなりの人数で出張ってくるはずだった。だが名義上、無関係の人間の所有となっているプレハブだと、団体規制法を根拠にしての立入りは難しくなるかもしれない。オウム事件でもこの間のテロ事件でも警察が散々悩まされた「法律の壁」が、相変わらず何食わぬ顔で立ちはだかっている。

しかし、それとは別に、嫌な感覚がずっと首筋のあたりにまとわりついている。というより。

俺は振り返った。どうも見られている気がする。

その瞬間、背後で何かが砕ける音がした。

硬いもの同士を打ちつけたような、乾いてはいるが重い音だった。反射的に「石のような硬いものが地面に落ちた音」と判断し前を向く。いつも通りの帰り道で何も変化はなかったが、足元、一メートル手前に何かが飛び散っていた。暗い中、石畳の模様に紛れるそれに目を凝らす。

石だ。正確にはコンクリートブロック。重さはそれなりにあるはずだ。

さっと見上げ、同時に身構えていた。だが頭上には七階だか八階だかの高さのマンションがあるだけで、道に面したベランダには、下から見る限り誰もいない。半分以上の窓には明かりが点いていたが、見える範囲ではどこもカーテンが閉まっている。

頭上に注意しながら地面に膝をつき、一度伸ばした手を引っ込め、ハンカチを出してから一番大きな破片を持ち上げる。やはりコンクリートブロックだった。園芸用品として、ホームセンターなどではどこでも売っている。後ろに下がり、電柱に背をつけて上を見た。こんなものをベランダからたまたま落とすわけがないし、もし落としたのなら落とし主がベランダに残っているはずだ。下を通る人間に当たりそうになり、まずいと思って逃げたのだとしても、この通りは車も少なく静かだった。頭上から、足音や窓の開閉音が聞こえてきてよさそうなものだ。

破片の硬い感触にぞっとした。頭にでも当たっていたら死んでいた。さっき、俺はたまた立ち止まって振り返った。そうせず、そのまま歩いていたらどうなっていたのだろうか。

周囲を見回す。夜の道路は通る車も少なく、隣の表通りの音が伝わってくるだけで静かだった。だが俺は死ぬところだった。いつも通りのこの道で、あっさりと。

俺は自分が死んでいた場合の情景を想像した。この道のここに、頭蓋骨を割られた俺が血を流して倒れている。だが仮にそうなっても、やはりこの道は普段と何一つ変わることはなく、静かなまま俺の死体を転がしているのだろう。想像は鮮明で、くっきりと現実感があった。

見られている感覚が消えていることに気付き、そのことによって逆に確信した。狙われたのだ。脅しではない。相手は本気で俺を殺すつもりだった。マンションを見上げる。やった奴はどこだ。ここの住人なのか、それとも空き部屋や屋上に侵入したのか。だとすればやはり、この間、ホームから落とされそうになったのも事故ではなかった。海月の言う通りだったのだ。

ブロックの破片を置いて駆け出した。このマンションの構造はよく知らないが、玄関か非常階段を張っていれば逃げる犯人を捕まえられるかもしれない。路地の角を曲がり、植え込みを飛び越えて敷地に入る。裏側の非常階段が視界に入り、舌打ちした。どうやらこのマンションは正面玄関の他、お互い見えない位置に非常階段が二ヶ所あるようだ。一人では手が回らないし、住人を装って出てくる人間を全員職質しても、おそらく犯人は見つけられない。

呼吸が荒くなっている。吐き出した白い呼気に、続けて吐き出した新たな呼気が混ざる。

俺は玄関に向かって歩きながら携帯を出した。110番をし、応援を呼んで両側の非常階段を張りつつ、玄関から入って不審者を探す。

だが、出た係官に事情を説明しながら、俺は頭が急速に冷えていくのを自覚していた。玄関の黄色い明かりを見ながら思う。犯人の気配がない。おそらくもう逃げたか、どこかに紛れてしまっているのだろう。

ぽたり、と冷たいものが当たり、俺は空を見上げた。いつの間にか雲が出ており、冷たい雨が降り始めていた。

7

「官僚連中は勉強しかできないから、学歴ですべて決まる今の社会を維持したいんでしょう。それに今の日本じゃ、その学歴だって本当に頭がいいかどうかじゃなくて、家が金持ちで小さい頃から家庭教師をつけられるかどうかで決まる。だから官僚の子供は馬鹿でもいい大学に行って、また官僚になる。階層構造の固定化ですよ」

　僕がそう言うと、小寺さんは箸を置いて大きく頷いた。「そうだ。そして正しき者が搾取される。だが未開の一般国民たちは、このおかしさに誰も気付いていない。無論、国民が気付かないように、政府がマスコミに圧力をかけているわけだがな」

「で、国民が『都合の悪いこと』に関心を持たないよう、芸能人がどうしたとか今年の流行語とか、どうでもいいことばかり報道させてるんでしょう。大半の国民は馬鹿だから、まんまと騙されてそっちにうつつを抜かす」

「政府の世論統制だな。しかしお前、入会する前からそこに気付いていたとはなかなかやるじゃないか」小寺さんが焼酎のグラスをあおる。「最近は信者でも腑抜けた奴が多いのに」

僕も真似してハイボールをあおった。「そのせいで学校ではよく虐められました。当時は『馬鹿に生まれればよかった』って何度思ったことか」

「それは僕もあったよ」井畑さんが頷く。「皆、分かっている人間が怖いんだ。自分の頭の悪さがばれてしまうからね。もちろん国民がそう感じるように、政府は常にマスコミを使って洗脳活動をしている。エデンでは、そういう不合理な階層構造は絶対になくなるけどね」

「救世主は必ず一度は迫害されるものだ。エノク様もそうだったそうだ」小寺さんが僕の背中を叩く。酔って機嫌がよくなった時の仕草だ。「エノク様もそれに耐えられた。『彼らもいずれ自分が導いてやらなければならない』という使命感だったそうだ」

「すごい方ですね」

「公安に逮捕されても、片時も信仰が揺るがない。今はおそらく、エデンに招く人間をどう選ぶか、といったことで悩まれているんだろう。我々も続かないとな」

小寺さんは感じ入ったように頷き、ふう、と息を吐いた。酔うとすぐ顔が赤くなる人だが、それで言動が乱れるということはなく、店員を呼ぶと普通に会計をした。いつもの通り、僕の分はおごってくれた。居酒屋の戸をくぐると、一気に息が白くなる。体は暖まってはいたが、夜気の冷たさは分かった。

宇宙神瞠会（形式上は「友愛の国」）に入会して一ヶ月と少しといったところだが、僕は明らかに他の若い信者と違う扱いを受けていた。駅前で導かれた時、すでに開かれた思考を持ち、具体的ではないながらも政府の洗脳政策を自覚していたということが、導き手の信者高田《たかだ》から伝わっていたらしい。小寺さんは僕に目をかけてくれ、今の僕は他の信者たちの頭上を悠々と飛び越え、使徒クシエル小寺たちに連れられ、酒をおごってもらったりしている。よく同行する井畑さんも「聖徒」、竹ヶ原さんは「正者」である。普通なら、もともと持っている高い聖性に加え、おつとめや導き、さらには寄付で何年にもわたって魂を磨かなければ辿り着けない地位の人たちだから、他の若手信者たちからすれば不思議に映っているだろう。だが小寺さんいわく僕は「違う」のだという。権力側が普及させた多数派の価値観に何の未練もなく、必要とあらば革命で人が死ぬこともやむなし、と断言できるほど揺るがない。そういう人間は珍しいのだそうだ。

小寺さんたちに頭を下げ、駅前の道を歩く。歩道を自転車で走る馬鹿が後ろから来たので避ける。イヤフォンをしてこちらの目の前を横切る馬鹿を立ち止まってかわす。こんな時間まで小さな子供を連れて繁華街を歩いている馬鹿な母親に軽蔑の目をくれる。馬鹿ばかりだった。井畑さんなどは、未開の多数派たちは愚かだからこそ我々が導かなければならない、と言っていたけど、僕はそこまで優しくはなれない。小寺さんが言うように、僕たちがエデンに招かれるのを指をくわえて見ながら地獄に落ちればいいのだ。これまで多数派であるというだけで理不尽に幅をきかせてきた連中なのだから、ある意味自業自得なのではないか。

しかし、僕は以前のように、やり場のない怒りをただむらむらと内燃させるようなことはなくなっていた。宇宙神瞠会の人たちは、現在の日本に対して驚くほど僕と一致する意見を持っていた。俗っぽい流行を追ってばかりの教養のなさ。正しい意見を言う者より、皆に迎合する者を褒めそやし、自分たちの妬みは棚に上げて突出した者を叩く風潮――僕がそれらを指摘すると、彼らはむしろ僕によって気付かされた、という反応をした。正直なところ、僕はほっとしていた。入会するまでは、客観的に正しい考え方を維持しているのは、ひょっとして今の日本では自分だけなのではないか、とすら思っていた。ちゃんと分かっている人たちがいたのだ。エノク道古の教義には分からないこともあったし、彼の行った数々の奇蹟もまだ半信半疑だったが、僕は現在の科学で解明できないものなどないと決めつけるほど頭が固くはないし、エノク道古が科学で解明できない力を持っているのだとしたら、公安が陰謀をめぐらし、彼の力を支配しようとすることは確かにリアリティがあった。

腕時計を見る。まだ午後九時半過ぎだった。今からまっすぐに帰ると、まだ家族が動き回っていて廊下で鉢合わせするかもしれない。それを考えると面倒だった。

クソみたいな前のバイトはそのまま「切って」やった。宇宙神瞠会のことはまだ親には話していない。無関心でいてくれればいいが、うちは両親も妹も世俗に染まりきっている人間だから、どうせマスコミ情報を鵜呑みにしてあれこれ言ってくるに決まっている。だから集会に参加する時は「新しいバイト」だと説明しておいた。

僕は角を曲がり、行きつけのマンガ喫茶が入っているビルに向かった。バイトを切った上に宇宙神瞠会に寄付もしているので、マンガ喫茶に入る金はもったいない。屋上に上ってしばらく時間をつぶせばいいと思った。マスコミの洗脳手法、それに踊らされる大衆の心理、「分かっている人間」だけがいつの日か招かれる楽園「エデン」。そこを支える制度はどういったものがいいか。思索すべきテーマはいくらでもあった。

急な階段を上り、マンガ喫茶のドアの外を通り過ぎてさらに上へ。基本的にマンガ喫茶の受付のある六階より上は何もないので、階段の途中も踊り場も、いつどの店が置いたのか分からない段ボール箱やビールケースが積まれて通りにくくなっている。それがある意味、屋上を人の目から隠すバリケードだった。こんなところを抜けてまで階段で上に行く人間はいない。

だが、屋上のドアを開けた僕は予想外のものを見た。

先客がいた。

最初に見えたのは迷彩柄のコートの背中だったので、男だと思った。だが振り返ったのは、小柄な少女だった。進路上に来るものすべてにつっかかっていくような険のある表情をしていたので一瞬のけぞったほどだったのだが、なぜか彼女は僕をみとめると、ふっと表情を緩め、ポケットから右手だけ出して小さく振った。

知らない子だ。僕を誰かと間違えているのだろうかと思ったが、彼女は言った。

「初めまして。やっと一緒になったね」

知り合いともとれるし初対面ともとれる奇妙な挨拶だった。僕がどう答えてよいか分からず黙っていると、彼女は吹く風を押しのけるように声を大きくした。

「いつもいるよね。ここに」

「あ……」隠すほどのことではないが秘密だった。認めてしまってよいのかどうかが分からない。

「私も。時々だけど」

それから彼女は付け加えた。「仲間」

勝手に渾名《あだな》をつけるように、悪戯《いたずら》っぽくそう言って微笑む。無造作なデニムと迷彩柄のコートで済ませているけど、かなり可愛い子だった。屋上に侵入していることを咎められることもなさそうだし、敵意を持たれていないのは分かったので、僕は後ろ手で静かにドアを閉めた。風が吹き、彼女の髪が揺れる。

「宮尾《みやお》詩織《しおり》」

いきなりそう言ったので、彼女が名乗ったのだと気付くまで少しかかった。

「……あなたは？」

「仲本……丈弘《たけひろ》」

抵抗はあったが、一応、ちゃんと聞こえるようにそう言った。すると彼女は、何かいいものを見つけたような表情になって頷いた。そして、僕の目を見て言った。

「この世界はバカばかり」

詩でも朗読するような口調だった。

「テレビにとりあげられるのは、どこの店がおいしいとか、どの服が流行りだとか、そんなくだらないことばかり。なのに、そんなくだらないことにしか興味がない人間が多数派だから、真面目な話題を出すと『痛い人』扱い。日本の社会制度のどこが問題だとか、考えたことがないのかな？　そういうのは全部『ムズカシイハナシ』にして避けて、何かから逃げるように流行ばかり追って。自分の考えを持っている人をみんなで排除する。みんながこうだから。みんなが言っているから。真実かどうか、正しいかどうかなんて考えもしないで盲信する。群れになって海に飛び込むレミングみたい」

僕は途中から、彼女の言おうとしていることが理解できた。すぐに言葉は出なかったけど、かわりに強く頷いた。「僕のまわりも、そう」

「だから上の方に逃げるの。ここには、バカな大衆は来ないから」彼女は僕をまっすぐ見たまま、そこまで言った。「……違う？」

「違わない」

彼女の顔をまっすぐに見るのは抵抗があったが、そのかわりに言葉をはっきり発音した。

「下にいると馬鹿がうるさくて落ち着かないんだ。だからここに来る」

「私も」

普通の人間が聞いたら眉をひそめるような会話だろう。だが、左右のビルを見下ろし、周囲に何もないこの屋上では、盗み聞きして「常識的に」咎める人間は誰もいなかった。はっきり分かった。彼女も何かのきっかけでこの場所を見つけ、僕と同じく何度も来ている。

「……何回か、ここにいるのを見たの。でも声をかけていいか分からなかった」

「知らなかった」

「……私、邪魔？」

「まさか」

その答えは予想していたようだ。彼女は満足げに頷き、僕を手招きした。「こっち来てよ。仲本君」

女の子の隣なのでかすかに迷う気持ちはあったが、そんなものはすぐにねじ伏せて彼女に歩み寄った。彼女はいつも僕がいる位置よりもっと縁の近くまで出ていて、風のあるここでは煽られて落ちてしまうのではないかと不安になる。

「仲本君、学生なの？　平日の昼間にも見たけど」

「……フリーター」

バイト探しすらしていないのだからそう答えるのにも抵抗があるのだが、なんとなく、普通に働いているというふうに見せたかった。その方が年上っぽい。「……宮尾、さんは？」

「詩織でいいよ。……私はニート」彼女は照れたように微笑む。「だから私も、平日の昼間にこんなところにいるの」

「ああ」その表情が可愛いので照れくさく、僕はどうしても目をそらしてしまう。「いいよ別に。学校なんて」

「どうやってクラスの権力構造に取り入るか。どうやって無難な『普通の人』ポジションにとどまるか……そればっかりだもんね。つまんないし、くだらない」

「うん。ほんとそう」

応えながら察していた。彼女も僕と一緒だ。たぶん、中学か高校に馴染めずに切って、きた人間。僕と同じカテゴリーに入る人間だ。はみ出し者、とも言うのだけれど。

だが女の子というのが衝撃だった。僕の知っている女たちはみんな、理不尽な同調圧力に何の疑いも持たない馬鹿とか、うるさく騒いでちゃらちゃらした男とくっつくビッチだった。そうでない子も、いるのだ。

それがとても貴重なことだと気付いた。この人だけは違うかもしれないと思っていた古関さんだって、結局は普通の女だったのに。しかも、かなり可愛い子だ。大袈裟《おおげさ》でも何でもなく、宮尾詩織は天然記念物級にレアな存在なのではないか。

そう思うと急に緊張した。あまりじろじろ見てしまうと彼女がぱっと飛び去っていってしまうような気がして、僕は頭を前に向けて街並みを見るふりをしながら、ちらちらと視線だけ動かしてこっそりその横顔を窺う。目が大きい。何かに怒っているように結ばれた唇と、頼りなげな細い首筋。視線を下に移したところで気付いた。左の手首に、ごくかすかだが一筋、赤い傷痕がある。

視線を感じてはっとした。彼女が僕を見ていた。

「あ……」

僕が勝手にじろじろ見ていたことを謝るべきか迷っていると、彼女は何かに気付いたようで、左の手首を右手で摑んだ。

「いや、その……」それを見ていたわけではないのだ。

「……昔のことだから」彼女は摑んだ自分の手首を見ながら言った。

それから、はるかに続くビルの連なりを見渡した。

「この世界がくだらないからって私が死ぬことはないもん。世界の方が死ねばいい」

「……うん」

その言葉で思い出した。小寺さんたちは、ハルマゲドンがもうすぐ来ると言っていた。未開の者たちはそこで皆滅び、地獄に落ちると。彼女はその時、どうなるのだろうか？

8

「いちごのショートケーキに合うものといいますと、やはりディンブラでしょうかねえ。季節もちょうどいいですし。でも生クリーム部分が多いのでアッサムも捨てがたいのです」

「はあ。……まあ、さっぱりしたやつの方がいいんじゃないですか」

「それと、ご自分で分かっている様子ですけど、昨夜の設楽さんの対応は中途半端でしたよ？　110番通報でPC《パトカー》が急行したとして、二、三名の応援では出入口に一人ずつ配置したらおしまいになってしまいます。犯人が落としたブロックと同じものを抱えて出てくる、といったような特殊な事情でもない限り、逮捕につながりません」

「申し訳ありません。主観的にははっきり殺人未遂なんですが、それなりの人数を呼べるような説明ができない気がしてしまいまして」

「でも、好みが分かりませんのでもしかしたらレモンティーで飲みたいという方がいるかもしれないのですよね。アッサムは時期もまだですし、ここはもう、ディンブラをベースにブレンドしていただくというのもいいかもしれないのですが、どうでしょう？」

「いや……そりゃまあお店の人に訊けば、ちょうどよくしてくれるかと」

「包囲するのが無理そうだと思ったなら逆に、攻撃自体に気付かなかったふりをして立ち去ってもよかったのです。立ち去ったと見せかけて現場を監視すれば、犯人が凶器を回収しに現れるかもしれませんでしたし、少なくとも犯人に警戒されないというメリットはあるのですから」

「はい。……あのう警部。話題は一つずつにしませんか」

海月は少し首をかしげ、それもそうですね、と呟いて店員を呼んだ。紅茶の方が先か、と思ったが、場所と時間を考えればそれが正しいのかもしれない。休日に紅茶専門店で殺人未遂事件の話をしている方がおかしいのだ。

俺は茶葉の並ぶ棚から視線を外して背筋を伸ばし、腕に提げているトートバッグを持ち直した。バッグの中身は海月警部お手製のショートケーキがホールで入ったケーキボックスである。傾けてはならない。

土曜の午後一時過ぎであり、この店舗内はそれほどではないものの丸井百貨店そのものの客が多く、後ろの通路でぼけっと立っていると邪魔になる。本来なら俺が昨夜狙われた時の話などするものではないのだが、*海月警部は元来そのあたりのＴＰＯというものをあまり考慮しない。それにそもそも、休日にわざわざこんなところで会っているのは、宇宙神瞠会の後継組織である「友愛の国」の施設を監視中である公安総務課・三浦警部補を訪ねて相手の動向を知る、という目的があるからだ。つまり俺と海月はこれから公安の張り込み拠点に行くのである。仕事時のスーツで行くわけにいかないので二人とも普段よりカジュアルな恰好なのだが、下をデニムにしただけでほとんど普段と差がない俺に対し、コートはそのままなのにフレアスカートとブーツになった海月はあまりにデートスタイルで、完璧すぎるほどのカムフラージュだった。この警部はどうも、警察官に見えないようにすることにかけては警視庁で一、二を争う腕前である。

公安の三浦たちに対しては、海月がすでに了解をとりつけてあった。俺たちは数ヶ月前のテロ事件の時、宇宙神瞠会に対する捜査で一時的に彼らと協力関係になっており、その縁があって「名無し」とも共に戦い完敗を喫した。以来、この協力関係は刑事部長と公安部長も諒解しているところになっている。警察組織というものの性質上、通常なら絶対に不可能なつながりなのだが、越前刑事部長を始めとした数名が動いているせいなのか、警視庁は――それも俺の所属する刑事部周辺は最近、雰囲気が変わってきている。一年前であれば「絶対にありえない」として検討対象にもされなかったような捜査態勢でも、例外としてできるかもしれない、という期待が持てるようになっている。刑

＊　刑事は日勤なので基本的に土日が休みである。だが実際には両方休める週はあまりない上に、重大事件時は完全に休みなしになる。

事部長があちこちで、既存の組織体系にとらわれない「前例」を作っているせいだ。

さっさと茶葉をブレンドしてもらったらしき海月が、店の紙袋を持って戻ってきた。

「お待たせしました。……設楽さん、お疲れですか？」

「いえ」海月が手にしている領収書を見る。「ああ、お茶代は」

「いえ。経費ですのでそこはきちんと」言いかけた海月は領収書を見て眉をひそめる。

「……あら？　でも訪問の手土産というのは、経費になるのでしょうか？」

「それより刑事部の人間が公安なんかに話を聞きにいくのにどうやって申請するんです」

領収書の宛名は「警視庁捜査一課様」になっている。この恥ずかしい宛名をよく店員に言えたものだ。

結局、昨夜俺を殺そうとしたらしき人間は見つけられなかった。さっき海月に言われた通り、110番はしたのだが、最寄りの交番から駆けつけてくれた二名と俺だけではマンション中を捜すわけにはいかず、そもそも応援の到着前に犯人がどちらかの非常階段から逃げてしまっているかもしれず、どうにもならなかったのだ。凶器のブロックを示して事情は説明したものの、これだけでは嫌がらせ目的の悪戯だと言われてしまえばそれまでで、何より犯人の手がかりがまるでない状況では、所轄が動いてくれることも期待できなかった。

とにかく深夜だったが海月に電話をした。やはりターゲットにはなっていないようで、彼女の方には何もなかったらしい。彼女の自衛能力を考えればひと安心だったが、海月は「明日、公安の三浦さんを訪ねましょう」と言って、土曜である今日、俺を呼び出したのである。自宅付近でわざわざ待ち伏せてまで俺を狙う人間が「土日なので次は週明けで」などと言うはずがなく、対策はすぐにとらなければならなかった。休日であることをおくびにも出さず出てきてくれる海月はありがたくもあったが、二人ともカジュアルな恰好で紅茶専門店を覗き、手に提げているのは手作りのケーキときている。どうも落ち着かない。

丸井百貨店の二階から北千住駅西口のロータリーデッキに出て、エスカレーターで地上に下りる。昨夜から降り続いていた雨は少し前に止んでいた。買い物客で溢れる大通りを、手に提げたケーキボックスとまたロストしそうになる海月を気にしながら歩く。

交差点を曲がりアーケードが切れたところで俺は、工事中らしく灰色のカバーに覆われている傍らのビルをふと見上げた。何の変哲もない、七階か八階建ての商業ビルだった。灰色のカバーの彼方、屋上あたりから、かつんかつんという作業音と、作業員のやりとりする声が聞こえてくる。怒ったような大声なのは、周囲の作業音と眼下の大通りの騒音のせいで、そうしなければ聞こえないからだろう。

姿の見えない作業員を想像する。そのうちの誰かが、ハンマーなりレンチなりを俺の顔面に向かって落としてきたら。

まず気付きはしないだろうし、当たれば重傷、それなりの確率で即死だろう。別に工事中のビルからでなくてもいいのだ。屋上から何かを落とされたら。いや、屋上でなくてもいい。どこか上階の窓から。あるいは窓ガラスが割れて降りそそいできたら。

視線を前に戻し、大通り沿いにぎっしりと並んだビル群を見る。どのビルでもいいのだ。その気になれば昨夜のように物を落とせる。運悪く当たれば死ぬ。ガラスが割れれば放射状に広がるから、命中率はかなり高くなるのではないか。

嫌な気分だった。高校の頃、旭川《あさひかわ》を出て初めて東京に着いた時の印象を思い出した。羽田から浜松町へ向かう間、モノレールで空中から展望したビル群はちょっとしたスペクタクルだった。東京駅に降り立ち、丸の内口を出た時のあの広い空間と、天空まで伸びる巨大な箱がどかんどかんと置かれているスケールの大きさにも感動した。だが実際にその足元を歩き始めてからしばらくして、ある瞬間ふと不安に襲われた。あんな高いところから、下に向かって何かを落とされたらどうなるのだろう。ガラスが割れたら。地上に達するまでに加速がつき、凄まじい勢いになるのではないか。それが無数に降りそそいできたら。

道の両側にどこまでも続くビルの連なりを見る。あのビルからでもいい。その隣のビルでも、そのまた隣のビルからでもいい。どこからでもいいのだ。その気になればどこの屋上からでも、俺に向かって物を落とせる。現に俺は一度、落とされている。

周囲の雑踏には上など見る人間はおらず、皆、前を見て、あるいは隣の人間と話しながら歩いている。携帯の画面に視線を落としたまま歩く奴すら時折いる。彼らは不安に思わないのだろうか。今の自分をはるか頭上から観察している人間がいて、そいつが自分の脳天目がけて重い何かや尖った何かを落としてこないだろうか、と。

おそらく皆、一度は思ったはずなのだ。だがその不安を情報でねじ伏せた。そんな事故は聞かない。あったとしても年に何件もない。確率的には、今、下を通っているビルの上から落ちてきた何かに当たって死ぬより、次の交差点で車に轢かれる可能性の方がはるかに大きい。だから心配するだけエネルギーの無駄である。

理屈としては確かにそうだった。だがそれは、狙って待ち伏せ、落としてくるかもしれない人間がいない、と確信できる場合の話だ。今の俺は狙われている。確率は跳ね上がる。

「設楽さん?」

気付くと、俺より少し前に行っていた海月が人の流れに逆らって立ち止まり、振り返ったところだった。

「設楽さんは旭川出身ですから、東京の人ごみは慣れないのですね」海月は微笑んで手を差し出してきた。「はぐれないように、しっかりついてきてください」

時折思うのだが、どうもこの人は俺を子供扱いしたがっているのではないか。「偏見ですよ。旭川だって駅前のイオンモールとか、平和通買物公園《へいわどおりかいものこうえん》の手のあたり*までは人が

＊ 木内禮智作「手の噴水」。正式名称は単に「手」。平和通買物公園に点々と置かれた野外彫刻の一つ。旭川駅北口からずっと歩いてきてこれに出くわすと、わりとぎょっとする。

多いし」

「でも、常識とは十八歳までに身につけた偏見のコレクションのことを言うのですから」*

「それ『だから常識は絶対じゃない』って話でしょう」警察官が職務遂行上参考にする「常識」には、多分に偏見に基づくものもある。だから考えさせられる言葉ではあるのだが。「だいたい、俺は大学からずっと東京です。むしろ東京出身なのに人ごみですぐロストする警部の方が不思議です」

「相対的に見れば、わたしという観測者からロストするのは設楽さんの方になります」

「アインシュタイン引っぱってまで頑張らなくていいですから」海月の隣に行く。「アインシュタイン的思考は名探偵がやるもんです。俺たち警察官はニュートン的に動かないと」

俺たちの横を通った爺さんが、こいつらは何の話をしているんだ、という顔で振り返った。俺は肩をすくめて海月を促す。「行きましょう。立ち止まって話し込む場所じゃない」

しかし海月は、バッグをごそごそと探っていた。

「警部？」

「忘れていました。設楽さんに、お渡しするものがあったのです」海月はバッグからチェーンのついた小さなものを出した。「これをどうぞ。設楽さんは今、狙われていますから」

ちゃらり、と鳴るチェーンのついたそれを受け取る。黄色いヒヨコの形をしたキーホルダーに見えるが、これは。

「防犯ブザーです。設楽さん、危ない時には鳴らして、周囲の大人に助けを求めてくださいね」

「俺は子供ですか」なぜヒヨコさん型なのだ。他にいくらでも同種の商品があっただろうに。

海月は俺の持つ防犯ブザーに手を伸ばす。「鳴らし方は、ここのストラップを引っぱって抜くと」

ピヨピヨピヨピヨ、という耳障りな音が突如響き、俺はぎょっとした。慌てて海月の手からストラップを奪い、本体に差し直す。ヒヨコはなんとか黙った。「鳴らさないでくださいこんなところで」

「すみません」海月はさっさと耳を塞いでいた。「それと設楽さん、今ので電池が減っていますから、おうちに帰ったらちゃんと電池交換をしてくださいね**」

＊　アルベルト・アインシュタイン。これは微妙に意訳されたものであり、もとの言葉は若干ニュアンスを異にするらしい。

＊＊　小学生が持っている防犯ブザーの半数以上が、電池切れや故障によって鳴らない状態だった、という調査結果もある（国民生活センター調べ）。子供はいろんなところにぶつけたり落としたりするものなので、月に一度は鳴るかどうかのチェックをしましょう。

「子供じゃありませんって」

俺の方が年上なのだが。

そこはさすが公安と言うべきか、監視拠点は宇宙神睦会の後継組織である「友愛の国」の千住道場をいい角度で見下ろすアパートの一室にあった。四階の窓からは、道場の正門だけでなく裏門も視界に入る。それでいてむこうからは目に留める理由がなさそうな位置と外観のビルである。部屋の中もきちんとした家族向け住宅の間取りになっている。俺たち刑事部員の場合、個々の事件ごとに都度張り込み場所を考えるので、こんなに落ち着ける監視拠点が見つかるケースはまずない。ひどい場合は路上の軒下や路上駐車の車の中ということにもなる。この点は少し羨ましかった。エアコンがよく効いていて、室内の空気にはほっとするような柔らかさまである。

「しかし、これはまた……」俺は鼻歌を歌いながらケーキを切り分けている三浦警部補に訊いた。「ここに詰めてどれだけになるんですか?」

「それほどではないですね。他に仕事もありますから、ずっといるわけじゃありません」三浦警部補は例によって、美容師めいて爽やかな二枚目顔で微笑む。「設楽さん、イチゴは好きですか?」

「ああ、はい。それなりに」

「じゃあもう一個サービス、っと。……海月警部のケーキ、手が込んでますね。クリームが綺麗に三層になってます」

「最初の頃はよく失敗したのですけどねえ。少し濃厚ですので、お茶は中和できるものを選びました」海月は慣れた手つきで買ってきた紅茶を淹れている。「このカップ、かわいいですね。マリメッコのウニッコ*ですね」

俺の脳裏には海底をぽよんぽよん跳ね回るウニの群れが浮かんだが、三浦は笑顔である。「スープマグ兼用ですみません。仕事柄、そうそう食器を揃えることもできない場所ですから」

三浦警部補がケーキを切る間、代わって窓際に立ち外を監視していた麻生さんが、腕組みをして溜め息をついた。「揃いすぎですよ。設楽くん家より揃ってるんじゃ」

「否定はしない」俺も頷いた。

なにせ今、紅茶とケーキの出ているテーブルのクロスはもとより、ティーカップにかぶせるカバー、椅子の上のクッションカバー、はては玄関に上がった時に見た玄関マットまで手編みだった。そしてソファの上には何やら巨大ヒトデの死骸を思わせる編み途中の毛糸が載っている。編み物が趣味で俺も完成品をもらったことがあるが（公安部員の編んだマフラーをして捜査一課の大部屋に入る、という不条理な経験もした）、今度はソファカバーまで編むつもりらしい。警視庁公安部公安総務課の三浦警部補は、監視

＊　Unikko（フィンランド語）「ケシ科の花」。

拠点をすてきな奥さま的リビングに作り変えてどうしようというのだろうか。

「まったくだ」椅子に座ったまま麻生さん同様に外を監視している高宮さんが頭を掻く。

「三浦警部補、いっそのこと本庁舎の売店で売ってはいかがです。『公安部員お手製』と付ければ人気が出るかもしれません」

「兼業禁止ですよ。売り上げは予算に計上しても構いませんが、仕事になってしまうとあまりやりたくなくなるんですよね」三浦は苦笑した。

部屋には三浦警部補の他、脚の長さが強調されるパンツスタイルの麻生さんと、勤務中より柔らかい印象になるニットを着た高宮さんがいた。同期の麻生さんはともかく高宮さんのカジュアルな姿は初めて見たので、何やら変な雰囲気である。二人とも、海月から「情報の共有を」と呼び出されたらしい。

麻生さんは俺の同僚だし、高宮さんは強行犯係だが、この二人は例の、「刑事部長の命を受けて公安部に協力している捜査員」の一員だった。数ヶ月前のテロ事件では二人とも宇宙神瞠会本部へ侵入する非公式の作戦に参加しているから、それを考慮しての人選だろう。

「筧公安部長《うちのボス》から直々に話は聞いていますので、核心部分からお話ししますがね」

三浦が言う。手はケーキの皿を配りながらだが、口調は急に厳しいものになった。そういうふうに変化する男だ。おそらくはこちらがこの男の本質だろう。

三浦はケーキを配り終えると、傍らの床に置いてあるバッグからタブレットを出した。

パスワード入力を見られないためにか、俺たちに背を向けていくつかの操作をすると、ケーキの載った皿と海月が紅茶を淹れたカップが並ぶテーブルの真ん中に、顔写真が表示されている画面を置いた。「小寺惣一《そういち》。一九八一年二月二十七日生まれ。新潟県新潟市出身」

窓際の麻生さんを含め、全員がテーブルに向かって身を乗り出す。

「最後に確認した宇宙神瞠会での階級は上から三番目の『聖徒』。今は昇格して『使徒』になっているかもしれません」三浦が言う。「最重要人物です」

画面に表示されている坊主頭の男は、撮影者を不遜《ふそん》に見下ろすような目つきで正面を向いている。うっすらと生えた無精髭《ぶしょうひげ》と筋肉のついた肩。顔写真一枚で分かるほどに精悍《せいかん》な雰囲気を備えている。

「やばそうな奴だな」高宮さんが感想を言った。「腰だめで刺してくるのはこういうタイプだ」

俺にも経験で分かった。ただの「手の早い奴《ゴンタ》」ではなく、殺すと判断した時には眉ひとつ動かさずに人を刺す。生来の粗暴さを備えた人間というのがいるのだ。

「おかげさまで宇宙神瞠会は解散し、ご存じの通りラファエル湯江率いる『友愛の国』の穏健路線で通しているわけですが、ハトがいる場所には必ずタカもいます。この小寺は武闘派の代表格で、以前から信仰のためなら殺人も辞さないという態度だったようです。それでも、というよりそれゆえに一部信者に支持があり、小寺派、とでもいったものがすでに形成されている。公安《われわれ》の監視対象は主にこの一派の連中です」

「殺人も、ね」麻生さんが嫌そうな顔をした。「警察もターゲットにされてるんでしょうし、公安《わたしたち》と刑事部の区別なんてしてくれなそう」

「団体規制法は解散させるところまではいいんですが、その後は逆に問題をこじらせる部分もあるんです」三浦は椅子に座ると、一番にフォークを取った。「巣が一つのうちは見えるし、包囲もしやすい。ですがそれを潰してしまうとばらばらになって潜伏する。こうなると公安部《ウチ》も公安調査庁《やくにんさんたち》も、完全には動きを把握できなくなる」

三浦の言葉に続ける者がいなかったので、皆、なんとなく彼に続いて空いた椅子に座り、それぞれケーキを取る。椅子の数が明らかに足りないので俺は立ったままだ。ティーカップから立ちのぼる湯気で、画面の小寺が少しかすむ。

俺は麻生さんの隣の椅子が空いているのに気付いた。海月が座ると思っていたからなのだが、なぜか海月は壁際、道場を見下ろす窓とは違う方向の窓から下を見ている。

「警部？」

「あ、すみません。猫がいたのでつい」海月は窓の外を見たまま言った。「この下はコインパーキングなのですが、そこに停めてある車の下から、三毛さんが出てきまして。気になりましたので」

「ああ……」テロ犯より三毛猫。気の抜けた話だ。この人の頭の中はよく分からない。

「警部、そこどうぞ。警部が用意してくれたお茶とケーキですし」

「設楽さん」海月はなぜか意外そうな顔をした。「それどころではありませんよ。あの三毛さん、車の下で寝ていたんですよ」

「はあ？」

高宮さんらと顔を見合わせる。麻生さんは怪訝《けげん》そうに眉をひそめた。

「ですから、車の下で寝ていたんです。……ああ、もう」

俺たちの反応は彼女にとって薄すぎたらしい。海月は焦れた様子で両手を握った。

「ですから、つまりですね。『ニーベルンゲンの歌』によれば、ジークフリートは」

「えっ、ちょっと待ってください。なんで三毛猫がジークフリートになるんですか」

「ですから、それはつまりですね。たとえますと、量子力学ではですね、無限循環を含んだ構造を」

「ストップです」俺はフォークを持った手を挙げて海月を止めた。しばらくやっていなかったので忘れていたが、彼女はたとえ話がおそろしく下手であり、されればされるほど話の内容が五次元方向に巻き上げられて摑めなくなっていくのである。「量子力学とかやめてください」

「えっ、でしたら、つまり、ですね。ポーセラーツで白のお皿に……いえ、マックス・エルンストという画家が」

「それもやめてください。どっちもやめてください」俺は海月を押しとどめた。

振り返ると、麻生さんも高宮さんも全員、フォークを持った姿勢のまま塩の柱にでもなったように動きを止めている。

「警部。いつも言ってるじゃないですか。何か説明する時はたとえ話とか要りませんから、ストレートにお願いします。ありのままで。もうほんと現象学的に本質だけ」

「現象学的に、ですか。そうしますと」

「いえすみません。それはいいです。ありのままの方で」

「ありのままに言いますと」海月は眼鏡を外して俺を見た。「すぐそこに『名無し』がいるかもしれません」

9

海月の言葉で、それまで唖然《あぜん》として停止していた俺たちの時間が動き始めた。

最初にフォークを置いて立ち上がったのは麻生さんだった。「どこです」

「下のコインパーキングです。ここから見える、駐車中の車両の中に」

麻生さんが立ち上がり、海月と並んで窓から下を見る。俺もその隣に並んでカーテン越しに下を見た。海月が指さしているのは停められているうちの一台、白のデミオだ。道路側のスペースに、鼻を突っ込んで停めてある。特に何か違反している様子はない。

「あれですか。……どうして？」麻生さんが訊く。後ろに高宮さんと三浦も来たようだ。

「三毛さんが出てきました。昼寝をしていたんです。あの下で」海月は高宮さんのために窓際の場所を空ける。「昨晩から先程までずっと雨だったでしょう。見ての通り、地面はまだ濡れています。ですが三毛さんが昼寝をしていたということは、あの車の下は濡れていないということです。つまり、あの車だけ昨晩から最低でも十四時間程度、置いたままなのです。なぜでしょうか？」

デミオを見る。ワイパーを動かした跡があり、フロントガラスは扇形に拭われている。

「もちろん、コインパーキングに十四時間以上車を置いたまま動かさない、ということは、普通でも考えられます」海月は言う。「ですが、この時期に、ちょうどこの場所で、『友愛の国』の道場が見えるように停められたまま十四時間以上も動かない車――というのは、偶然でしょうか？」

「まさか……」ワイパーを動かした跡はあるのに車本体は動いていない。それも偶然だろうか。

「三浦さん。公安調査庁の動きはどうでしょうか。あれは公安調査庁の車両ですか？」

「公調の動向は我々にも分からないんですが……ちょっと失礼」三浦が俺を押しのけて窓に張りつく。「……ちょっと、それっぽくないですね」

仮にあの車が道場を監視しているのだとすれば、公安部か公調だろう。だが公安部なら三浦が知らされているはずだ。それ以外で「友愛の国」の道場をマークしていそうな者。

海月が言ったことがようやく分かった。本当に奴かもしれない。奴も宇宙神瞠会をつけ狙っている以上、可能性は充分にある。たまたま公安と同時に奴らの道場を監視していたのだ。

窓の外に見える何の変哲もないデミオが、急に重要性を増した。「名無し」。四人が殺されたフレイム事件、六人が死傷した上野牛丼屋銃撃事件、七人が殺害された松《まつ》が谷《や》暴力団事務所襲撃事件すべての犯人であり、現在、警察庁を通じて全国都道府県警に手配書が出ている最重要の特別手配被疑者。連合赤軍事件の坂東國男《ばんどうくにお》やオウム真理教事件の菊地直子《きくちなおこ》などに匹敵する大物中の大物だ。

そいつがすぐそこにいるかもしれない。眼下のあのデミオの中に。

短い沈黙の後、最初に口を開いたのは麻生さんだった。「とりあえず職質《バン》かけましょう」

「いや、待て」高宮さんが止める。「当たりだった場合はどうする？　あっという間に逃げられるぞ」

その場の全員が思い出していた。昨年の事件で「名無し」は、拳銃を携帯した二十名以上の捜査官による包囲を抜け、パトカーを奪って逃走した。その後、運転中の他の車両を強奪。緊急配備の検問にも引っかかったのだが、簡単に突破された。そういう相手だった。ぬるいやり方では取り逃がしてしまうのだ。

「私たちは非番なんで丸腰ですけど」腕を組んで考えていた麻生さんが、三浦に言った。「三浦さん、それと今あっちの部屋で仮眠取ってる長野《ながの》さん、拳銃携帯してますよね？」

「それは……」三浦はジャケットの前を開けてホルダーを見せる。「ですがちょっと待ってください。僕たちは動けませんよ。こんな、監視拠点の近くでドンパチなんて冗談じゃない」

「『名無し』ですよ？　あいつかもしれないんです」麻生さんが三浦に詰め寄る。

「それでもです。僕の一存じゃ動けない」

麻生さんはそれ以上何も言わなかった。無論、彼女の方も分かっている。名無しがどれだけ重要な特別手配被疑者だとしても、原則的に奴のことは刑事部マターだ。公安部の三浦には、監視拠点を潰し監視の事実に気付かれる危険を冒してまで奴を逮捕することは求められていない。

「三浦さんは動けませんね。ではわたしたち刑事部員が勝手に動きます」海月が言った。

「申し訳ありません。公安部の方がこんなところで張り込みをしていたなんて、わたしたちは知らなかったのです」

海月が言うと、麻生さんと高宮さんも頷いた。三浦が焦った顔になる。「ちょっと」

海月はその三浦にすっと近付き、懐から拳銃を抜き取った。「これだけ貸してくださいね」

「ちょっ、そんな、無茶な」

三浦は焦るが、海月は俺に拳銃を渡した。俺は頷いて受け取り、弾倉を開いて五発とも装弾されているのを確かめた。後ろで高宮さんが「おいおい」と言うのが聞こえる。

「そうね。丸腰ってわけにもいかないし。……あっちで仮眠中の長野さんも携帯してるんでしょ？」

麻生さんは言いながら隣の部屋に入っていってしまう。長野の驚いたような声と揉めているようなやりとりが聞こえてきたが、しばらくすると静かになり、麻生さんがニューナンブの安全ゴムを外しながら出てきた。

「無茶ですよ。他人の拳銃なんて」

警察官の拳銃はやたらと発砲していいものではない。一発撃てばいつどこでなぜ撃ったか、相手は誰でその必要性があったか、すべて書類にまとめて提出し、厳しい審査にさらされる。当然、銃本体はもとより弾丸の一発一発まで厳重に所在が管理されており、「他人の銃を借りる」などということは通常ありえない。三浦が困り顔なのは当然だ。だが三浦は拳銃を取り返しにくる様子はなかった。そんな手続きにこだわっている状況ではないのだ。

「書類は代わりに書いてあげますから」海月がそう言って俺たちを振り返る。「先手を打たないで確保できる相手ではありませんから、発砲に関する服務規定は無視してください」

三浦が唾を呑み込み、俺を見た。「……設楽さん、とんでもないのと付き合ってますね」

「まあ、宮仕えですから」

高宮さんが困りきった顔で三浦に言う。「俺は常識人だからな。一緒にしないでくれよ？」

「わたしは状況の確認のため、携帯電話を通話状態にしてここに残ります」海月は俺たちに向き直り、敬礼した。「設楽巡査。麻生巡査部長及び高宮巡査部長。当該車両の運転者を確認し、『名無し』である場合は確保してください」

これでも海月は警部だ。俺たち三人は同時に敬礼した。「了解」

高宮さんが三浦を振り返った。「悪いな。また貧乏くじを引かせちまうかもしれん」

この二人は以前、偶然奴に遭遇したことがあった。三浦は肩をすくめる。「仕方がありません。貧乏くじも仕事のうちです。……お気をつけて」

俺は海月と軽く頷きあい、羽織ったコートの内側に拳銃をしまって玄関を出た。先頭で階段を下りながら思う。正直なところ、たった三人だけで名無しと対峙するなど辞退申し上げたい。だが警察官である以上そうはいかないし、ぐずぐずしていて逃げられてしまったら失態どころの騒ぎではない。

階段を下りて表に出る。「友愛の国」の道場とは背中合わせになっている位置なので、この路地ではそこまでの警戒は要らない。だが隣のコインパーキングは、道場が面している通りにもつながっている。三浦たちには悪いが、こっそり確保するわけにはいかなそうだった。

アパートの壁面に寄ってコインパーキングの方を窺う。デミオはまだいる。エンジンはかかっていないようだが、運転席の人間の顔までは、この距離からは見えない。

「どうします?」懐の拳銃に視線を落とし、高宮さんに訊く。「いきなりこいつを突きつけるわけにはいきません。乗ってるのが関係ない一般人だったら大問題になっちまう」

「だが三人ががかりでわっと寄っていったら即、ばれるぞ。一応俺たちは全員、面も割れている」

部屋に残っていた公安の長野なら大丈夫だったかもしれない。だが彼の協力は期待できない。

「仕方がありません。高宮さん、先行して運転者の顔を確認してください」麻生さんがコートの内側に手を入れたまま言った。「奴だったら右手を挙げて。車が走り出す前に拘束します」

それしかないようだ。高宮さんは肩をすくめた。「俺を撃つなよ」

「留意します」

麻生さんの返事に困り顔で首を振り、しかし高宮さんは背筋を伸ばして歩き出す。コインパーキングの周囲は柵も何もなく、デミオ以外には隅に軽が一台、停まっているだけだ。踏み込むのに支障はないが、かわりに接近する俺たちの姿を隠してくれる物もない。スピード勝負で、相手が態勢を整える前に決着をつけるしかなかった。

高宮さんが携帯を出していじりながら、いかにもSNSか何かでやりとりをしながら自車に戻る、といったふうに駐車場に入っていく。コートの内側に手を入れた麻生さんが俺の耳元に囁く。「設楽くん、運転席ね。私、まっすぐ助手席側に行くから」

「了解」

頭の中で十秒後の行動をシミュレートした。高宮さんが右手を挙げると同時に走る。デミオまでは十歩というところだろう。拳銃を抜き、まず麻生さんが助手席側から突きつけ拘束する。奴が何か反撃しようとしても、時間差で運転席側に回った俺が今度は反対側から銃口を突きつける。それで挟み撃ちにできる。仮に片方を撃ってももう片方が反撃する。

数の力で押し潰す。警察業務の原則通りだ。

高宮さんが何かを探す様子で携帯から顔を上げ、助手席側を見せているデミオに後方から近付く。乗っているのが名無しで、奴がすぐに高宮さんの顔を思い出したとしても、高宮さんが奴の顔を確認する方が早い。エンジンはかかっていない。逃げる前に押さえられる。

正直なところ、名無しでなければいい、と祈っていた。確保すれば大手柄とはいっても、あんなのとやりあうのは御免だ。ただの、たまたま停めていただけの一般人なら。

高宮さんがウィンドウに向かってかがんだ。その瞬間にデミオのエンジンがかかった。

はっとした。エンジンを切っていたわけではない。あの車はアイドリングストップのついたタイプだ。予想よりはるかに早くデミオがゆらりと動き出す。それで気付いた。奴は高宮さんの顔を確認する前に動いた。だとすれば、おそらく停まっていた軽の運転者をチェックしていて、「違う人間」が入ってきたことに不審を覚えたのだ。

エンジンが唸《うな》る。高宮さんが手を挙げながら振り返る。奴だ。

俺の横で風が巻き起こり、麻生さんが先に飛び出していた。拳銃を抜いて続く。だがデミオは急にバックし、避けた高宮さんがよろめきながらこちらに戻ってくる。

「そこの車停まれ！」

麻生さんの声が響くと同時に、彼女の手の中のニューナンブが続けて二発、火を噴いた。横から銃撃され、デミオのサイドウィンドウが砕けて吹き飛ぶ。射線上にいた高宮さんが頭を抱えて丸くなった。

いきなりぶっ放しやがった。決断が早すぎる。

もう元の作戦通りにはいかない。膝をついて頭を抱える高宮さんと、助手席側の窓に向けてさらに二発を撃ち込む麻生さんを追い抜き、車に駆け寄る。ニューナンブは五発しか装塡《そうてん》できない。彼女が弾切れになる前に運転席側に回り込み、拘束する。

だがデミオの車内で一瞬、火が光ったのが見えた。麻生さんの体が後ろに弾け飛び、赤い血がわずかに舞った。俺は走りながらデミオのリアウィンドウに向けて二発連射し、車が急にバックしてきてぶつかられないことを祈りながら車体後部を回り込んだ。高宮さんが地面に手をつきながら立ち上がり、落ちた麻生さんの銃に飛びつく。運転席側のサイドウィンドウも貫通弾で割れていた。そこに叩きつけるように銃口を突き出す。ほぼ同時に高宮さんが助手席側から銃口を突きつけていた。

「動くな！」

「武器を捨てろ！」

暗い車内にいる男がこちらを向き、その瞬間に顔が確認できた。特徴のないジャケット。だが右手に銃を持っている。名無しだ。オートマチックの拳銃を持っている。脚にでも一発撃っておくかと考えた瞬間、名無しの体がシートの背もたれごと仰向けに倒れた。

「あっ？」

予想外の動きに驚く間に名無しの体は倒れたシートの上でぐるりと後転し、向こう側の後部座席に移動している。後部のドアが一気に開け放され、ぶつけられた高宮さんが膝をつく。俺は後部座席に銃口を向けたが、名無しはすでに車外に出ていて、照準をつけるのが一瞬遅れた。その背中に向けて撃とうとした瞬間、名無しの体が今度は真上に飛んで消えた。

「なっ」

上だと。

デミオの屋根に視線を上げた瞬間にはすでに、屋根の上で回転した名無しの脚が眼前に迫っていた。頭を蹴られ視界が回転する。車体にしがみついてアスファルトに膝を落とし、倒れるのをこらえた。しがみついている車体がゆさりと揺れる。顔を上げると、名無しが車体のむこうに飛び降りるのが見えた。拳銃が地面に落ちるがちりという音と高宮さんの呻き声が聞こえる。

……なんて動きをしやがる。化け物め。

このまま逃がすわけにはいかない。もう、とにかくぶっ放すしかなかった。ガラスの割れたサイドウィンドウの窓枠を摑む。ぎざぎざの破片が指に食い込むのも構わずに体を起こす。

だが割れたガラス越しに車体のむこう側を見た俺は、車内に突き出された名無しの銃口がまっすぐにこちらを向いているのを知った。眼前で黄色い光が弾け、ぶっ叩かれたような衝撃を肩に受けて仰向けに倒れる。硬く冷たいアスファルトが後頭部にぶつかった。

デミオのエンジンをふかす音が聞こえ、地面の振動が背中から伝わってくる。ガラスが割れただけで車は動くのだ。

駐車場のアスファルトの上に大の字になりながら、灰色の濃淡がまだらに続く空を見る。どうしようもない感覚を味わっていた。この感覚には覚えがあった。完敗の感覚だ。特別手配被疑者発見。緊急配備を要請しなければならない。海月たちがやってくれているだろうか。麻生さんは、高宮さんはどうなったのだろうか。致命傷かもしれない。それに早くここから退散しなければならない。派手に発砲音をさせてしまった。「友愛の国」の道場にいる人間も異変に気付くはずだ。だが体が動かなかった。動かないことを自覚すると頭部の痛みも蘇ってきた。

……くそったれ。

ただでさえ不穏な状況に、また一つ危険が加わってしまった。宇宙神瞠会の残党が動いているのに動向を摑めていない。俺自身も現在、狙われている。なのに名無しまで動いている。奴は武器を携帯して道場を監視していた。だとすれば近い将来、奴がまた殺人を犯すおそれが大きい。そうなる前に奴を止めなければならない。立場上、切迫した状況には慣れている。だがこれはさすがに手に余る。どうすればいいのだ。

10

井畑道夫死刑囚の証言

――では、具体的な犯行準備に移る時にも抵抗はなかったのですか。

ありませんでした。思い出してみますと、その頃はもう皆、現世の話はほとんどしていなくて、来《きた》るべきエデンをどんな場所にするか、そうなったらどんなにいいか、そればかりでした。集まった時はマナを使うことも慣例になっていましたし、エデンに行くための引っ越し準備のような気分で、人を大勢殺すという実感そのものがなかったのだと思います。

――実行の準備にはどのくらいかけましたか。

一ヶ月くらいだったと思います。先程お話しした場所でこっそり、銃器の使い方などを練習しました。犯行に使った武器は小寺と竹ヶ原が用意しました。

——武器はどこから用意したのですか。

教団はもともとハルマゲドンの日のためにと言って銃火器を用意していました。以前のテロ事件があのような方法だったので、使われないまま隠してある武器もありました。それだったのだと思います。

——参加した信者の様子はどうでしたか。

皆、どちらかといえば高揚していたと思います。小寺などは海外の射撃場で銃を撃った経験があったそうなので落ち着いていましたが、他は皆、本物の銃を触るのは初めてだったと思います。まだこれから人を殺すという実感はなく、はしゃいでいるようなところもありました。

（九月八日　東京拘置所）

11

ヘッドフォンをしてパソコンの画面に向かっていたので、携帯のＬＥＤランプが「ＳＮＳに着信あり」の色で点滅していることに気付かなかった。ベッドの上に放ってあった携帯を急いで取ろうとして、つけたままのヘッドフォンのコードがどこかに引っかかってジャックが外れた。ヘッドフォンを外して放り、携帯をひったくる。最近、携帯への着信は「吉兆」なのだ。小寺さんが食事をおごってくれるか、あるいは。

宮尾　詩織　》（11分前）

一文字も打ち込まれていない書き込み。心がわっと浮き立ち、僕は携帯を持ったまま箪笥《たんす》を探って着る服を出し、そうしながら片手で急いで返信する。

≫すぐ行く

長く返信したところで再返信がないのは分かっているし、そもそも彼女は携帯でのやりとりを好まない。だから僕を誘う時はいつも白紙のメッセージだ。それだけで充分だった。場所はあの屋上に決まっている。僕たち二人はそれだけで通じる、ということがとても嬉しかった。箪笥の引き出しのどこかにひっかかって出てこないシャツに苛立ち、こんなことなら無精髭を剃っておけばよかったと後悔する。髭を剃るだけで最低五分のロスになる。そのせいで詩織が帰ってしまったらと思うと気が気じゃなかった。かといって無精髭のままで出ていくのはもっと最悪だ。

誰も出てこないように、と祈りながら二階の洗面台で髭を剃り、顔を洗って階段を駆け降りる。足音をさせたせいで居間の戸の開く音と、母親の「ちょっと何」という不審げな声が聞こえてくる。それを背中で受け、靴を履いてさっさと玄関を開ける。母親が居間に向かって何か言う不満げな声と、「女じゃねえの?」という妹の声が耳をかすめた。あいつらには構わなくていい。それより詩織に会える。気持ちがどんどん盛り上がっていく。

六階のマンガ喫茶受付前をそっと通過し、周囲を窺いながら足音を忍ばせ、こっそり上に上る。ビルの管理者に見つかればたぶん施錠されてしまう。僕は電話番号以外の彼女の個人情報を知らないのだ。この屋上がなくなったら詩織はもう会ってくれなくなるかもしれない。それに、二人だけの秘密の場所がなくなるのは嫌だった。

いつも通りにドアを開ける。全速力で自転車を飛ばしてきたことが知れると恥ずかしいので、必死で呼吸を整え、襟元のボタンを外してコートの内側に冷たい外気を入れる。詩織が振り返り、僕を見つけて笑ってくれる。

「お待たせ」

「……急いで来てくれたの？」

「それほどじゃないけど」

かなりそれほどだったが、そっとドアを閉めて隣に行く。相変わらずぎりぎりの位置に立っている。下から見えるのではないだろうか。「……危なくない？　そこ」

詩織は下を見た。「……別に、落ちてもいいけど」

「それは……そうだけど、今じゃなくても」

とっさにそう言うと、彼女は困ったように笑い、とん、と一歩下がった。「そうだね」

彼女の肩が近付く。近くで見ると華奢《きゃしゃ》で、なんとなく儚《はかな》い印象のある子なのだった。高校生だと思っていたが中学生なのかもしれない。いつも通りの迷彩柄のコートだが、あるいはこれは、か弱さを覆い隠す鎧《よろい》のつもりなのだろうか。

下の道を見下ろすと、セーラー服の集団がここまで聞こえる声でじゃれあいながら歩いていた。「……一月か。もう三学期、終わるんだね」

君は何年生なの、と訊いてみたかったが、詩織は自嘲気味に笑った。「私、関係ないから。学校なんて大昔だし」

学校の話はしない方がよかったのだと気付く。「まあ、僕もそうだし」

そこで話が途切れてしまう。学校のメインストリームから排除されてコミュニケーション能力を得る機会を奪われていたせいで、僕はいつもこんな感じだった。だいたい詩織の方が気をきかせて「今日はどこに行ってたの？」とか「最近、家族以外と会った？」とか質問してくれるのだ。喋るのが下手な僕に対して「なんだつまんねーな」と即断してしまわないところを見ても、やっぱり彼女は貴重だと思う。しかしこのままではいずれ飽きられてしまいそうで怖い。やっと手から餌を食べてくれるようになった小鳥を扱うように、僕は彼女につかず離れずのまま動けていない。

それに。

もう一つ、悩んでいることがあった。詩織は信者ではないのだ。

会の規則では、信者と信者以外が交際することは「望ましくありません」とされていた。信者以外と交際すると相手の背後にいるサタンに影響されて「躓《つまず》く」信者が多いのだそうだ。僕も小寺さんから「気をつけろ」と言われている。だから詩織のことはまだ小寺さんたちには隠している。それが後ろめたい。

でも詩織は普通の女とは違う。入会前の僕と一緒で、今の日本社会の矛盾、知性より動物的な欲望で動く愚かさをよく知っている。ほとんど開かれていると言ってもいいのではないか。彼女はそもそも俗世のサタンの影響を受けていないし、まして僕が彼女の影響で躓くなんてありえない。だから仮に僕と詩織が交際することになっても、特に問題はないはずなのだ。いや、それよりも、会のことを説明し、彼女を入会させる方が早いのではないか。

その思いつきは昨夜あたりからずっと僕の思考の中心付近を周回していた。もし彼女も入会すれば、僕が彼女を開いたことになる。彼女を導く役も僕が担う。それはすばらしく気合の入ることだ。そして、そうしているうちにもしかしたら。いつどこに実現されるのかは知らなかったが、彼女の手を取って、このクソみたいな世界から飛び立ち、分かっている人だけが入れるエデンに行く。それはすばらしい想像だった。もし、そうなったら。

だが、実際に詩織に会うと、どうしても踏み出せなくなるのだった。今は「友愛の国」になっているが、宇宙神瞠会はテロ事件の犯人に仕立て上げられている。エノク道古はテロの主犯にされてしまっている。詩織はマスコミ情報を鵜呑みにするほど馬鹿じゃないはずだったが、それでも宇宙神瞠会の信者というのは悪いイメージをつけられすぎている。導こうとすれば反発されるのではないか。嫌われてしまうかもしれない。それだったら信者であることを隠してこっそり会い続けた方が楽、という、情けない考えが常にちらついているのだ。

彼女に嫌われるリスクは冒したくない。だが信仰を隠すこともしたくない。僕はどうすればいいのだろう。

「仲本君」

呼ばれて詩織の方を見ると、彼女は僕の目を覗き込むようにしている。「どうしたの？」

「あ、いや……ごめん」黙りこくっていたことに気付く。「何でもない。ちょっと、考え事」

「そう」詩織は目を伏せた。「……つまんない？」

「え。……えっ？」彼女が、「自分といてもつまらないのか」という意味で訊いたのだということに思い当たるまで少しかかった。僕の方はそんなこと考えもしなかったのだ。

「いや、まさか。ないよ。そんなことない。一番ない」

本心であるということが伝わるよう必死になって言うと詩織は一応納得してくれたようだった。だがまだ窺うように僕を見ている。けっこう勘が鋭いのだ。

「……何かあったの？」

「いや……たいしたことじゃないから」

君のことなんだ。そう言いそうになるのをこらえる。

「……当然、やるのは都内でだ。それもなるべく派手に、できれば永田町か霞が関がいい」

「人が死ぬでしょうか」

「ある程度はやむをえない。そうでなければ聖戦にならないからな。それに聖戦で死んだ者なら、魂の状態次第ではエデンに行ける可能性もあるだろう」

「結果として、エデンに不純物が紛れることにならないでしょうね」

「ならんだろう。死の過程で開かれるはずだし、そもそもエデンでは周囲がまともな人間ばかりで、マスコミもない。そうなれば国家権力の洗脳はすぐに解けるさ。洗脳っていうのはもともと、よく考えてみればおかしいような理屈を信じ込ませるための技術だからな」

　小寺さんと竹ヶ原さん、それに井畑さんたちが話している。いつもの居酒屋ではなく小寺さんの「協力者」が貸してくれているアパートの部屋だ。だから皆、公安の監視を気にせず話をしている。重要な話だった。エデンに行くための聖戦。最も聖性が高まるのはどういった形の大きなおつとめがいいか。そしてエデンに行ったらどういう形の理想社会を創るか。国家権力に迎合して敗北してしまった「友愛の国」はもう切り捨てて、真の信仰者である小寺さんたちだけでエデンに行く。そのための具体的な方法はすでに決まり、小寺さんたちは訓練も始めているのだという。その場に初めて僕も同席させてもらった。本当はもっと発言するべきかもしれなかったが、僕の頭には別のことが浮かんでしまって、どうしても話に集中できなかった。

詩織を入会させたい。そうでなければ。

「あの」

僕が手を挙げると、小寺さんたちは話をやめて全員でこちらを見た。大事な話を中断させた申し訳なさで、どうしても声が小さくなる。「……ハルマゲドンの後、未開の者たちはどうなるんでしょうか。全員地獄に落ちるしかないんでしょうか」

「いや、未開の者たちもなるべく救えるよう、エノク様が祈りを捧げているよ」井畑さんが答えた。「でもある程度は仕方がない。そうならないよう、僕たちはその日までに一人でも多くを導かないといけないんだけど……」

竹ヶ原さんが訊いてきた。「家族のことかい」

「いえ。そうじゃないです」僕は首を振った。「家族はもういいです。あいつら、どうやっても導くのは不可能だし」

詩織のことだった。いずれハルマゲドンが来るという。そしてそれ以前に、「十字軍」はエノク様を迎えるべく現世を切り捨て、エデンに行く。そのこと自体はよかった。日本人が何人死のうが知ったことではないし、もともと僕だって、このクソな日本に、現世に、未練など一ピコグラムもない。それは詩織も同様なはずだった。だが、彼女に黙って僕だけが招かれてしまっていいのだろうか。残された彼女はどうなるのだろうか。それが心配だった。なのに、この場では口に出せない。皆が信仰のための最大の戦いの話をしているのに、僕の個人的な要望で口を挟めない。

「何か、気になることがあるのか」

小寺さんが、試すような目で僕を見る。

「いえ、その……気になっていたのは」僕は俯く。「その、僕も『十字軍』に参加できるかどうか、ということで」

井畑さんたちは「ああ」と言って了解済みのような顔で頷いたが、小寺さんが言った。

「現段階では無理だ。君はまだ聖性が足りない。もう少しおつとめをした後でなければ」

井畑さんたちが小寺さんを見る。この席に呼んでいる以上井畑さんたちの方は当然僕も参加させるつもりで、だから小寺さんの発言が意外だったのかもしれない。

「だが通常のおつとめでは間に合わないし、証にならないだろうな」小寺さんは言った。「君には少し重要な、特別のおつとめをしてもらおうと思っている。それをつつがなくこなした後なら聖性も充分だろう」

そう言われ、僕は決心した。それを完遂した後なら、詩織を導くことを言いだせる気がする。僕は視線を上げて小寺さんを見た。

「やります。僕にできることなら何でも」

「よし」小寺さんは頷いた。「では、君のすべきおつとめを指示する」

小寺さんはある人間の名前を挙げ、その内容を説明した。何でもやるつもりで言いだしたはずなのに、僕はすぐに「やります」と答えることができなかった。

今の日本では犯罪とされていることだった。もちろん、済ませた後は会が僕を護り、身分を保障してくれるという。「友愛の国」が当てにならない時は我々が保障すると、小寺さんたちは言ってくれた。だが、やれば現在僕がいる社会からは完全に断絶されることになる。

今いる日本社会を切る。そして人生のすべてを信仰に捧げる。あまりに重いその決断をつきつけられ、僕は即答できずに「考えさせてください」と言ってアパートを出た。

自分の部屋でゆっくり考えるつもりだったのだ。誰にも邪魔をされずに一人で。しかし、九時過ぎに家の玄関を開けた僕を待っていたのは、いつもと雰囲気の違う母親の顔だった。

僕は無視して靴を脱ぎ、財布以外特に何も入っていないバッグを持って階段を上がろうとした。「夕飯食ってきたから」

「丈弘」母親が口を開いた。「居間に来なさい」

「ええ、何?」忙しいのに、という演技をして階段に足をかける。

「いいから来なさい」

母親はそう言うとさっさと居間の戸を開け入っていってしまう。逃げられない、最も嫌なパターンだった。「お父さん、丈弘」と言う声も聞こえた。ということは父親までいるのだ。

焦げ茶色のぐるぐるしたものが胃の内壁を掻く感触に顔をしかめながら居間に入る。どうせお説教だ。こっちは大事な時なのにどうしてこう邪魔をされるのだろう。今回は何分で済むだろうかと考えながら、手順をこなす素早さでダイニングの空いた椅子に座る。それに関しては逆らえないが、バッグを足元に置くことで「長く話を聞く気はない」とアピールした。

母親はエプロンのまま横の椅子に座り、僕の正面には腕を組んで口を引き結び、顎を反らしてしかめ面でこちらを見る父親がいる。僕がそこに座らされたということは、今回の攻撃の主役は父親なのだろう。妹は続きになっているリビングのソファで携帯をいじっていたが、探るようにこちらをちらりと見てまた携帯に戻った。いる必要はないんだから消えろよ、と、とりあえず妹に対して不満をぶつけておく。

「ねえ丈弘、前から訊きたかったんだけど」

まず口を開いたのは母親だった。「新しいアルバイトって、何屋さんなの」

いきなり嫌なところを突かれた。

僕はこういう時にうまい嘘をつくことができない。「別に」

「別にじゃないでしょう。母さんに言えないようなところなの」

「いいだろ。どこでも」

母親の表情がさっと険しくなった。少しぶっきらぼうに言いすぎて面倒になった、と僕は心の中で舌打ちする。

「いいだろ、じゃないでしょ。ちゃんとしたところかどうか訊いてるの」母親の方は完全にキレ始めてしまったらしく、続けて喋った。「あのねえ噂があるのよ。聞いたのよ。変なところに出入りしてるんじゃないかって」

「何だよ変なところって」俯いて自分の腿《もも》にこっそり舌打ちを飛ばす。

「あのねえ。母さん言われたのよ。あなたがほら、テレビでやってた、あの変な団体の建物から出てくるのを見たんですけどって」母親はいつになく早口で言った。「そんなのね見間違いだと思ったのよもちろん。人違いか勘違いか知らないけど随分失礼なこと言う人だと思ったのよ。でもはっきり見たって言うのよその人。そうまで言われたら確かめないわけにいかないじゃない。あなたねえ、あの団体が何をやったのか、ニュース見たでしょう」

予想していないことだった。「友愛の国」の道場に僕が出入りしていることを誰かが見て、母親を捉まえて御注進に及んだのだ。だからもうすでに、「新しいバイト」という嘘もばれている。急に追いつめられ、心臓がぎゅっと縮まった。このまま俯いて逃げられるのだろうか。

「顔を上げなさい」

父親の野太い声が響き、僕は俯いてだんまりを決め込む、という逃げ方もできなくなった。

「お前、なんであんな団体に興味があるんだ」父親の声には「この馬鹿が」という響きがはっきりと混ざっていた。「あれはテロ組織だぞ。いいか。本当にあの団体は大量殺人をしようとしたんだ。冗談でも何でもないんだぞ。遊び半分だったのか。お前そこまで馬鹿だったのか」

馬鹿とは何だ。お前ごときに言われる筋合いはない。頭の中だけでそう思う。

父親は僕が黙っているので言い負かしたとでも思ったのか、鼻息を荒くしてまくしたてた。「いいかげん甘ったれるのをやめろ。お前これからどうするつもりなんだ。自分の将来、真面目に考えたことがあるのか。高校を辞めたくせに大検も受けない。バイトもすぐ辞める。一日中部屋でパソコンいじって何もしない。お前いくつになったんだ。周りを見回してみろ。お前と同じ歳でそんなことをしている奴はどこにもいないぞ」

「うるせえな」

嫌なことを言われたのでつい口をついて出た。「いい大学」に行って「いい会社」に就職して金と社会的地位だけをひたすら求めて競争する。何の意味もないそのレースで一番になった奴が一番偉い。その価値観そのものがそもそも世俗に染まりきっているということを、この父親に理解させるのは不可能なことだとはっきり分かった。本人が聞く耳を持たないのだから。

だが父親はそれでさらに刺激されたようだった。「お前、あの団体にいくら寄付したんだ。自分のやってることが分かってるのか。テロ組織に寄付してるんだぞ。馬鹿馬鹿しいと思わないのか。今時ハルマゲドンだの何だの。嘘八百の、この間逮捕されたあの男を崇拝してるのか。ただの身なりの汚いペテン師じゃないか」

「分かってねえのはそっちだろ」僕自身についてはいい好きに言えばいいし慣れている。だが信仰上、エノクが悪く言われるのは看過できない。つい顔を上げていた。「マスコミ情報頭から信じ込んで疑いもしねえのかよ。少しは自分の頭で考えろよ。あんなの、エノク道古に悪いイメージつけようとしてる政府の陰謀なのがバレバレじゃねえかよ。そんなことも分かんねえのかよ」

思わず怒鳴ってしまった。そういえばここ何年も大声など出していないせいか、自分でも驚くほど大きな声が出た。母親がぎょっとし、視界の隅で、ソファから振り返った妹が恐ろしいものを見たような顔で体を縮めるのが見えた。

やってしまった、と思う。だがもう引き下がれない。僕は父親の鼻の下あたりに視線を集中させることにして喋った。「どうしてそんな偉そうなんだよ。ただ周りに合わせて流行に乗って、それがいいものか悪いものかも考えようとしないくせに。善悪も宇宙の真理も人生の意味も何一つ考えないで、『週末は旅行に』だの『どこに新しい店ができた』だのどうでもいいことばかり言って、自分がマスコミに踊らされてるって気付かねえくらい頭悪いじゃねえかよ。政府の情報操作に簡単に引っかかってるくせに見下してんじゃねえよ。お前らなんか千人束になっても会の人に知性で敵わねえよ」

「ふざけるな」父親が拳でテーブルを叩いた。「何が情報操作だ。正気に戻らんか」

だが僕はもう止まらなくなっていた。もう殴るなり勘当するなり好きにすればいいのだ。どうせそうなるならもう全部、言いたかったことを言ってやる。我慢してやる必要などない。
「正気に戻るのはそっちだ。認めたくないんだろ。自分でも薄々分かってるんだろ？
馬鹿みたいに流行追っかけて、それは流行だけ追っかけてどんどん馬鹿になりなさいっ
ていう政府の陰謀だって分かってんだろ。分かってて認めたくないんだ。自分たちがい
いように操られてた馬鹿だってこと、認めるの嫌だもんな。だから分かってる奴が怖く
て集中攻撃するんだ。本当のこと、言われるの嫌だもんな」
「黙らんか」
「ほら何も言えなくなった。反論できないだろ。言っとくけど僕はてめえらに懇切丁寧
に世界の真理を教えてやるほど優しくないからね。政府の国民白痴化計画に乗っかって、
空気読んでへらへら笑いながら滅びろよ」自分の怒鳴り声の威力が消えないうちにと思
い、素早く立ち上がって足元のバッグを取った。椅子が後ろにひっくり返って大きな音
をたてたが、それも自分の勢いの表現だから構わないと思った。「もう知らねえからな。
もうすぐハルマゲドンが来るんだ。本当に正しい、知性ある者はエデンに行くんだ。馬
鹿な大衆どもはみんな地獄落ちだ。僕は家族だからって導いてやんないからな」
　大股で戸の方に行き、追いかけられる前に怒鳴る。「裁かれろ」
　一瞬迷ったが、部屋に戻れば袋のネズミになる。玄関で靴を履いた。後ろから追いか
けてくる足音がするので、靴をつっかけたままドアを開けて外に逃げた。後ろで何か声

がして足音が聞こえる。家の外まで追いかけられるかもしれないという恐怖がせり上がり、僕は靴をつっかけたまま全力疾走で家から逃げた。すべてをひっくり返してしまった取り返しのつかなさで叫びだしたかったが、別にいい、と念じ続けてこらえた。

別にいい。うちの家族はみんな俗物だ。どうせ家族なんていずれ切るつもりでいた。切ったからどうなるというほどのものでもない。学校もバイトももう付き合ってやる気はしない。どうせクソばかりなのだ。こんな社会なんて滅びればいい。僕は「次」に行く。優れた者が正しい評価を受けるエデン。そこに入れなかった者はみんな、どれだけ自分たちが愚かで、僕の足元にも及ばなかったかを理解して悔しがるだろう。そうなったら天上から迎えにいってやってもいい。家族のよしみで、土下座したら招いてやらないでもない。

そうだ。別にいい。どうせ世界はクソまみれだ。

大通りに出て追いかけられていないことを確かめ、まず靴を履き直した。行く場所といえば、もう会の施設しかなかった。いいのだ。会には、家族を切って信仰に身を捧げた人もたくさんいる。その前にとりあえず小寺さんの世話になればいい。僕は駅から電車に乗り、小寺さんたちの「協力者」が借りたアパートに向かった。誰かいるだろうし、とりあえずそこで泊めてはもらえるだろう。駅で電車を待つ間と電車に乗っている間、一度ずつ携帯が振動したが、二度目の時に電源を切った。もう、謝らせてもやらない。

アパートの部屋までは迷わずに行けた。インターフォンを鳴らし、出てきた小寺さんを見上げて言った。「家を出てきました。今後は信仰に生きます」

小寺さんは目を見開き、無言で頷くと、ドアを開けて僕を明るい玄関に導いた。

「やります。例の大きなおつとめ」僕は言った。「ターゲットを殺します。警視庁の警察官の……『設楽恭介』ですよね？」

12

結局、「名無し」は逮捕できなかった。駐車場から奴が逃走した瞬間に海月が緊急配備を要請していたが、名無しは逃走途中で停車中の車を強奪。警ら隊と所轄の手で急遽《きゅうきょ》張られた検問に引っかかったものの、そのまま突破して行方知れずになった。刑事部、公安部のみならず地域部と一部所轄まで奴に煮え湯を飲まされたことになる。

それに加えてもう一つ問題になる、俺たちの「市街地での大量発砲」「拳銃の無断借用」等は、上からは特にお咎めもなく済んでいた。形式上は、俺たちは当該時点で現場にいてはいけない存在である。なので報告書でもそれをそのまま利用し、特別手配中の「名無し」を発見した公安部の三浦・長野両捜査員が刑事部の要請を受け「名無し」の緊急逮捕に動き、その過程で発砲するも捜査対象者は逃走——という形になった。刑事部が公安部に対して大きな借りを作ってしまったことになるが、昨年の宇宙神瞠会事件では刑事部の方が公安部に貸しを作っており、そのあたりも踏まえ、どうも越前刑事部長と筧公安部長が「寿司を食べにいった」ことで丸く収まった、と海月からは聞いている。寿司屋でどういった話し合いがもたれたのかは下っ端である俺たちには想像だにできない。もっとも三浦いわく、「友愛の国」の千住道場には特に動きはなく、どうせじきに放棄することも視野に入れた監視拠点だったらしい。つまり、これを撤収する羽目になった、という理由で越前刑事部長と「寿司を食べにいった」筧公安部長は噂通りの狸であるようだ。

月曜の朝一番で港南署の捜査本部に呼び出された俺が小会議室のデスクに座る川萩係長にそのあたりのことを適度に省略しつつ説明すると、係長は不機嫌な顔で頷いた。

「……なるほど。状況はよく分かった。それで貴様らはそのざまか」

俺は隣に立つ麻生さんを見た。あまりしたくない報告の場面なのにわりとけろりとした顔の麻生さんは、一昨日名無しの銃弾がこめかみをかすめたため額にぐるりと包帯を巻いている。俺はというと、肩を撃ち抜かれて左腕を吊っている。幸いなことに銃弾はきれいに貫通した上、大きな血管を傷つけることもなかったようで、見た目の情けなさ以外にさしたる苦痛はない。

俺と麻生さん、さらにそのむこうでただ一人健康体である海月は揃って頭を下げた。

「申し訳ありません」

「俺のところには曖昧《あいまい》な報告しかなかったが」係長はへの字に口を引き結んで唸る。

「麻生。四発もぶっ放したそうだな」

「申し訳ありません」いつも向こう気の強い麻生さんだが、今は神妙に頭を下げている。

「一発ぐらい当てろ」係長は警察官の本分からだいぶ外れた叱り方をして顎を上げる。

「分かった。以上だ。全員、部署に戻れ」

了解、と言って敬礼をし、敗戦報告は終わった。しかし、小会議室を出るところで海月が口を開いた。「川萩さん。それに麻生さん。少し報告と、お話があるのですが」

俺が振り返ると、海月は俺を見て会釈した。「設楽さんは結構です。先に高尾の方にどうぞ」

「はあ」何ですかそれは、と言いそうになった。相棒のはずなのに、俺だけが不要らしい。

俺同様に海月からは何も聞いていないらしく麻生さんと係長も眉をひそめているが、とにかく海月の話を聞くまでは判断しない、という様子である。俺は再び促され、釈然としない気持ちのまま礼をし、小会議室を出た。


港南署の玄関を出ると、背中をどやしつけるような風が歩道の埃《ほこり》を巻き上げ、片腕なのでマフラーを巻けない俺の首筋から滑り込んで体を冷やした。首をすぼめて品川駅方面に歩き出す。地名の通りこのあたりは埋め立て地であり、海までまっすぐに延びた四車線道路には遮るもののない風が自由に駆け抜ける。広い歩道は開放感があったが、どかんどかんと建つ大雑把な巨大ビル群は全面ガラス張りのものも多く、今の俺はどうしても頭上を見上げてしまう。正面突き当たりには武骨に直線的な骨格を縦横に走らせるJR品川駅の駅舎がそびえ、壁のように視界を塞いでいる。昼前の中途半端な時間だったが、その壁の中に吸い込まれていく者、吐き出されてくる者、人間の数は多かった。皆スーツとコートの姿だが曇天の砂丘のような色合いである。皆働いている。黙々と日常業務をこなしている最中だ。俺自身も似たような一人だった。現在の俺の仕事場はあくまで高尾であり、案件はニワトリ小屋放火事件なのだ。

だが信号待ちをしながら思う。日常業務をしていていいのだろうか。

無論、それは大事なことだった。たとえ半年前の事件だろうと人的被害がなかろうと未解決は未解決である。現場付近の住民ですら忘れているような事件でも、犯人を野放しにしておけばまたどこかでやるかもしれない。そうなった場合、被害はニワトリで済まないかもしれないのだ。一方、名無しは俺一人で追いかけることなどできない相手だし、宇宙神瞠会も基本的には公安の案件で、しかもまだ目立った動きが摑めていない以上、手出しできない状態である。この東京のどこかで大事件の準備が進行しているとしても、未だ「どこかで」である以上すぐにできることはないし、何より俺は命令で動くいち勤め人だ。東京にどんなに不穏なものが迫っていようと、いち勤め人にまず求められるのは目の前の日常業務である。それ以外の命令がない以上それをやるしかないし、それをやらなければ生活が回らない。

だがそれでいいのだろうか。人の流れに乗って巨壁のような品川駅の駅舎に吸い込まれていく自分を客観視しようとするとどうしても、流された後どこに落とされるのかも分からないままベルトコンベアに乗る養鶏場のヒヨコを想像してしまう。離れて見ればそっくりだ。駅にはエスカレーターも動く歩道もある。道路が、走る電車が、回る時計の針が、都市で生きる俺たちをベルトコンベアの上のヒヨコにする。組織の中で働いていると時々思う。俺たちは生きているのではなく、どちらかというと生きさせられているのではないか。

駅構内を歩きながら知らず歩調が遅くなっていたことに気付き、ぶつかりそうになった男性に頭を下げる。警察官が勤務中にする必要のない想像だったなと反省し、歩調を戻してＩＣ乗車券を出す。思考が現実に戻ると同時に、吊っている左腕が動くと肩の傷が痛むことも思い出した。軽くしか固定していない左腕が動いてしまわないように気をつけながらＩＣ乗車券を改札機にかざす。

その左肘に左側から、どん、とぶつかるものがあった。

瞬間、電気が弾けたような痛みが走った。続けて左の脇腹にも熱い痛みを覚える。異状を覚えてそこを見ようとするとまた痛みが走った。何か尖ったものをぶつけられたのだろうかと思ったが、痛みが消えない。それどころかどんどん熱くなっていく。違う。これは、まずい。脇腹の痛みがひどくなり右手で押さえる。何か湿った感触があり、ぞっとする。まさかと思って手に力を込めると、掌《てのひら》の中の湿った感触が驚くほどの勢いで広がっていく。

思わず掌を離してみた。べっとりと赤い血がついていた。

……おい。ちょっと待て。

周囲を見回す。右側は柱があって分からない。後ろから来た女性が俺を見てコースを変え、訝《いぶか》しげにこちらを窺いながら二つ隣の改札を選んで通った。前にはいくつかの人影。さっきぶつかったのはたぶん、左斜め前にいるフードをかぶった男。モスグリーンのコート。ファーのついたモッズコートだ。それに黒のパンツ。中肉中背だが身長は。分からない。体から力が抜ける。

膝が折れ、地面に崩れ落ちる時に右肘が改札機にぶつかって大きな音をたてた。視界の片隅で自動改札のゲートがばたんと閉まったのが見えた。警告音が鳴り響いている。熱く湿った感触が脇腹から腰に、ズボンの中に広がっていく。

13

井畑道夫死刑囚の証言

――ではその日に、決起集会のようなものがあったということですね。

はい。その日の夜、小寺の招集を受けて私たちは集まりました。銃器の扱いを始めとした訓練はすでに積んでいましたし、武器も揃っていました。小寺から電話で呼び出されたのですが、小寺が「近いうちにやる」と言っていたので、来たかと思いました。

――例の小屋には、犯行に参加した全員が集まっていたのですか。

はい。小寺や私を入れて十一人でした。全員、小寺から電話で呼び出され、車や電車とバス等で小屋に集まりました。私が着くとすでに小寺や竹ヶ原さんたちがいて、小寺が「全員揃ったら始める」と言いました。最後に来たのが久島《くしま》さんと脇野《わきの》さんで、三十分ほど待っただけで全員が揃いました。それから、まず皆でマナを使いました。
　犯行の計画はすでにできていたのですが、前の長机についてこちらを向いた小寺がもう一度それを具体的に説明し、詳細なターゲットや、犯行現場までの移動手段の確保について説明しました。

――他の皆の態度はどうでしたか。

　皆、マナのせいで興奮していましたし、私も全く恐怖感は覚えませんでした。むしろ、今すぐでもいいのではないか、早くやりたい、と思っていました。たしか久島さんが「いよいよやるんですね」と訊いて、小寺が頷いて「ああ、いよいよだ」と答えました。それで皆がお互い頷きあったり、口々に「やろう」とか「エノク様万歳」とか言いました。
　小寺はその様子を見て、武器を持ってきました。それを長机に並べると、私たちの名前を一人ずつ呼びました。最初は竹ヶ原さんだった気がします。小寺は前に立つ竹ヶ原さんに銃を渡すと、「やってくれるか」と訊きました。竹ヶ原さんが「はい」と答えると、小寺は銃を渡し、竹ヶ原さんの分担を言いました。それから、竹ヶ原さんに向かって「今この時をもって俗世の名前を捨てろ。お前はたった今からヤコブだ」と言いました。それから久島さん、次に私と、小寺が一人ずつ前に呼び、「やってくれるか」と訊きました。私たちが「はい」と答えると武器を渡し、当日の分担と、十二使徒になぞらえた真名を授けていきました。

――全部で十一人だったようですが。

その時は脇野さんもそのことが気になったようで、小寺に訊きました。小寺は「ユダはいない。だから誰も裏切らないし、失敗しない」と答えました。

――その時あなたは、今回のような重大な結果になることを認識していましたか。

認識してはいましたが、何も感じませんでした。

――死者についても認識していた。

正直、人を殺すことについてはまだ少し躊躇《ためら》いがありました。ですが小寺はそれを許さない雰囲気でしたし、まさかこの後に「恐怖の八日間」のようなことになるとは思ってもいませんでした。

（九月八日　東京拘置所）

14

運命だったのだろうかと思う。すべてのことが、ぴったりタイミングを揃えて結末に収束していく。偶然にしては出来過ぎだった。エノクの力なのか、僕の信仰の力なのか、それとも、もともと世界はそのように進むということが最初から決まっていて、だからこうなることも当然なのか。

僕は今、いつもの屋上にいる。隣には詩織がいる。僕は前を向いて喋っているから、詩織がどんな表情をしているかは分からない。でも彼女がそこにいて、僕の話を熱心に聞いてくれているのは気配で分かっていた。大丈夫だ。やはり。

「……だから、僕は最後のおつとめの前に、まずこれを完遂しなくちゃいけないんだ。でも大丈夫。小寺さんたちが準備してくれるし、絶対に失敗しないし、ばれたって別に構わないんだ。すぐにエデンに行くんだし」

眼前に広がる街の夕景が背景のように動かない。橙色の空がとても劇的に輝いているのも、これが僕の人生にとって最も重大なシーンになるからだろうか。

その日の詩織はいつもと少し様子が違っていた。はっきりとは言わなかったけど、家族と何か揉めたようで、僕の顔を見るなり飛び降りようとした。

止めた僕に、詩織は「もうこの世界は嫌」と言った。

――仲本君。一緒に「次」に行こう。仲本君だってそのつもりなんでしょ？

そう言われた僕は、ごく自然に話し始めていた。国家権力による陰謀。マスコミの情報操作。自分は宇宙神瞠会の一員であり、しかもよくマスコミに取り上げられる「友愛の国」という偽物ではなく、選ばれた者だけが加えられる真の信者の一人だということ。エノク道古は近いうちエデンに旅立ち、僕ら真の信者たちは先にエデンに行ってエノクを迎える準備をする。そのためには聖戦を戦い抜き、聖性を高めながらこの世界におさらばする。

さっき、喋りながらちらりと窺った時は、詩織は目を輝かせていた。きっと今もまだそうだろうと思う。僕の話は拒絶されなかった。詩織はちゃんと、情報操作や俗な常識にとらわれずに話を聞いてくれている。不思議な巡り合わせだった。僕には時間がなかった。そうなると同時に、詩織にも決心をさせる何かが起こった。これを偶然と言うのは無理がある。やはり何かがあるのだ。人を超えた存在により計算された何かが。その何かは、ちゃんと僕と詩織を選んだ。

「……エデン」詩織は言った。「私は、駄目なの？」

はっきりそう言葉で聞いて、肩の力が抜けた。僕は彼女を見た。彼女も、真剣な目で僕を見ていた。

「いや、きっと行けるよ。僕が行けるようにする」僕は言った。照れて目をそらすべき時ではなかった。「まず僕が『十字軍』に加われるよう、特別なおつとめをする。そうしたら、現世にいる開かれた人として君を紹介する。小寺さんなら絶対分かってくれるから」

しかし、詩織はまだ不安なようだった。「……でも、その小寺さんって、私、会ったことないし」

大丈夫、と言おうとして即答できなかった。確かにそうなのだ。

「あの、じゃあ今すぐに紹介すればいいと思う。少し話せばすぐ分かるから」

「話せるの？」

また答えられなくなった。そうだ。小寺さんはそもそも、この段階まで来て初対面の詩織と打ち解けることなどしないかもしれない。女は蛇《リリス》だと、そういう考え方の信者もいる。

詩織は僕から視線を外し、街の夕景を見た。後ろで手を組んで、少し考えるように首をかしげた。その仕草は可愛らしかったが、可愛いな、と思った僕に、彼女は振り向いた。

「……その特別なおつとめ、私も手伝う」

予想していなかったことを言いだされ、僕は沈黙した。一方の彼女は、大変なことを言っているはずなのに、少しも恐れていないようだった。むしろかすかに微笑んでさえいる。

「その設楽恭介っていう警察官を殺せばいいんでしょ？　私も手伝う。そうすれば私の聖性も上がるんだよね？」

「たぶん。……いや、でも」僕は慌てた。「無理……じゃないかもしれないけど、危ないよ。だって相手は警察官だよ。君はその……女の子だし」

「女の子の方が有利なんじゃない？　喧嘩するわけじゃないんでしょ？」詩織はふふん、と不敵にすら見える笑いを浮かべた。「それに警察官なんでしょ。だったら、女の子には絶対に油断するよ。その人が真面目な警察官だったら、私が困ってるふりをすれば絶対助けに来ようとすると思う。強いのかもしれないけど、いくら強くても、助けようとしてる相手にいきなり攻撃されたら死ぬよ」

死ぬよ、ということを何の躊躇もなく口にする詩織を見て、僕は思い出した。他人が死ぬことぐらい、もともとギャーギャー言うほどのことでもない。

皆は大ごとだ命は大事だと騒ぐが、それは論理的には何の根拠もないタブーを盲信しているか、自分が優しい人間ですとアピールするために過ぎない。だから僕自身は、その気になれば眉ひとつ動かさずに人を殺せる自信があった。僕と同じように「分かっている」人間である詩織だって、それは同じだったはずなのだ。

「……分かった。やろう」僕は頷いた。「手伝って。詩織」

「……うん」

彼女は強い。その彼女が僕の前に現れた。このタイミングで。この夕空の前で。きっと何かの巡り合わせだった。それを信じるのが信仰というものだ。

15

「……じゃあ、せめてどうだ。お前を刺した奴がＩＣ乗車券で改札機を抜けたかどうか、くらいは分からないか」

「そうだった気はしますが、確信を持ってそう言えるかというとどうも……」

「さっき言った『ファーのついたモスグリーンのモッズコート』の男以外の周囲の奴は、本当に記憶にないか？　たとえば男であるとは限らないわけだが、女で不審な動きをした奴が周囲にいたか」

「いなかったと思います。しかし、確かにモッズコートのそいつかというと、それもどうも……覚えているのがそいつ、というだけですからね」俺は吊っていない右手で頭を掻く。「すみません高宮さん。どうも、ない方がいいくらいの証言しかできませんね。情けない」

「おそらく左後方から接近。お前の体が改札を通過する瞬間、柱に隠れたタイミングを狙って脇腹に先の鋭い刃物で一撃。そのまま振り返らずに逃亡」高宮さんはさっき俺が話した内容を要約して繰り返し、確かめるように後ろに立つ深瀬《ふかせ》刑事を見た。メモを取っていた深瀬刑事が頷くと、高宮さんが腕を組む。「手際としちゃ見事な方だ。『名無し』じゃないだろうな」

そうだったら最悪だ。だが。「違うと思います。だったら俺は今頃、高宮さんに対して敬語で話してないでしょう」

「だろうな。たまたま動いた瞬間だったとはいえ、刃先はお前の肘に当たって軌道を変え、そのおかげで深く入らずに済んだ。七針だったか」

「八針です。脇腹が五針、左肘が三針」

相手は間違いなく殺意を持って刺してきたのだから、それだけで済んだのは幸運だった。海月と組まされてからというもの、こういう幸運にはわりと恵まれている。しかしそもそも「海月と組まされた」ということ自体が入道雲のごとき大不運と言っていいので、この程度の幸運をちまちま積み重ねられたところで全く有難さを感じない。

「……それにしても、変な気分です」

「俺だってそうだ。まさかお前から事情聴取することになるとはな。本庁に帰《かいしゃ》っても、調書にまとめながら笑っちまいそうだ」

高宮さんはやりにくそうに肩を落とすと、カーテンが半分だけ開いている病室の窓を見た。その後ろで相方の深瀬刑事も苦笑している。

俺は品川駅の改札付近で刺された後、最寄りの病院に運ばれ、傷口を縫合した後そのまま入院している。相手に本当に殺意があったのかどうかは神様しか分からないだろうが、状況からすれば明らかに殺人未遂事件として扱うべき事件である。被害者の俺が病院のベッドで寝ている間に現場検証がなされたそうだが、捜査本部はまだ立っていないらしく、しかも捜査を担当するのは所轄ではなく、高宮さんと、本庁から来た同じ殺人犯捜査六係の深瀬巡査部長だという。殺人未遂事件、それも警察官が白昼堂々刺された、という事件ならもっと大騒ぎになり、捜査本部もすぐ立ってよさそうなものだが、今のところマスコミも来ていない。指示を出したのは進藤捜査一課長だということだが、裏に越前刑事部長の何らかの意向を感じずにはいられなかった。よく分からないが、今の俺の立場が微妙なせいで、通常とは扱いの違う事件になってしまっているらしい。だがそのあたりのことは高宮さんには訊かない。この人も詳しい事情は知らないだろうし、知っていても言えないだろう。困らせるだけだ。

「……で、今日、お前のお姫様は来たのか」高宮さんは仕事の質問を終えたらしき顔になって言う。

「午前中に一度」その時のことを思い出す。「厳しい顔してたんで、無茶しないといいんですが」

「公安の連中とか、お前んとこの巴御前《ともえごぜん》は？」

「三浦さんたちにはまだ知られてないみたいですね。伝えていいものかどうかも分かりません」窓辺に置かれたプリザーブドフラワーのポットを見る。「麻生さんは来ました。『殺されるなら犯人の氏名をどこかに書き残しておいてね』だそうです」

疼《うず》きと痒《かゆ》みがじんわりと混ざる脇腹をそっと触る。俺は以前にも何度か死にかけたことがあるので、見舞いに来てくれた麻生さんはどこかうんざりした顔をしていた。確かに、以前「名無し」にぶち抜かれた太股《ふともも》の銃創は痕になって残っている。それに加えて肩の銃創と脇腹の刺創ときた。今時極道でもこんな仁義なき体にはならない。

「厳しいな。二係《おたく》は」高宮さんが苦笑した。

入院は二日間で済んだ。本当は一日で出たかったが、刺された場所が場所、それに感染症の疑いもあるということで、諸々の検査が重なったのだ。海月は二日目にも着替えを持って見舞いに来てくれたが、俺を刺した犯人についてはまだ見つかっていないと言った。このままではおそらく永久に見つからないだろう。目撃者を募るにも、元になる情報が俺の曖昧な証言だけではどうしようもない。

三日目の午後八時過ぎ、ようやく入院前と同じ服装に戻り、しかし吊った左腕とパッドを貼られて突っ張る脇腹を抱えながら、外来患者の姿が消えて静かな受付で退院手続きをした。もうひと晩いてもよいと言われたのだが、病院のベッドに余裕がなさそうなのは院内を見てなんとなく分かっていた。それに、じっとしているのも落ち着かない。海月が持ってきてくれたバッグを肩にかけ、大丈夫ですか手伝いましょうかと言ってくれる看護師の申し出を断り、品川駅まで歩くことにして玄関を出た。病院は大通りに面して窮屈そうに建ち並ぶビルの一つであり、玄関を出た瞬間、六車線の第一京浜を行き交う無数の車のエンジン音が奔流のように耳の中を埋めつくした。立ち止まると今度は横から来た歩行者にぶつかられそうになる。イヤフォンのコードを耳から垂らした男は、自分がぶつかりそうになったのが怪我人だということすら気付かない様子で俯き気味に歩いていく。またぶつかられないうちにと、俺も歩き出した。品川駅に向かう人間と品川駅から出てきた人間で、歩道も混んでいた。

流れに乗ってやや車道寄りを歩きながら、俺は言いようのない浮遊感を覚えていた。周囲の通行人たちが気になる。実は、さっきぶつかられそうになった時もぎょっとしていた。刺されるのではないかと、一瞬体が硬くなりさえした。今、俺の前にはやや早足で歩くベージュのトレンチコートの男がいる。左斜め前には四十くらいのショートの女が歩いている。歩くペースが若干遅いのでじきに抜くだろう。ちらりと振り返ると、左斜め後ろには眼鏡をかけた初老の男がいた。右側、ガードレール越しの至近距離をバイクが追い抜いていった。このままぼんやりと歩いていていいのだろうかと思う。周囲のこいつらの誰かがまた俺を刺すのではないか。後ろから。追い抜きざまに。今病院を出たばかりなのだ。犯人が付近に張り込んでいることは考えられる。それに何か視線を感じる気がする。これは気のせいだろうか。

考えすぎだ、と済ませることはできなかった。むしろこれまでが油断しすぎだったのではないか。だから刺された。脇腹がかすかにうずく。この人ごみでなら、知らぬ顔で横に来て、何気なく俺を刺すことができる。ど素人でもだ。そして俺と同じ流れに乗って周囲を歩くこの通行人たちは、皆自分の目的地だけを見据えている。いきなり爆発でも起こらない限り、自分以外に関心など向けない。

陸橋を越え、信号を渡る。斜め前方の高架に、高層ビル群を背景にして品川駅のホームが見える。人の流れはそのままどころか、品川駅に向かう人間たちの混み方はますますひどくなった。この流れは品川駅に着いてもそのままだし、電車を乗り換え、自宅のある門前仲町《もんぜんなかちょう》まで行ってもほとんど変わらないだろう。そのことに急に不安を覚え、胃が内側から膨らませられたようにむかついた。呼吸が苦しくなり、立ち止まりたくなる。この交差点を左に曲がって駅から離れたい。今俺は、車がびゅんびゅん走り抜ける大通りを歩いている。隣のこの男が道路に向かって突き飛ばしてきたら。あるいはまたいきなり刺してきたら。品川駅構内はさらに混む。階段で後ろから突き落とされたら。あの駅のホームは決して広くない。端を歩かねばならないこともあるはずだ。また突き落とされるかもしれない。

旭川から出てきて十年も経っているから、渋谷ハチ公前だろうが新宿アルタ前だろうが、今さら人ごみには驚かないし、さして窮屈とも感じない。東京の人ごみには歩き方があるのだ。歩道上の人の流れを規定する目に見えない「車線」があるし、ある程度の配慮と適切な図々しさがなければ前に行けない「交差点」もあるので、それを見極める。

荷物は後ろに背負ったり横に膨らませたりせず保持する。Uターンや携帯を見ながらの歩行はもっての外、頭上の高層ビルを見上げていても危ない。急停止や斜行は周囲の状況を確認してから。自動改札の十歩手前でIC乗車券を用意し、歩速を緩めず改札を通る。これだけの人間が集まっていながら皆が渋滞せずに移動できるようにするため、東京の人ごみには数々のルールがあった。よく地方から来た人間が「東京の人は歩くのが速い」と言うが、あれは人ごみを歩行する際の「最低速度制限」を皆が守っている結果なのだ。当時は慣れなければと思っていたし、慣れた自分を恰好いいとすら思っていた。東京の人ごみに存在する黙示のルールは合理的で、感心していた。

だが、俺は一つ見落としていたのだ。そうして合理的に人を詰め込んだ結果、東京の人ごみは不意の非常事態に対してひどく脆弱な構造になってしまっている。人が密集しすぎ、とっさの時に身を護る行動がとれない。走り出して逃げることができないどころか、周囲を警戒しながら歩くことすら困難である。一人一人に与えられるパーソナルスペースがひどく狭く、ほとんど腕を伸ばさずに隣の人間を刺せる距離にまで他人を招き入れなくてはならない状況が常態化している。階段や、鼻先をトラックが走り抜ける路地でもそうなのだ。行きずりに軽く人を殺し、そのまま静かに人波に紛れることが簡単にできる。

人波に従って品川駅のロータリーに入る。ずしりと柱を生やして口を開けるJR改札に、流されるままに向かう。俺は気付いた。

この街は、人殺しに向いている。

※

詩織は助手席で携帯を操作して何かを確認している最中だったが、落ち着かない僕は話しかけた。「……油断させるって、どうするか決めた？」

「この路地で轢き殺すなら要するに、ターゲットが道路の真ん中に突っ立っててくれれば一番いいんだよね」詩織は平然とした声で言った。「私がそこに誘い出したら、突き飛ばすね。別に転ばなくても、ふらついたら充分だと思う。その隙に電信柱の陰にでも逃げようかな」

「気をつけてね」

「大丈夫。それより、ちゃんとスピード出してね」

コインパーキングの看板の明かりが車内に届いている。それに照らされ、詩織の顔が半分だけ車内の暗闇に浮かび上がっている。緊張している様子はなかった。むしろ少し楽しそうだ。

設楽恭介の住所は、すでに小寺さんたちが調べ上げていた。安月給の警察官らしく、門前仲町にはまだたくさん残る、築数十年の古アパートに住んでいる。帰宅時の道順もすでに把握していた。刑事という職業上、設楽恭介が何時にここを通るかは分からない。

だが小寺さんによれば、警察官はむやみな外泊を禁じられているらしいから、設楽恭介は今夜必ずここを通る。もちろん顔も体格も知っている。人違いはしようがない。あとはそれまでひたすら待ち、殺すだけだった。

ハンドルに両手をつき、呟く。「いつ頃、来るかな」

「分からないけど、意外とすぐかも」詩織は僕を見た。「逃しちゃうといけないから、私、そろそろ出てるね」

そう言って何の躊躇いもなくドアを開ける。一瞬、詩織がそのまま行ってしまうのではないか、自分が一人で残されるのではないかと不安になったが、彼女はそれを見抜いたかのように僕を振り返り、言った。

「私、絶対連れてくるから。携帯、ちゃんと見ててね」

「……うん」ダッシュボードの上の携帯を取り、足ではアクセルペダルの感触を確かめる。

「一緒にエデンに行こう」

「うん」

詩織がドアを閉める。二人きりの時間は終わった。

僕は深呼吸をした。小寺さんから指導を受けていたし、急加速の訓練もした。大丈夫だ。

小寺さんいわく、人を最も簡単に、かつ安全に殺す方法は、夜道で轢き殺すことなのだという。こちらの顔は見られないし、轢き殺したらそのまま逃走できる。何より刃物や鈍器を使う場合と違って手に感触が残らない。車内でアクセルを踏んでいるだけでいつの間にかターゲットが死んでいる。もっとも僕の場合、刃物で刺そうが鈍器で殴ろうが、必要なら躊躇わずにやれる自信はあるのだが。

準備は完璧に整っていた。小寺さんは足のつかないこの車を用意してくれたし、ナンバープレートは偽物を取りつけてある。僕自身はペーパードライバーだったが、ちゃんと急加速と、目標を狙って轢く練習もさせてもらった。最大の問題は設楽恭介がいつこの路地に入るか分からないところだったが、その点は詩織が解決してくれるのだ。詩織はこの路地内にある家を訪ねようとして道に迷ったふりをして、設楽恭介をここに誘い込む。そして訪問先に電話をするふりをして僕に着信を入れる。着信は行動開始の合図であると同時に、発光する詩織の携帯がターゲットの位置を示すサインになる。これを提案した詩織は笑顔だった。やはり僕と同じ人種なのだ。本質的に、他人の命を何とも思っていない。

フロントガラス越しに、さっきゆっくりと走って確認してきた路地を見渡す。小寺さんが用意してくれたのはコンパクトカーだったが、そうでなければそもそもこすらずに走り抜けることが困難な狭い路地だった。もともと狭いのに、周囲の民家の玄関先や事務所の裏口が面しているため、自転車、植木鉢、箒《ほうき》、バケツなどがごちゃごちゃと両脇に置かれ、ますます走りにくくなっている。左右にはほとんど身をかわすスペースがない。同時にそれは、この車がターゲットの真っ正面に向かっていっても怪しまれないということだった。

　そして、最後に問題になる「轢き方」も訓練していた。駐車場を出ればターゲットは真正面だが、いきなり急加速しては怪しまれる。だから目の前、十メートル以内まで近付いてから思いっきり踏み込むのだ。タイミングは詩織が計ってくれる。彼女が設楽恭介を突き飛ばしたら加速する。それだけだ。もちろん、それだけの加速では一撃で殺せない可能性もあったが、そこは小寺さんに指導された。前からの一撃目は、相手を道路に押し倒すだけでいい。そのまま轢過し、今度は思いきりバックして二撃目を当てる。この一往復で相手はまず確実に死ぬ。ただし今回はそこからさらに念を入れ、再度前進して、倒れた相手の上を走り抜ける。

　現場からは素早く離れる必要があるため、僕はそのまま逃走。千葉県内まで脱出し、詩織とは六駅離れた東西線浦安駅で落ち合う。港湾部の人通りのないエリアも教えてもらっている。偽装ナンバープレートはそこで外す。

　手順は完璧に頭に入っている。路地の映像もはっきり浮かぶ。失敗する要素は限りなくゼロに近い。それに僕としては、別にゼロでなくてもいいと思っている。仮に何かが予定と違っても、その時は次善の策を考えて殺す心構えができているつもりだ。小寺さんからも「臨機応変」を言われている。そのつもりでいる時に限って不思議と、拍子抜けするほど予定通りにいくものなのだそうだ。

設楽恭介はあっさり死ぬだろう。ちょっと待ってくれ、と思っている間に。死というのはそういうものだ。

斜め前の街路灯がちらつくのを眺めながら、たぶん、と思う。小寺さんが言っていた。刑事だというから、設楽恭介はこれまでも何か危険な目に遭ってきたかもしれない。だがそれを乗り越えてきたとするなら、かえって彼にはどこか「結局は自分は死なない」という、根拠のない安心感があるかもしれない。そうであるならなおやりやすいという。

誰もが錯覚する。自分の死はどこかドラマチックなものになるだろうと、特別なものだろうと思っている。現実にはそんなことはないのだ。それを思い知らせてやる。

※

門前仲町で電車を降りた瞬間は、水面からやっと顔を出せた気分だった。

緊張しすぎだ。そのことは自分でも分かっている。だが人ごみが嫌だった。この同じ車両に犯人が乗っていて、満員でろくに身動きもとれない今、刺されたらどうするのか。その不安が消えなかった。それはまだ続いている。だから俺はいつもと比べ、不自然なほどの早足でホームを歩いていた。改札を通る時は左右を確認すらした。電車に乗っている間も大丈夫だとこっそり呟いてみたり、深呼吸をしてみたり、何度か試した。しかしそれもたいした効果はなかった。冗談じゃない、と思う。人ごみを歩くたびにこんなに緊張していたら、この街では暮らしていけない。

……落ち着け。大丈夫だ。階段を上りながら唱える。上り階段なら大丈夫だ。前から突き飛ばされてもとっさに踏んばることができる。

階段を出ると眼前にいつもの大通りが広がる。人ごみから解放され、コートの上に付着していた他人の体温がふわりと拡散して真冬の夜気に混ざっていく。行き交うタクシーに、道に張り出したドラッグストアのワゴン。買っていくものはないかと考える。なかった。

いつもの街だ。

だが、さっきからずっと嫌な予感がしていた。悪いことが、何か突発的な悪いことが今、起こりそうな気がする。普通に帰宅して夕飯を食べ、眠りにつくイメージが浮かばない。だが足は自動的に動いていた。何十回も通った帰り道だ。他のことに気を取られている程度では道を間違えたりはしない。

橋を渡り、大通りから路地に入る。通行人は相変わらず多かったが品川ほどではなく、やや余裕がある。それでも浮遊感が消えなかった。角のコンビニの前で立ち止まる。空腹を感じなかったため夕飯のことを考えていなかった。ここで買っていこうか。ここを過ぎれば家まで何もない。

店内から照らされる白い光を浴びながら立ち止まった末、「いいか」と呟いてまた歩き出した。だが、自分のその決定が妙に気にかかった。いつもは途中の駅前で食うか、この店で買って帰るかのどちらかだ。手ぶらで帰って、腹具合を見てから、という選択は初めてだった。

それが気になる。なぜ今日に限って、いつもと違う選択をしたのだろう。

「いや……」

夜道を歩きながら念じる。そんなことには何の意味もない。ただ腹が減っていなかっただけだ。俺はいつも通りに家に帰れる。すぐそこまで来ているのだ。いつもと違うことなど起こらない。

だが、家の前の路地に入ったところで、俺は異物を見つけた。

迷彩柄のコートを着た小柄な少女だった。きょろきょろと周囲を見回しながら、こちらに歩いてくる。数メートル前で立ち止まり、首をかしげている。

どうも、このあたりのどこかを訪ねようとして迷っているらしい。携帯の地図は正確な現在位置を表示しないことがあるため、ままあることだった。少女がこちらに気付く。暗くて顔はよく見えなかったが、仕草からすると、どうやら俺に向かって何か声をかけようとして躊躇っているらしい。

なぜ今日に限って、と思う。なぜ今日だけこんなに、いつもと違うのか。

だが、警察官は道案内も職務の一つである。今の俺は休職扱いだったが、だからといって知らん顔はできない。それに、むこうは何か尋ねたがっているようだ。

俺は声をかけた。「何かお探しですか?」

※

八時三八分。ダッシュボードの上で携帯が震えた。

ほとんど驚愕しながらそれを取り、ディスプレイに表示されている「宮尾　詩織」の文字を確認した僕の心臓がぎゅっと締まった。行動開始だ。詩織は設楽恭介を路地に連れ込むことに成功した。一番難しい部分だった。それがあっさりと済んだ。

エンジンをかけ、車を駐車場からゆっくりと出す。ハンドルを回すと、前方十メートルほどのところで、携帯のディスプレイが光っているのが見えた。詩織はわざと、こちらから見えやすいように携帯を持ってくれている。間違いなかった。詩織と設楽恭介だ。隠れるべき電信柱の横にまでもう来ている。他の通行人の姿はない。二人は道の真ん中にいる。真正面だ。

僕はアクセルを軽く踏んだ。まだ、路地を走る普通の車のように。

口の中で呟く。「エノク様。僕をお護りください！」

※

前の駐車場から出てきた車がこちらに来た。この狭い路地で、タイミングの悪いことだ。俺は道のどちらに避けようかと左右を見た。

その時、タイヤがこすれる音がした。

ライトの光が接近してくる。車はスピードを落とすことなく、なぜかまっすぐこちらに向かってきた。

※

フロントガラス越しに、設楽恭介と詩織が迫る。詩織がこちらを確認するように見る。設楽恭介はようやくこちらを向いたところだ。いける。僕は叫んだ。

「──死ね！」

だが、アクセルを踏み込もうとした僕は、目の前の目標がさっと脇に逃げてしまったのを見て驚愕した。

「えっ？」

詩織はいい。だが設楽恭介も、詩織に思いきり引っぱられる形で電柱の陰に消えた。僕はアクセルを踏み込むタイミングを見失い、そのまま電信柱の横を通り過ぎた。陰に隠れた詩織たちの様子を見ようとしてよそ見をし、置いてあった自転車にバンパーを引っかけて倒し、慌ててハンドルを戻す。

……どういうことだ？

外れた。いや、外されたのだ。設楽恭介が詩織を引っぱって避けたなら分かる。だが違った。設楽恭介はこちらの攻撃に気付いてすらいなかった。詩織の方が彼を助けたのだ。

混乱したまま路地を進む僕の目の前、突き当たりのT字路に、車の横腹がいきなり現れて停止した。正面を塞がれ、僕は急ブレーキを踏んだ。過ぎ去った詩織たちを見ようと振り返る。僕の車の後方も別の車で塞がれていた。ハイビームのライトがリアウィンドウ越しに僕を照らす。光の中で後方の車のドアが一斉に開き、スーツの人間が何人か走り出てくるのが見える。

逃げなければ、と思い前を見る。だが前を塞ぐ車もドアを開け、スーツの人間が降りてきた。

何だ。どういうことだ。

とっさに逃げようと思った。だが前は塞がれている。前後を見比べて迷っているうちに運転席の横に人が駆け寄ってきた。窓越しに声が聞こえる。

――動くな！　サイドブレーキをかけて降車しなさい！

女だ。貫き通すようなはっきりした声で、僕に向かって言っていることはすぐに理解した。そして窓越しに、僕に向かって黒いものがまっすぐ突きつけられた。

拳銃だった。信じられない。

こちらに銃を向けているのは若い女だった。だがすぐに分かった。刑事だ。設楽恭介の仲間の。どういうことだ。全く分からない。

銃口が、僕の頭をまっすぐに狙っていた。失敗した。刑事だ。殺される！

頭の中で轟音が鳴り、恐怖が濁流になって僕をもみくちゃにした。殺される。逃げなければ。僕は絶叫していた。絶叫しながらアクセルを踏み込み、急発進でヘッドレストに後頭部をぶつけた。車は斜めにぶれて家の塀に接触した。植木鉢か何かを跳ね飛ばして車体の下の方で嫌な音が響く。慌ててハンドルを戻そうとしたが遅く、ごりごりと塀を擦って停まった。

停まってしまった。早く逃げろ！

僕は運転席のドアを開けようとしたが、すぐ近くに女刑事が迫っていることを思い出し、スロットルレバーを乗り越えて助手席側から逃げようとした。したままだったシートベルトに体を引っぱられ、叫びながら外す。どこかにぶつけたらしい太股が痛み、そのせいで一瞬、動きを止めた僕は、ダッシュボードの中に「武器」が入っていることを思い出した。小寺さんから借りた改造銃。元はモデルガンだが、銃身を鉄パイプに替えてあるので、火薬の量を減らせば実弾の発射が可能だった。本物の拳銃ほどの威力はないが、人に当たれば殺せる。

殺す。せめて設楽恭介だけでも。

改造銃を掴み、助手席側はスペースがないことに気付いて仕方なく運転席側のドアを開け放す。路上に飛び出したら、斜め後ろからさっきの女刑事の声が聞こえた。やむをえず、僕は前方に走り出す。

前方からはずんぐりした男がこちらに向かってきていた。僕は改造銃を向けた。

「どけ！　殺すぞ！」

引き金を引くと、乾いた音をたてて発射炎が弾けた。

だが走ってくる男はなぜか止まらなかった。両腕で頭をかばった姿勢のまま、その腕から血飛沫《ちしぶき》が舞ったのが見えたのに、男は全く怯《ひる》まず、怒号を轟《とどろ》かせながらまっすぐにこちらに突進してきた。そんなはずではなく、慌てて二発目を撃とうと改造銃を構える。だが撃つより先に男の腕が伸びてきて、僕は襟首を強く引かれてふらついた。あっと思う間に腹にぶつかられ、両足が浮く。

一瞬、世界が反転した。

直後、背中が硬い地面に打ちつけられ、口から苦悶の声が漏れた。息ができない。仰向けになった僕の視界に夜空が広がっている。そして男が立っている。男は僕を見下ろし、拳を握っていた。

なんだか沖縄のシーサーみたいな顔だな、と思った。

男が野太い声で言った。「殺人未遂の現行犯で逮捕する。神妙にしやがれ！」

石のように硬い拳が落ちてきた。

※

「係長」俺は犯人をぶん殴って伸びさせた川萩係長に駆け寄った。「大丈夫ですか」

犯人は発砲していた。拳銃にしては軽い発射音だった気がするが、腕に当たったのではないか。その腕で投げ飛ばした。大丈夫なのだろうか。

係長は仰向けに伸びている犯人をまたぎ越し、自分の腕を見て舌打ちした。「痛え。設楽、代われ」

「了解」係長に代わって犯人をどやしつけてうつ伏せにする。

「設楽くん。はい」麻生さんが手錠を投げてくれる。

「すまん」

キャッチした手錠を開き、犯人に後ろ手錠をかませてねじ伏せる。後ろにいる高宮さんが腕時計を見た。「二十時四十一分。……川萩さん、腕はどうです」

「左が動かん」係長は忌々しげに腕と犯人を見比べる。「改造銃だな。こんなつまらねえ物、どこから手に入れやがった」

「救急車を呼びましたので。……少し例外的ですが、このまま本庁に連行して事情聴取に移りましょう」電柱の陰から海月が出てきた。「公安部の三浦さんたちは、先に本庁の方で待っているそうです」

「取調にゃ二係《ウチ》の者も同席させろよ。公安《あいつら》に渡すと何にも下りてきやしねえ」

「了解いたしました」

川萩係長に綺麗なお辞儀を向ける海月を見て、ようやく俺の肩の力が抜けた。

「……警部。説明はあるんでしょうね」

「もちろんです。簡単に言いますと」

「たとえ話はなしで」

「はい」

なぜか今日に限って迷彩柄のコートに無造作なデニム、という恰好をしている海月は、眼鏡を出してかけた。

「そこの仲本丈弘は宇宙神瞠会残党のテロリストで、設楽さんを狙っていた犯人の一人です。わたしは『宮尾詩織』と名乗って彼に接触し、麻生さんたちに御協力いただいて、彼をおびき出しました」

16

俺はその発言に驚いたが、海月は疲れた顔になって肩を叩いた。「大変でした。わたし、高校を中退した十七歳のふりをしていたのです。そう見えるかどうかが心配で」

「……ああ。確かに十七歳に見せるのは少し大変かもしれません」おそらくお互い逆の意味のことを考えている俺たちは、とりあえず目顔で頷きあう。

「演技をしているうちに自分を見失いそうで、疲れました。……設楽さん、ちょっと撫でてよろしいですか」

「俺はおびんづる様[*]か何かですか」

海月は構わずに俺の頭を撫でる。「設楽さん、この間、品川駅のホームから突き落とされかけたでしょう」

「警部がホームから上がれなくてじたばたしてたあれですね」

「それはどうでもいいです」海月は子供のようにぷっとふくれる。そうしているとやはり中学生くらいに見える。「それより、わたしはあの時の犯人を宇宙神瞠会だと仮定し、越前さんにその旨を説明しました」

「刑事部長に直接？」

「はい」

頷く海月を横で見ている麻生さんが、理解不能だ、という顔で肩をすくめた。

「越前さんからは指示をいただきました。設楽さんを狙っているのが宇宙神瞠会の過激派なら、うまくおびき出せ、と。……ばらばらになった宇宙神瞠会の残党組織は、摑める尻尾がありませんでしたから」海月は仲本を見下ろす。「設楽さんにはずっと監視と護衛がつけられていました。宇宙神瞠会側が設楽さんの新しい住所まで把握しているのは予想外だったので、自宅近くでブロックを落とされた時は逮捕できませんでしたが、その時護衛の人間が確認した犯人の特徴は小寺派の人間と一致していました。小寺派の人間は所在不明の者が多かったのですが、最近小寺と親しくしている、この仲本丈弘だけは接触の機会が作れました。特定のビルの屋上に出入りしているようでしたので」

＊　賓度羅跋囉惰闍尊者（びんどらはらだじゃそんじゃ）＝ビンドラ・バラダージャ。神通力の使いすぎで釈迦に怒られ、涅槃を許されず現世で人助けを続けている弟子。蓮馨寺（埼玉県川越市）や三津寺（大阪府大阪市）等、全国に仏像があり、撫でると撫でた部分の病が癒えると言われているため、どこの寺でもすでにつるっつるである。

「ああ……なるほど」

それでようやく俺にも納得がいった。

俺はこれまで、俺たちが高尾に飛ばされたのは、左遷を装って宇宙神瞠会の――小寺派の施設を調べてこい、という越前刑事部長の悪だくみだと思っていた。実際はそれですらなかったのだ。刑事部長の本当の狙いは、俺に小寺派の周囲をうろつかせ、連中に俺を狙わせることだった。海月はとっくの昔から小寺派の仲本《こいつ》に接触し、小寺派の動向を探っていた。

もちろん俺には厳重な監視がついていた。品川駅で刺された時、マスコミに対し秘匿し、事情聴取も高宮さんら、越前刑事部長の支配力が及ぶ本庁の人間だけでやっていたのも、今思えば理解できる。あれが大々的に報道されてしまえば、敵はすぐには次の行動に出られなくなる。もっとも、前回攻撃された場所が自宅近くだったことからすると、おそらく品川の件は海月たちにとっても不測の事態だったのだろう。

さっきから感じていた視線も気のせいではなく、麻生さんたちのものだったのだ。うまい具合に仲本は実行に出て、予想通りに罠にかかって今、こうして逮捕されている。罪状は殺人未遂と公務執行妨害、それにそこの塀の器物損壊だが、これで仲本を連行して絞り上げれば、全く手がかりがなかった小寺派の情報が入る。そういえば俺は、自宅近くでブロックを落とされた時にも視線を感じていた。あれも犯人ではなく監視担当者のものだったのかもしれない。

ひどい話だ。完全なる別件逮捕、というだけではない。要するに俺は、知らない間に餌にされていたのだ。しかも海月はおそらく仲本に対し、俺を殺すようにと煽っている。

「何だよ……何だよてめえ」

仲本が首を捻り、海月を見上げていた。「詩織。てめえ公安だったのかよ。嘘だったのかよ。全部」

「いいえ。わたしの所属は公安部ではありません。刑事部です」海月はどうでもいい部分だけ否定した。

「一緒にエデンに行こうって言ってたじゃねえかよ。嘘だったのかよ。何だよ。ひどいよ」仲本は徐々に回らなくなる舌で、かすれた声を出している。「分かってると思ってたのに。騙してたのかよ。裏切り者」

海月は困った顔で仲本を見下ろしている。「接触」している間、この二人の間でどういうやりとりがあったのか、俺は知らない。知りたいとも思わない。

「信じてたのに」仲本は泣きだしていた。「鬼。悪魔。なんて女だよ。ひでえよ」

「殺されかかっておいてなんだが、それには同意する」俺は仲本の手首を摑んでいる右手に力を入れ直した。「だが善鬼だ。本当の悪魔はてめえらテロリストだろ。自分の『信仰』のために、何も知らない人間を殺す。自分が気持ちよけりゃ他人はどうなったっていいっていうのか」

本当は思っていた。正確に言うなら、海月は天使だ。優しいとか癒されるとかいった意味の天使ではなく、聖書その他に登場する、厳しき執行者としての天使だ。悪には容赦なく、時にはえげつないことまでして苛烈に敵を滅ぼす。拠って立つのが「正義」という曖昧なものだから、その仕事にも常に灰色の部分がつきまとう。違う立場の者から見れば、その灰色は限りなく黒に近付いてしまうこともあるだろう。それでも、目の前で進行する「よりはっきりとした黒」を何もしないで見過ごすよりはましだと、そう信じて剣を振るう天使。

無論そんなことは口に出さない。出せば海月は単純に受け取ってただ照れるだけで、ついでに高宮さんたちから強烈に冷やかされるだろう。くわばらくわばらと思いながら、かわりに仲本を引っぱって立たせる。「オラ、警察行くぞ」

仲本は体をよじって抵抗した。「嫌だ。なんでこうなるんだよ。やっぱりみんなクソじゃねえかよ」

俺は無理矢理それを引っぱって歩かせる。「オラ、グニャグニャするな」

仲本はだだをこねるようにすぐ膝を折り、座り込んでしまう。片腕では立たせるのに難儀する。見かねて麻生さんと、係長の応急処置をしていた高宮さんが手伝ってくれた。

「詩織。嘘だろ詩織。お前騙されてるんだろ」

「はいはい。あとは本庁で聞くから、シャキシャキ歩きなさい」麻生さんはへたりこむ仲本を引っぱって立たせながら、面倒臭そうに顔をしかめる。「私、こういう男大嫌い」

「嫌だ」仲本は涙と鼻水でぐしょぐしょになった顔でわめいていた。「ひでえよ。なんでいつも俺ばっかり。みんなで差別しやがって。クソだ。もう嫌だ。エデンに行きたい。世界中クソだ」

「ごちゃごちゃわめいてんじゃねえ」

川萩係長の怒号が夜道に響いた。

係長は右手一本で仲本の襟首を摑み、引っぱり上げた。

「世界がクソなんじゃねえ。てめえがクソなんだ。世界がクソまみれに見えるのは、てめえの目にクソがついてるからだ」そのまま額に頭突きを入れ、怒鳴りつける。「まず鏡を見て、それからてめえの目を洗え。分かったかこのクソガキ」

17

ココココ、と足元でニワトリが鳴いている。横のもう一羽はさっきから熱心に俺の靴をつつき回している。威嚇しているのか、ただ単に興味があるのか。

電話をしていた海月が、携帯をしまいながら戻ってきた。「双葉さんからの続報はありません。だとするとやはり、わたしたちはまず、あそこですね」

「了解」俺は斜面の上に見えるプレハブ小屋に視線を戻す。「様子はいかがですか？」

「やはり今は無人ですね。ただ、いつどのタイミングで人が来るか分からないので、念を入れたいところですね」海月を見る。「それと警部。またフードにニワトリ入ってますが」

「重いです」

海月がフードの中を見ようと振り返ると、すっぽり中に座り込んでいるニワトリは迷惑そうに羽をばたつかせた。動くなよ、と言いたげである。図々しい動物だ。

俺は出そうになる欠伸《あくび》を噛み殺した。昨夜は本庁で仮眠を取っただけである。徹夜仕事は慣れているが、それは「耐えられる」というだけの話だ。眠いものは眠い。高尾のぴしりと冷えた空気は目を覚ましてはくれるが、眠気はそのまま瞼《まぶた》の上に乗っている。

昨夜から続いた仲本丈弘の取調には、公安の三浦・長野や刑事部の高宮・麻生両名と一緒に俺も参加した。あとで騒がれると面倒なので昨夜は午後十一時で一旦解放し、今朝八時から再開している。正午を過ぎた現在も取調継続中である。なるべく手続きは遵守して、ということだが、そもそも仲本の犯行に関しては、大本の俺に対する殺人未遂自体が警察官（海月）の誘導により起こされた部分もあるため、検察にどういう形で送るかはまだ検討中らしい。日本の現行法上、捜査対象者に犯行機会を提供するだけでなく犯意まで誘発する形のおとり捜査は認められていない。仲本を起訴すれば、海月の行動の方がスキャンダルになりかねないのだ。

二係の川萩係長の監督のもと、うちで一番落とすのがうまい双葉巡査長がなだめすかし、猫撫で声と硬軟両方の恫喝と搦《から》め手からの懐柔をチャンプルーにして責めたてた結果、いくつかのことは分かっていた。小寺派のメンバーについては、リーダーである小寺の他に竹ヶ原・井畑・久島・脇野という名前が挙がっていたが、いずれも公安が把握している人間であり、他にあと何人いるのかも不明だった。同様に彼らの活動拠点として、北区のアパートと、今俺たちが見上げている高尾のこの小屋の情報も出たのだが、他の場所については仲本も知らないという。「武器」を用意していることは聞いていたが、具体的にどんな武器で、何をしようとしているのかも知らないと答えているそうである。肝心なところに具体性を欠く情報ばかりだった。

逮捕時、仲本は「エデン」と言っていた。それが気になっていた。

仲本によれば、先月末の公判時、教祖エノク道古が証言中、急に「自分はもうエデンに行くから、現世のことに興味はない」と言い始め、その後は意味の分かることを何一つ言わなくなったといういわゆる「エデン発言」が、小寺たちに影響を与えていた。話題といえばエデンのことばかりであり、「十字軍」を名乗る小寺一派は、「先にエデンに行きエノク道古を迎える」準備を進めていたという。現世にもすでに未練はなく、彼らは現世の名前を捨て、ペトロやシモンといった別名で呼びあっているようだ。そしてその小寺たちについてはどこかに潜伏しているようで、公安が張っている道場にはここしばらく現れていないらしい。

状況は切迫している。最悪の方向に。

狂信者の集団がテロを計画し、武装したまま潜伏している。そして彼らは「現世に興味がない」と言いだしている。予測不能な危険性があった。一体何をやらかすつもりなのか。

現行のテロ対策というのは基本的に、犯人が生きて逃走することを前提として立てられている。爆弾を爆発させるなら、仕掛けた奴は置いてから充分に距離を取り、安全を確保してから起爆させるだろう。立てこもって人質をとったとしても、交渉が続いているうちは人質は無事だろう。そういう予測で動いている。だが相手が死ぬ気だった場合、それらとはまるで違う形の犯行方法になる。爆弾や毒ガスのボンベを体中に巻き付けて突進すればいいのだから、これなら首相官邸だろうが国会議事堂だろうがいつでも可能なのだ。面倒な起爆装置も何もいらないなら、そこらのバカでも用意できる。銃を突きつけても止まらない相手に対しては、警察はどうしても後手に回る。潜伏方法にしてもそうだ。社会復帰する可能性をかなぐり捨てるなら、早い話が民家を襲い、住人を全員殺害してそこに居座ればいい。臭いなどで不審に思われそうになってきたらその家を捨て、適当な家をまた見つけて襲う。

もしこうなってしまった場合、出会う人間を片端から喰う猛獣を放し飼いにしているようなものだ。いや、恐怖心や満腹感というものが存在する分、猛獣の方がまだましだ。殺人ウィルスのようなもの、と言った方がいいだろう。

そうなる前に小寺たちを――「十字軍」の連中を止めなければならない。今この街は、いつタンクを破って出てくるか分からない殺人ウィルスが転がっているような状態なのだ。

「設楽さん。やはり取調では、これ以上の収穫は望み薄のようです」電話を終えた海月が、フードにニワトリを入れたまま来る。「仲本から藤蔓《ふじづる》式に判明すると思ったのですけど、難しいですね」

「芋蔓です。そんなにわさわさと情報が手に入ったら苦労しません」

「そうでしたね」

なのに、こちらの相棒はこの調子だ。大丈夫なのだろうか。

「だとすると、やはり」小屋にはまだ人の気配がない。以前俺がうろついたことを把握されているとすれば、十字軍はすでにすべての証拠を引き上げて放棄したと考えるのが普通だが。「……あそこ、入ってみるしかありませんね」

「令状がありませんので、不法侵入ですね」

簡単に言ってくれる。ばれればスキャンダルだ。「せめて、見られた時のために何か侵入の口実でもあるといいんですが」

「そうですねえ」海月は顎に手をやって考える動作をすると、振り返ってこの家の主人に声をかけた。「あのう、この子、貸していただいてよろしいでしょうか?」

「ん」飼育スペースの外で落ち葉をまとめていた主人が顔を上げる。「いいよ。何に使うんだい」

「わたしたち、これから隣の小屋に不法侵入するのですが」海月は馬鹿正直に言った。止める間もない。「一応、この子が逃げてしまった、という口実でいこうと思うのです」

「ああ。いいよ、いいよ。好きになさい」主人は笑顔で即答した。耳が遠かったはずだが、本当に聞こえているのだろうか。

あまりの発想に呆れた。「警部、ニワトリ背負っていくつもりですか?」

「途中で逃げてしまっても、自分で家に戻るから大丈夫だそうです」

「いや、そういう問題かというと……」まあ、ニワトリを背負っていれば泥棒には見えないだろうから、通報される危険は小さいかもしれない。

「では、お借りします」海月は主人に頭を下げ、背中に手をやってニワトリの背を撫でると、フードに手を突っ込んで中から白い卵を出した。「それとこれ、産んでいました」

「おお、そりゃまた」

　主人はさして驚く様子もなく卵を受け取っていたが、当然俺は驚愕していた。天草四郎*かこの人は。

　主人に礼を言って門を出るが、海月のフードの中でニワトリが身動きをするたびに落ち着かなかった。表の坂道は小仏の集落のはずれであり、通るのは登山客くらいである。時間的に行きの客はもう途絶えているので、時折、朝早くからすでに登っていたらしきシルバー組が下りてくる以外は通行人がない。小屋は表の道から丸見えだが、タイミングを計れば見られることなく侵入できそうだった。海月の背中でニワトリがコケコッコーと鳴かないことを祈りながら**斜面を登る。踏み潰された枯葉が足の下でぱりぱりと鳴

＊　「飛んできた鳩が肩にとまり、掌に卵を産んだ」という逸話がある。その他にも水の上を歩いたり、盲目の少女に触れただけで目が見えるようにしたりと、色々やっている。
＊＊　コケコッコーと鳴くのは雄鳥だけなので心配はいらない。

った。

やはり人の気配はなく、砂埃や飛んできた枯葉をつけて汚れたプレハブ小屋は沈黙していた。周囲の地面を人が踏み荒らした様子もなく、しばらく前から誰も立ち寄っていないことが明らかだ。だがドアはしっかりしており、周囲を確認してからそっとノブを回してみたが、ちゃんと鍵がかかっていた。

もう一度周囲を見回し、海月に囁く。「……どうします。窓破りますか」

「いいえ。それでは入った痕跡が残ってしまいます」海月はコートのポケットをごそごそと探ると、銀色に光る細い棒を二本出した。「設楽さん、これはまだ覚えていますか?」

「……ああ。ええ。おそらく」

受け取りながら溜め息が出る。海月はピッキングツールをあらかじめ持ってきていた。確かに俺たちは以前、宇宙神瞳会本部に侵入する際、三課の先輩からピッキングを教わっている。海月は結局できないままだが、俺は実際に開けた経験がある。

周囲を確認してから、海月に手伝ってもらいつつ片手でピッキングを試みている自分に溜め息が出そうになる。いくら警部の指示とはいえ、こんなやり方を提案されてさして驚くこともなく承諾している自分はおかしいのではないかと思う。海月と組んでいるうちに随分と警察官本来の感覚からずれてしまった。もっとも、俺が「普通の警察官」に戻ることはもうないだろうし、その気もないのだが。

突っ込んでいるピッキングツールに錠が引っかかる手ごたえがあり、かたりという音とともに鍵が開く。海月と頷きあい、周囲を窺うのをやめて堂々とドアを開けた。勝手に開けてしまっている以上、こそこそしていると逆に目につく。

ドアを開ける一瞬だけ緊張したが、予想通り中には誰もいなかった。曇りガラス越しの陽光が弱々しく差し込むだけの薄暗い空間に、蝶番《ちょうつがい》の甲高い音がかすかに反響する。

十畳ほどの小屋だが、中にはほとんど何もなかった。中ほどにパイプ椅子が一つ。それだけだ。だが板張りの床にはさして埃が積もっておらず、何か薬品のにおいがする。

「何かにおいがしますが、毒ガスが出ているわけではないようですね」いつの間にか口許をハンカチで覆っていた海月が、フードの中で首をかしげているニワトリを振り返る。「この子も元気ですし」

「……まさか、そのためにニワトリ入れてきたんですか」他人様の家畜だというのに。

「溶剤でしょうか。壁は何かを剝がした跡がありますね」海月はさっさと壁際に寄り、窓枠などを観察している。「窓の内側に何かを貼っていたようです。暗幕か、あるいは……」

後ろ手でドアをゆっくりと閉め、俺も続く。それほどきちんと片付けたわけではないのだろう。何かに使った端材らしき角棒が数本転がっており、隅にはコンビニのおにぎりの包みが一部だけ落ちている。海月の言う通り、壁はどうやら一面に、内側から何かを貼っていたらしい。窓もそうで、接着剤の跡が窓枠に残っている。

「どうも中を改造していた感じですね。窓と壁……暗幕か」壁に顔を近付けてみる。釘《くぎ》穴《あな》が一定間隔で残っていた。「いや、防音壁を中から貼ったか……？」

だとすると、少なくとも当たりではあるのだ。おそらく「十字軍」のメンバーだと思われる男たちは、この中で何かをやっていた。隣の家からはある程度離れているし、あの家の主人はやや耳が遠いらしい。中に防音壁を貼れば、相当大きな音の出る作業もできるだろう。

問題はその「作業」の中身だった。何かを作っていたのだろうか。それとも。

「設楽さん」

呼ばれて振り返ると、海月は斜面側の窓を開けて身を乗り出している。

「どうしました」

「見つけました」海月は窓の下に何かを見つけたらしく、手を伸ばしている。「落ちてました。これです。外に……ひゃっ」

身を乗り出しすぎて頭から落ちそうになった海月の背中を摑んで室内に引き戻す。

「大丈夫ですか」

「窓の外に落ちていました」海月は眼鏡を直しながら、拾い上げたものを見せた。「銃弾です」

「なっ」

思わず手を伸ばす。掌に乗るサイズの、赤いプラスチックの筒だ。端に金属のキャップが被せてあり、それだけで明らかに使用済みの銃弾だと分かった。

「散弾ですね」室内を見回す。「防音にして、ここで射撃訓練を……？」

「設楽さん」

呼ばれて振り返ると、銃弾の中を覗いている海月の表情が、急に厳しいものになっていた。

「どうしました」

反射的に緊張する。これまで何度も経験してきたから分かる。海月は何かを見つけた。

「銃弾の中は空でしたが、内側にわずかに、金属粉が付着していました」海月は銃弾をハンカチでくるんでポケットにしまい、それと同時に携帯を出しながら出口に向かった。

「急ぎましょう。もしかしたら、非常に危険な結果かもしれません」

俺は黙って後に続きながら、海月の言葉の意味を考えていた。散弾銃の薬莢《やっきょう》が外に落ちていた。おそらく回収し忘れたか、作業中に落としたものだろう。「十字軍」はここで散弾銃を用いた射撃訓練をしていて、最近、その痕跡を消して引き上げた。つまり、訓練が完了したのだ。そして痕跡を消したということは、近い将来、ここに強制捜査が入る可能性を認識している、ということになる。

海月はさっさと外に出ていく。俺は急いでドアを閉めながら続く。携帯に向かって早口で喋りながら早足で表の道に向かう海月はもう、見られることを気にしている様子ですらないようだ。それを見て俺は緊張した。海月は何かを知ったのだ。それも、かなり緊急を要することを。

海月に続いて道に下りながら思い出す。彼女は使用済みの散弾を見つけたからでなく、「その内側に金属粉が付着している」ことに気付いて急いでいる。金属粉。

「――ドア・ブリーチング弾か！」

俺もようやく気付いた。散弾の中には通常、小さな金属球をたくさん詰め込むが、その代わりに金属粉を詰め込んだ特殊弾もあった。至近距離に向けて発砲した際に跳弾で射手が怪我をしないために作られたもので、ハットン弾とも呼ばれる。おそらく警察でもSATなどは装備しているはずのもので、文字通りドアの錠や蝶番を破壊するための弾丸だ。警察は立てこもり犯罪などに際し、これでドアを破壊して蹴破り、強行突入する。だがテロリストがこれを持っているとなると。

「海月さん」

「設楽さん。都心に向かいましょう」海月は隣家に駆け込んでフードのニワトリを返すと、表に停めてある車に駆け戻った。「小寺たちの電話番号は仲本から入手しました。越前さんに報告して、万一の場合は彼らの携帯のGPSデータを提供するよう、昨日の時点で各キャリアに通達してもらっています。キャリア側の承諾が得られれば、じきに情報が入るはずです」

「なるほど」

通常なら、いかに警察からの要請でも、携帯キャリア各社は利用者のGPS情報をほいほい漏らしたりはしないだろう。だが相手はほんの数ヶ月前にテロ事件を起こした宇宙神瞠会である以上、テロの準備行為だと言うこともできる。昨年末に起こった「名無し」の事件の時は、携帯電話を用いた犯行で警察が被害を受けている。そのあたりをちらつかせれば、強引に納得させることも不可能ではないはずだった。切れ者の越前刑事部長のことだ。やってくれるだろう。

「いいです。運転は俺がやりますから」

運転席のドアを開けようとした海月を引き戻して助手席側に押しやる。こいつの運転じゃ新宿に着くまでに桜が咲いてしまう。そもそもカーナビを見ながらなのに道に迷うレベルの方向音痴なので、都心を目指すつもりがサンパウロあたりまで行きかねない。俺が右手だけで運転する方がましだった。

「連中、動いてますか」

「分かりません」携帯で連絡をとり続ける必要がある海月は、大人しく助手席に座った。「ですが、あの弾丸を持っていた以上、彼らはどこかに『突入』しようとしているのです。少しの出遅れが大惨事を招くかもしれません」

「高速を使います。シートベルトしてくださいね」エンジンをかけ、体を捻ってスロットルをＤ《ドライブ》にする。「情報が入るまでに都心に戻ってましょう」

車を発進させる。海月はもう、返事もせずに前を見つめている。

やっと手がかりを摑んだ。だが奴らはもう動き始めているかもしれない。奴らはどこに「突入」して何をするのだろう。どうか手遅れにならないようにと祈りながら、俺はアクセルを踏み込んだ。

18

　首都高速新宿線上りは予想よりはるかに空いていた。風はあるが空は綺麗に晴れており、行く手に見えてきた新宿のビル街にも今のところ異状はない。東京の風景はまだ平穏だった。少なくとも、見える範囲では。

　ハンドル上で手をそっと滑らせてウィンカーレバーを引き、車線変更で追い抜いたトラックの前に出る。左手を吊っての運転など道交法の安全運転義務違反もいいところだが、それでもとろとろ走る気にならない。周囲に他の車が少ない状況はありがたかった。視線をさっと移してコンソールの時計表示を見る。十二時五十九分の表示がぱっと変わって十三時になった。

「設楽さん。キャリアから回答がありました」

　助手席をちらりと見ると、海月は前を見たまま言っていた。「リアルタイムの情報です。竹ヶ原が現在、中央線立川駅ホームにいるそうです。小寺は現在千葉県で、総武線船橋駅付近。久島と脇野は神奈川県で、小田急線新百合ヶ丘《しんゆりがおか》駅付近だそうです」

「バラバラですが」ハンドルを持ち直す。前の軽に追いつきそうだが、また追い抜くべきだろうか。「……しかしその『駅付近』てのはどの程度『付近』なんですか。全員、電車に乗って一斉にどこかに行こうとしているところだと？」

隣の海月が一瞬、考える雰囲気があったが、すぐに返答があった。

「設楽さん。この先の幡ヶ谷《はたがや》出口で降りてください。中野駅に向かいましょう」

「幡ヶ谷ですね。了解」高井戸出口を過ぎたところであり、このまま直進すればじきに幡ヶ谷出口の表示が出てくる。「なぜ中野に」

海月は俺が聞き返す間も携帯でやりとりをしていたが、厳しい顔で眼鏡を外してケースに入れた。ちらりと見るだけで分かった。彼女がこの顔をしている時は、脳を全速で働かせている時だ。状況はそこまで切迫しているのだろうか。

「警部」

「設楽さん、携帯をお借りします」海月は体を捻って俺の内ポケットに手をつっこみ、携帯を抜いた。「総武線と小田急線にも人を回します。わたしたちは中央線です。……設楽さん。中野駅まで何分で行けますか？」

「道次第ですが、中野通りに出れば一本ですから」言いながら車線変更でトラックの前に出る。「二十分……弱くらいかと」

「十八分でお願いします」

「了解」アクセルを少し踏み込む。周囲の流れに合わせていては遅れてしまう。

指示の意味を知りたかったが、海月はすでに、通話中の自分の携帯と俺から取った携帯を両手で両耳に当てながら、双方とやりとりしている。俺は質問を控え、運転に集中した。片手でのハンドル操作は、丁寧にやらないと危険すぎる。

しばらくそうしていると、海月が片方のやりとりをやめて電話機を下ろした。

「警部、どういうことです?」

「先程確認しました。立川駅にいる竹ヶ原には十三分前……十二時四十八分から今まで、動きがなかったようです」

「それがまもなく動き出すと?」

「はい」海月はそこまで言うと左手の携帯で何かを指示し、さっと左手を下ろすと、今度は右手の携帯に応じた。「設楽さん。動き出しました。竹ヶ原が十三時二分発の中央特快上り、列車番号1260Tに乗車したようです。他の三名はまだ分かりません」

海月の言が的中した。言った途端に本当に動き出した。「目的地はどこでしょうね。中央線上りっていうと新宿……都議会。都庁。その先には皇居や霞が関もある。いくらでも考えられます」

「その、どれかであればいいのですが」海月は俺の携帯を操作し、直接入力でどこかの番号を入れた。「……もしもし。いえ、海月です。設楽巡査の電話機を借りています」

今度はどこにかけたのだろうかと思ったが、海月の口からは「福場さん」という名前が出た。だとすると、港南署の福場捜査一係長だろうか。

しかしなぜ彼に、と俺が首をかしげる間に、海月の口からはさらに意味不明な単語が漏れる。「……はい。東中野までですね？　東中野駅を出た直後に大きく右に……了解しました。ありがとうございます」

「警部」前方のトラックにまた追いつきそうになり、ウィンカー操作もそこそこに車線を変える。この車両は覆面パトカーではないからサイレンも回転灯もない。それがもどかしい。「どういうことです」

俺が結論を訊くと、海月は左手の電話を切ってダッシュボードに置いた。

「つまり竹ヶ原は、すでに目的地に着いてしまっているのではないか、ということです」

「いえ、でも連絡があったんですよね？　今、奴は電車で移動中……」

言いかけた俺は、黒い何かが脳裏をさっと横切るのを感じた。

「……まさか」

「わたしは小仏を出てすぐ、時刻表を確認しました」海月は右耳に携帯を当てたまま言う。「中央線快速上りは、十二時四十八分立川発の中央特快があります。四十八分に立川駅にいたはずの竹ヶ原はそれに乗らず、先程次の、十三時二分発の中央特快に乗りました。なぜかそれまで、立川駅のホームで十四分も待っていたのです」

「ええと、それは……」

「時刻表によれば、その間に十二時四十九分、五十四分、五十八分の、三本の快速を見送ったことになります。中央特快は普通の快速よりかなり速いですから、普通の快速を見送り、後から来る中央特快を待つのは普通です。ですが最初に見送った四十九分発の快速は、次に来る十三時二分発の中央特快に追い抜かれることなく、十三時二十分には中野に着きます。そのことは駅でもアナウンスされるはずです」

「じゃあ、わざとその電車に……」

頭の中の黒いものが急に膨らみ、俺は言葉を続けられなくなった。その電車に乗るのが目的なら、竹ヶ原は「どこかに行くつもり」ではなかったのだろうか。仲間の小寺は総武線船橋駅付近に、久島と脇野は小田急線新百合ヶ丘駅付近にいるという。全員、駅の近くだ。これは偶然だろうか？　総武線船橋駅は総武線快速が、小田急の新百合ヶ丘駅には確か、小田原線の快速急行が停まる。いずれも中央特快同様、駅間が長く速度が出る車両だ。

……ドア・ブリーチング弾。

「まさか……」

「国分寺、あるいは三鷹で捉まえられればよかったのですが。中野では遅すぎます。おそらく、竹ヶ原の『目的地』はその中野駅です」だとすればあと何分もない。海月が緊張している理由がようやく分かった。「……ですが、まだ何か手があるかもしれません」

「それじゃ、奴は……」

間違いがなかった。立川—国分寺間は三駅しかない。続く国分寺—三鷹間も四駅だ。

だが。「三鷹から次の中野までは六駅あります」

「立川から国分寺までは平均五分です。そこから三鷹まではさらに六分。乗車率を確認し、先頭車両と後部車両に分かれて移動するには充分すぎる時間です」海月は言った。

「さらに三鷹から中野までが九分。列車がある程度の速度に達した後に武器を出し、ドアを破壊して前後の乗務員をそれぞれ拘束しても、まだ数分の余裕があるはずです」

「鉄道ジャックを？」

「ただの鉄道ジャックなら、まだいいのですが」海月はじっと前を見ている。「そこから最高速度に達するまでが最大で二分。前を走る快速上り1270Tが中野駅に停車しているところに追いつく可能性が大きいです」

最初に感じていた黒い予感が、海月の言葉ではっきりと凝縮して形をとった。そうだ。奴らはエデンと言っていた。

——自爆テロ。飛行機ではなく、鉄道を使う。

「前の電車にぶつけて、自分も死ぬつもりですか」

「最悪の場合は」海月の表情が厳しくなった。「越前さんから連絡です。十三時二分立川発の中央特快上り1260Tは定刻通り、すでに三鷹を出ました。止められなかったようです」

コンソールの時計は十三時九分を示している。俺も思わず舌打ちしていた。

だが確かに無理だ。現時点ではテロはただの可能性に過ぎない。電車は一本止めれば都内中のダイヤが乱れ、その修正にかかる労力と遅延分の損害は計り知れないものになる。いくら越前刑事部長でもこの状況で、しかもたった数分でJR側にそんな決断をさせられるわけがない。

だが、奴らが動き出したとすれば、被害が発生するまでは長くても五分。JR側が異状を察知した時はもう、列車の暴走は止められなくなっている。

「……その1260Tが、前の電車と同じホームには入らないっていう可能性は」

「ほぼゼロです。朝のラッシュ時を除き、中央線快速上りはすべて同じ八番ホームに入ります」

「鉄道指令が衝突を察知してポイントを切り替えてくれる可能性は」

「考えられます。ですがその場合でも、多数の死者が出ます」海月は冷酷に言った。「仮に中野駅を無事に通過できたとしても、次の東中野駅を通過した直後に線路が右方向にカーブします。最高速度で走っていればそこで脱線します」

俺の脳裏に、テレビで見た二〇〇五年の福知山線脱線事故が浮かぶ。あの時はたしか百名以上の死者が出たのではなかったか。それに、もしポイント切り替えが間に合わず、前を走る1270Tに追突したら、犠牲者の数はさらに跳ね上がる。

海月は前を見ている。「急いでください。一秒でも早く、中野駅に」

「了解」幡ヶ谷出口の表示をとらえ、最大限の速度で車線変更をする。「ですが、どうするんです。中野に着いたって、もう暴走が始まっていたらどうしようもない」

「停車中の1270Tから乗客を避難させるよう、乗務員と駅員に指示します」

「どう説明するんです。本当に異常事態になっていたらそれこそむこうも、こちらの説明なんか聞いてる余裕がありませんよ」

「その場合はわたしたちが1270Tをジャックします」海月は拳銃を出してダッシュボードに置いた。「乗務員室を制圧し、車内放送でわたしたちが直接、状況を乗客に伝えます。多少の混乱は仕方がありません。車内にいる人間を一人でも減らすことが優先です。……設楽さん、拳銃は持っていますね？」

「はい」今朝の時点で拳銃携帯指示が出ていた。懐にはずしりとした感触がある。「……もし、ポイント切り替えが間に合ったとしたらですが、その場合、1260Tの方は」

海月は答えず、ダッシュボードに置いた拳銃を見た。

「設楽さん。念のため、電車の止め方を説明しておきます」海月は冷静だった。口調もいつもと全く変わらない。「運転席と車掌室の壁にはそれぞれ、非常ブレーキが装備されています。また、運転士が倒れた場合、運転台のハンドルは前方向に押される確率が高いです。したがって運転台のハンドルは車両の型式を問わず、すべて『押すとブレーキ』だと決められています」

「了解」

暴走する1260Tが最高速度で向かってくる以上、1270Tが中野駅八番線ホームに停車してから乗客を降ろす時間は一分もない。全員を避難させる時間があるだろうか。しかも、仮に乗客・乗員の避難が間に合ったとしても、突っ込んでくる1260Tとの激突は避けられない。ポイントの切り替えが間に合った場合でも、1260Tの脱線は避けられない。

では1260Tの乗客はもう助からないのか。空いている時間帯とはいえ、三鷹を過ぎれば数百人が乗車している。

どうしてもそう考えてしまう俺の内心を見透かした様子で、海月が言った。

「設楽さん。敗北が決定的でも、決定するまでは最善を尽くすべきです。敗北が決定しても、敗北の規模を最小限にするために最善を尽くすべきです」

海月は前を見ていた。「わたしたちは警察官です。あれこれ考えるのは、部署に戻って報告書を書く時まで取っておきましょう」

「……了解」

運転中なので敬礼はできない。俺はそのかわりにハンドルを握り直した。

19

ＪＲ東日本立川運転区所属の運転士須賀保幸《すがやすゆき》は、交番表に従い、十二時四十五分高尾発の１２６０Ｔに乗務していた。立川駅から交替しての乗務であり、休憩後である。須賀の体調はよく、程よい緊張感と冷静な注意力が保たれていた。

その日は午前中の電車に一、二分程度の遅れが生じたのみで、乗車率・運行本数共に過密状態の中央線快速としては平穏な日であるといえた。臨時列車もなく、今のところ故障や人身事故のトラブルもない。風がやや強かったが、空は晴れていた。昼の上り線は混雑もしておらず、国分寺駅を過ぎてようやく座席が埋まった程度であった。最新技術の結晶であるＥ２３３系は揺れも少なく、車内では暖房と差し込む陽光の暖かさが絶妙に絡み合い、座席に座る乗客は半分近くが睡魔と遊んでいた。睡魔は運転席の須賀にも平等に舞い降りたが、数年にわたる運転歴で睡魔の対処法を心得ていた須賀は、座席から少し尻を浮かせた姿勢を数秒、維持した。前方の信号を一つ確認して尻を下ろす。

たったこれだけの運動でも、下肢に力を入れて下半身の血液が脳方向に押し上げられると、血行がよくなり眠気が一段階軽減する。いつもの平穏な乗務だった。

だが国分寺を過ぎたところで、須賀はいつもと違う何かの雰囲気を感じていた。反射的に前方、速度計、モニターと順にチェックし、一つ一つ「前方よし」「速度よし」と確認してみる。どこにも異状はない。１２６０Ｔ。高尾発東京行き中央特快。とっさに停車駅通過を疑ったが、もちろん行程票との差異もない。

そこまで確認し、ついで進路上の進行信号も指差喚呼した須賀は、違和感が運転台やスピーカー等からではなく、自分の背後から生じていることに気付いた。背中を向けているガラスのむこうに誰かがいるのだ。中央線のこのタイプの車両は乗務員室背部のガラスが大きくとられており、日中は走行中ブラインドを下ろすことも原則的に禁止されているため、乗務員室内は先頭車両の乗客からほぼ丸見えになる。そのため二、三本に一本の割合で、運転席の後ろに張りついて運転士を観察する子供や「大きな子供」がいる。撮影して動画サイトに上げるなら挨拶ぐらいはしてほしいと思うが、そのくらいである。須賀はすでに慣れきっていた。

それなのに違和感があった。須賀は首をかしげた。後ろに何があるのだろう。急病人だろうか。しかしそうしているうちに電車は三鷹駅に停車する。須賀の神経は信号と進路上の安全確認と、微妙な操作の差で乗客に与える不快感がまるで違ってしまうブレーキ操作に集中した。無事に停車・乗降が終わり、出発信号を確認して「出発、進行」の喚呼をする。速度感を慎重に見ながらハンドルを力行《りっこう》方向に引く。1260Tは滑らかに加速し、三鷹駅のホームを出てポイントを通過すると、前方には複々線四線の広々とした進路が開ける。

だがそこで、須賀の背後でがちゃりという音がした。

須賀は前方を確認してからちらりと後ろを振り返った。子供や酔っ払いが乗務員室のドアを叩いたり、乗客の重い荷物が倒れてドアを打つことはよくある。

その瞬間、強烈な爆発音とともに運転席が揺れた。

とっさに運転台につかまった須賀の眼前で、錠の部分に大穴を開けたドアが乱暴に蹴破られ、ダウンベストを着た男がぬっと入ってきた。

背後にいきなり出現した小太りの男に対し、須賀は反射的に席から立ち上がっていた。乗務員室は立入禁止だ。しかも今は走行中。追い出さなくてはならない。しかしそう考えた瞬間、須賀は自分に、男の持つ散弾銃の銃口が向けられていることを認識した。

「ちょっと。走行中――」

爆発音がし、腰を撃たれた須賀は運転席に背中をぶつけ、その反動で前のめりに運転台から転げ落ちた。

床に伏せ、突然襲ってきた激痛に体を丸める須賀をまたぎ越し、男はハンドルを一杯に引いた。

「こちらヤコブ。運転台を制圧した。これから最後のおつとめに入る。神に祈りを」

車両ががくりと揺れ、急加速のGで須賀は壁の方に転がった。同時に後方の乗客たちの間でも、あちこちから驚きの声が出ていた。立っている者は皆、手すりやつり革に摑まったため転ばずに済んだが、銃声を聞いた二号車・三号車の乗客は前方を見ていた。

一号車の乗客は、乗務員室のドア前で拳銃を構えて立ちはだかるもう一人の男に制圧されていた。

「席を立つな」男は銃口で乗客たちを舐め回しながら、あらためて命令した。「立った奴は殺す」

車両連結部のドアが開き、若い男が一人、様子を窺いながら一号車に入ろうとした。だがその瞬間に発砲され、若い男は仰向けに吹っ飛んで開いたドアから二号車内に倒れ込んだ。悲鳴が二号車にも広がる。

「この車両に入るな。入ったら殺す」

男の怒鳴り声が後方に向かって響いた。

乗務員室の床に転がった須賀は、撃たれた腰が止めようもなく濡れていくのを感じながら、運転台を見上げていた。

……全速力にしやがった。なんてことをしやがる。

須賀の脳裏にはテロという単語が浮かんでいた。鉄道ジャック。しかも、このまま全速力で走り続ければ、いずれは。

1260Tは速度を落とさないまま西荻窪《にしおぎくぼ》駅を通過した。指令室でATOS《東京圏輸送管理システム》を監視している輸送指令が異変に気付いたらしく、スピーカーから半ば怒鳴るような「１２６０Ｔ、速度落とせ」の指示が飛んできた。男はそれに反応せず、石になったようにハンドルを引いたまま動かない。

ぶつけるつもりか。脱線させるつもりなのか。

須賀は心の中で男に嘲笑を浴びせた。……馬鹿が。ＡＴＳ《自動列車停止装置》があるんだ。不可能だ！

だが男は運転台から離れると、下部にあるＡＴＳ－Ｐ開放スイッチのカバーを開けた。スイッチが操作され、警報音が鳴る。

無意味に鳴り続ける警報音の中で、須賀は自分の体が急速に冷えていくのを自覚していた。鉄道車両のＡＴＳは信号や他の車両との距離に応じ、危険な場合は自動的にブレーキをかけるシステムだ。だが運転状況によっては、その距離を超えて車両を接近させなければならない場合がある。そのため運転席には、ＡＴＳを手動で切るスイッチが必ずついている。ヤコブと名乗るこの男はそれもちゃんと知っていたのだ。そして車掌から何の反応もないということは、おそらく車掌室もすでに、この男の仲間に占拠されている。

つまりもう、この車両を止める方法はない。

１２６０Ｔは荻窪駅を通過し、阿佐ケ谷《あさがや》駅に迫っていく。時速はすでに百キロを超えていた。

※

「中野駅の様子はどうです」

「まだ、連絡が入りません。ですがGPSによれば竹ヶ原は高速で移動中。すでに阿佐ケ谷駅を通過したそうです」海月はダッシュボードの拳銃を取り、残弾と安全装置を確認してから脇のホルスターに収めた。「早すぎます」

だとすれば、やはりすでに暴走は始まっているのだ。JRの輸送指令も異状は察知しているはずだった。だが越前刑事部長の警告とそれを結びつけ、1260Tが暴走状態にあると判断して対応するにはどう考えても数分はかかる。

中野通りはそれほど広くなく、交通量も多い。作業中で一時停車しているトラックなどもある。だがまだ現在十三時十八分を数秒過ぎたところだ。「もうすぐ着きます。走りますよ」

「はい。設楽さん、ホームに上がったら二手に分かれて、運転士と車掌を手分けして押さえましょう」

「了解です」

海月が発砲するような事態にならなければいいがと思いながらアクセルを踏み、前方に中央・総武線の高架線路が横切るのが見えた。中野駅南口のロータリーはタクシーとちょうど入ってきた路線バスで塞がれて進入することができず、俺は駐車禁止を無視して交差点の手前で無理矢理車を左に寄せ、停車する。

「行きましょう」運転席のドアを開け放す。海月も助手席から飛び出し、歩道の植え込みをがさがさと鳴らしながら走り出した。

　ここからは走るしかなかった。横断歩道を渡り、駅に向かう通行人たちをかわしながら中野駅南口に飛び込む。自動改札が閉じたが、「警察、緊急！」とだけ怒鳴って膝でこじ開けた。一応駅員の方に警察手帳を突き出したが、別に見えていなくても構わない。お叱りは後でいくらでも受ける。

五段ほどの階段を一気に飛び上がり、奥の八番線ホーム行き階段に向かってコンコースを全速力で走る。一度後ろを振り返ったが、足の遅い海月はまだ改札で引っかかっていた。

「右、頼みます！」

それだけ怒鳴って左側の階段を上る。こちらは進行方向後ろ、車掌側になるが、たしか八番線ホームに電車が停まった場合、運転席より車掌室の方が遠くなる。遅い海月には近い方を任せるべきだ。階段を上がるとさすがに息が切れた。吊った左腕が動くたびに鈍痛があるが、スピードを落とすわけにはいかない。

ホームに出る。すぐ目の前の八番線にはちょうど、先行する快速上り１２７０Ｔが入ってきたところだった。間に合った。だがそのせいでホームには行列ができている。列の間を抜けることはできず、俺はホームの反対側の縁まで飛び出して走った。ちらりと見えた時計は十三時二十分になっていた。1260Tはどこまで来ているのだろう。自動販売機や柱が邪魔になってホームの端が見えない。

とにかく車掌室を急襲するつもりでホームを走り、停車位置に当たりをつけて駆け寄った。前方確認のため窓から顔を出している女性の車掌がこちらに接近してくる。

1270Tは定刻通り減速して停車した。

その時、ホーム内にスピーカーから案内の声が響きわたった。

——八番線のお客様に緊急の連絡です。ただいま到着しました上り電車にはご乗車になれません。ただいま到着しました上り電車にはご乗車になれません。また現在、後続の電車が急速接近中。追突の危険があります。到着の電車にはご乗車にならず、ただちに電車から離れてください。

怒鳴るような声だったが、内容は聞き取れた。見ると、車掌の女性もマイクに向かってはっきりした声で繰り返していた。

——追突の危険があります。ただちに電車から降りてください！

俺の喉から深く息が漏れた。間に合っていたのだ。おそらくJRの輸送指令がいち早く状況を察知し、中野駅に停車次第、乗客を急いで全員降ろすよう、運転士と車掌に指示している。

だが、間に合うのだろうか？

俺はホームの端から線路を見渡した。百メートルほど先で線路がわずかにカーブしており、その先が見えない。暴走した1260Tはどこまで来ているのだろうか。仮に時速百キロだとして考えても、あそこに現れてからほんの三秒か四秒でここまで到達してしまう。ほとんど時間がないはずだ。

振り返る。乗客たちはざわついていたが、開いたドアから早足で降車を始めていた。切迫した声で状況を伝えるアナウンスが繰り返されている。JRの対応の方が早かったのだ。少なくともこれで、1270Tの乗客は助かった。

だが、と思う。JR側が対応しているのなら、ポイントが切り替えられ、暴走した1260Tは反対側の七番線ホームを通過するはずだった。その後はどうなるのか。速度は落ちない。おそらく1260Tは一分程度で東中野駅を過ぎ、カーブに入る。こちらは止めようがない。

……いや。

俺はホルスターに収めている拳銃に視線を落とした。それと同時に、無線から海月の声が聞こえた。

――設楽さん。架線を銃撃してください！

海月が考えていたのはそれだったのだ。七番線に入る線路上の架線を切断してしまえば、1260Tへの電力供給が一時的に止まる。ブレーキをかけない限り、高速で走行中の1260Tがこのホームに突入してくることに変わりはない。だがここから東中野駅までは一キロ以上あるのだ。カーブを曲がりきれる程度まで速度が落ちてくれるかもしれない。

「……了解」

俺は拳銃を抜いた。片手撃ちで二本の架線がちゃんと切れるように当てるのは難しいが、射撃には自信がある。接続部分を狙えばなんとかなるだろう。

だが撃つべき場所を求めて線路上を見渡した俺は、数十メートル先のポイント付近に立っている人影を見つけた。

……保線作業員じゃない。あれは何をやっている？　なぜ今、あのポイントで。目を凝らした俺は、その男が散弾銃を持っていることに気付いた。男は転轍《てんてつ》機の上でしゃがむと、何かを確かめた様子で立ち上がり、そのまま線路脇の変電施設の中に消えた。

俺は拳銃を構えたままホームの端から飛び降りていた。

……まさか。

バラストに足をとられながら線路の横を走る。行く手からいつ暴走した１２６０Ｔが現れるかもしれなかったが、俺はそちらに向かって全力で脚を振り上げ続けた。男のいた転轍機が近付いてくる。構造のよく分からない細部が見え、そして転轍機本体に繋がる何本かのケーブルがちぎれているのが見えた。

一瞬、目の前が真っ暗になった。左腕の鈍痛が蘇る。

俺は無線機を出して海月に怒鳴った。

「こちら設楽！　転轍機が破壊されています。ポイント切り替えができません！」

ドア・ブリーチング弾。このためでもあったのだ。

七番線と八番線を切り替える転轍機は電源ケーブルを切られ、動いていない。すぐそこまで来ているはずの１２６０Ｔは、このまま八番線ホームに突っ込むことになる。

20

灰白色のバラストの上に合計八本のレールが横たわっている。そのむこうは塀であり、塀の前にはこの高架のどこに根をはったのか、エノコログサがまばらに生えている。変電施設の塀が邪魔をして線路の先は見通せない。犯人の一人が逃げ込んでいったはずだが、施設内にひと気はない。コンデンサと柵と白い塀が見えるだけだ。

絶望的な風景だった。

線路が小刻みに揺れ始めているのが、足元から伝わってくる。まもなくここを、暴走した１２６０Ｔが走り抜ける。止める方法はなかった。振り返ると、ホーム上は混乱しているのだろう、まだ乗客を降ろす作業が続いていた。アナウンスの音声が不明瞭に聞こえてきて、それに悲鳴のようなホイッスルが交ざっている。

１２６０Ｔはこれからあそこに突っ込む。仮に乗客が全員降りられたとしても、そこから車両を動かして、時速百キロ近く出ているはずの１２６０Ｔを避けられるはずがない。

だとすれば戻った方がいいのだろうか。戻って、発生する死傷者の救助を手伝った方がいいのかもしれない。だが。

俺は前を向き、ホームに背を向けて走り出した。変電施設の塀から離れ、線路の先へ。1260Tの具体的な状況は輸送指令も把握していないはずだった。せめて無線でそれを伝える役をするべきだ。車両を発見次第報告する。それと。

出したままの拳銃の、グリップの感触を確かめる。せめてここから架線を切断する。こんな百メートル手前で電力供給を止めたところで電車はそのままホームに突っ込むだろうし、ここ一ヶ所を切断しても車両が移動すればまた電力が生き返ってしまうかもしれない。それでも激突の瞬間まで加速し続けるよりは少しだけましだ。衝突時の速度を一キロでも落とすことは、無意味ではないはずだった。

少しでも前に進んで切断しようと走ったが、すぐに立ち止まることになった。前方にすでに車両が来ている。

最初の瞬間小さく見えただけだった車両は、すぐに大きくなった。やはり相当な速度なのだ。ここから車両まで二百メートルだとしても、何秒かぼけっとしているだけでここまで来てしまう。

――早く。早く撃て。

拳銃を上に向ける。射撃訓練でやるのは水平方向への射撃ばかりで、頭上を狙うのは勝手が違う。その上片手持ちで銃身が安定しない。しかも。

真横から叩きつける冷たい風が、コートを着ていない俺の体から容赦なく熱を奪う。架線が揺れている。揺れない上に、一ヶ所切断するだけで確実に送電を止められる場所はどこだ。しかも切断後、おそらく架線が垂れ下がってこちらに落ちてくる。一五〇〇ボルトの大電流が流れる高圧電線。触れれば即死だ。それだけではない。架線がレールに接触した場合、レールに触れている人間が皆やられる。中野駅の方は大丈夫なのだろうか。それに火災が発生したり、ショートした時の衝撃でレールが変形した場合、１２６０Ｔはここで脱線してしまうかもしれない。

迷ったのは一瞬のはずだった。だがその間にすでに、１２６０Ｔの車体が迫ってきていた。フロントガラスを通し、ベストを着た男が運転台に立っているのが見える。

奴が――。

とっさに銃口をそちらに向けていた。海月の言葉を思い出した。

〝運転士が倒れた場合、運転台のハンドルは前方向に押される確率が高いです。したがって運転台のハンドルは車両の型式を問わず、すべて『押すとブレーキ』だと決められています〟

前面のフロントガラスが迫ってくる。この間品川駅で轢かれそうになったおかげで、どこまで車体が迫るとやばいのかという距離感覚はなんとなく把握していた。

まだ撃つな。寄せろ。もう少し。

待った時間は一秒もなかっただろう。高速で暴走する車両はあっという間に巨大になり、眼前に迫ってきていた。俺は運転台の男に向けて引き金を引いた。三発、四発、五発。ありったけの弾丸をフロントガラスに叩き込む。

――倒れろ。どうか前に倒れろ！

立っている人間が前から銃弾を受ければ、衝撃で後ろに倒れるのが普通だ。だが電車のフロントガラスは頑丈にできているはずだった。貫通時に勢いの弱まった弾丸は相手の体を吹き飛ばさず、意識だけを飛ばしてくれるかもしれない。あの位置から前に倒れれば、ハンドルが「制動」方向に押される。

だが横に飛んで車両をかわす一瞬前、俺は見た。運転台の男は硬直したように動きを止め、仰向けになって後ろに倒れた。

※

運転士の須賀保幸は、自分が倒れている床が濡れているのを感じていた。相当な出血であり、放っておけば死ぬかもしれないということは自覚していた。散弾銃で撃たれたのであり、当然だった。

須賀は動く気力をなくしていた。倒れている位置から速度計は見えなかったが、１２６０Ｔはすでに最高速度近くに達していることが、車体の揺れ方から判断できた。ポイント通過の感触も少し前にあった。ということはこの車両は高円寺を抜け、そろそろ中野に着く。中野には先行する1270Tが停まっている。ポイントの切り替えで七番線ホームを抜けられればと思ったが、スピーカーから響いてくる指令の声が、そのささやかな希望すら断ち切っていた。

――1260T停車しろ。ポイント故障。動かない！　八番ホームに突っ込むぞ！

おそらくそれも、こいつらがやったのだろう。須賀は倒れたまま視線を上げ、立ったままハンドルを摑んでいるベストの男の背中を見た。よく見ると頭頂部がだいぶ薄くなっているようだ、と、どうでもいいことに気付いた。

「……神よ、私をエデンに導いてください。私は信仰に殉じます。信仰に……」

ベストの男は震える声で何か言っていた。須賀は思い出す。そういえば瞳孔が開いた異常な顔をしていたから、覚せい剤でもやっているのだろう。そうしなければならないほど怖いなら、やらなければいいのだ。なにも大勢の乗客まで巻き添えにすることはないではないか。

須賀は心の中で毒づきながら、後ろに乗っている乗客たちに詫びていた。安全運行ができなかった。この勢いだと、後部車両にいても無事ではすまない。不可抗力だとはいえ、自分が乗務している車両で大事故が起こる。

そのことを、どうしようもなく悔しがっている自分に気付いた。

これが人生最後の発見か、と須賀は思った。もともと須賀は、鉄道の仕事に何か職人的な矜持《きょうじ》を持っていたわけではなかったはずだった。JRに就職したのは、高卒で安定した仕事ということれが一番だったからで、鉄道学校として知られる岩倉高校や昭和鉄道高校の出身でもない。研修と試験を通過して運転士にはなったが、それが夢、というほどでもなかった。周囲には「運転士が夢だ」という人間が多く、鉄道ファンの割合も高かったので、同期の中ではある意味浮いていたといってもいい。指導運転士《オヤジ》からは「お前は淡白だな」と言われたこともある。仕事への熱意はある。だがそれは「仕事だからきちんとやりたい」という熱意だ。鉄道マンとしての矜持というのは、須賀には特になかったはずだった。

だが床に倒れたままの須賀を支配しているのは、強烈な悔しさだった。こんな終わり方なのか。特に熱心だったとも思わないが、それでも仕事は真面目にやってきたし、手を抜いてもばれないような状況であっても、自覚的に手を抜いたことは一度もない。自分なりに、新型の車両に対応する努力も、接客の印象をよくする努力もしてきたはずだ。なのに、その結果がこれなのか。日本鉄道史上未曾有の大惨事。その車両に乗務していながら何もできなかった運転士。自分はそんなひどい評価になるのだろうか。

多摩の自宅にいるはずの妻の顔が浮かんだ。息子はようやく首が据わったところで、鉄道を好きになるとしてもまだもう少し先だろう。陽子《ようこ》は、光貴《みつき》はどうなるのだろう。最悪の事故を防げなかった運転士の遺族だからという理由で、悪意に満ちた人間たちに叩かれるのだろうか。すまない、と伝えたかった。不甲斐なくてすまない。こんなに早く死んですまない。一言だけでもどこかに書けないかと思った。陽子。光貴を頼む。どうか、幸せに。

畜生、と口の中で呟き、よく分からない祈りの文句をぶつぶつ言いながらハンドルを摑んでいる頭のおかしい男に恨みの視線を向ける。俺はもういい。だが陽子は。光貴はどうなるのか。三百人以上の乗客が乗ったままなのだ。それはどうなるのか。まだ若くて、新人時代の俺よりよほど熱意がある車掌の茂木《もぎ》君は。何の罪もない彼まで巻き込むのか。

……クソ野郎。死ぬならてめえ一人で死ね！

その瞬間、突然の破壊音とともにフロントガラスに派手なひびが入った。破壊音は続き、破片が飛び散り、ついにはフロントガラス全体が砕け、前方からの風が殴りつけるように吹き込んできた。

視界がスローモーションになり、空中を舞うガラスの破片に交じって、男の赤い血が飛ぶのがはっきりと見えた。

男は仰向けに倒れ、須賀の足元に落ちてきた。

……死んだ。なぜ。

原因を知ろうとして顔を起こした須賀の前に、操る人間のいなくなった運転台のハンドルがあった。

須賀は呻き声をあげながら体を起こし、座席の背にすがりつきながら立ち上がっていた。遮るものもなく風がぶちあたり、後ろに倒れそうになる。だが体のどこにこんな力が残っていたのか、背もたれを摑み、帽子を飛ばしながら体を前に持っていくことができた。

前方に中野駅のホームが見え、もうどうやっても停まれない距離に、1270Tの後部が迫っていた。須賀は絶叫しながらハンドルを一杯に押していた。

——非常制動。停まれ！

甲高いブレーキ音と急激な振動の中でハンドルにしがみつきながら、須賀は目を閉じて祈った。間に合わないことは分かっている。だが少しでも減速しろ。乗客が、自分たち鉄道マンに命を預けてくれている乗客たちが、一人でも多く助かるように。

ただの安定した勤め人のつもりだった。だがいつの間にか、鉄道マンになっていた。

目を閉じた須賀がそのことに満足して微笑んだ数瞬後、運転席が激突の衝撃に呑み込まれた。

※

線路脇にうずくまり、飛んだ際にぶつけた左腕の痛みをこらえていた俺の耳に、重い破壊音が届いた。かすかに地面が揺れる。音は長く続き、俺は途中から目を閉じた。

駄目だったのだ。この瞬間に、何人の人生が断ち切られたのだろう。

だが目を閉じるとすぐに海月の顔が浮かんできた。小さくて美少女顔で運動音痴で方向音痴のこの上司は、俺が絶望に呑まれてうずくまり続けることを許してくれなかった。

「……敗北が決定しても、敗北の規模を最小限にするために最善を尽くすべき」

言われたことを口の中で復唱して立ち上がる。今、１２６０Ｔの車両内では百人単位の死傷者が発生し、即死できなかった者たちが一秒ごとに死んでいっているはずだった。救護を手伝わなければならない。俺は空になった拳銃をホルスターに収めて走り出した。重傷者の後遺症を少しでも軽くするために。「重体」を「死亡」にしないために。

息があがっていたし、南口からずっと走ってきたため汗で背中が冷え、無理に線路上で飛んだせいでどこかにぶつけたのか、左の腿も痛い。それでも全力疾走はまだできるはずだと思い、自分を叱咤する。予想通り、がらがらと動く不安定なバラストの上でも全力疾走はできた。変電施設の塀のむこうに中野駅のホームが見えてくる。

「……あれ？」

思わず声が出ていた。俺が予想していたのは、めちゃくちゃにひしゃげ、連結部分でのたうつように折れ曲がり、レールから外れたり横倒しになったりしている車両の姿だった。だが、それがない。１２６０Ｔの後部は確かに見えていた。だがそれはずっと前方で、列車全体が中野駅のホームに収まる位置まで進んでいる。前の列車を弾き飛ばしてそこまで前進したのだろうか。だが、それにしては損傷が小さすぎる。後部車両は傷一つついていないし、後ろから見る限りでは派手な脱線もしていない。

枕木に足を取られそうになりながら、焦げたような臭いを発して停まっている1260Tの後部に駆け寄る。それでようやく状況を理解した。確かに1260Tは前方の1270Tに追突している。だがぶつかった位置がかなり――おそらく二百メートルは前にずれている。そしてこの位置で1260Tがきっちり停車しているということは。

間違いがなかった。1260Tにはあの直後、急制動がかかっている。おそらくは拘束されていたはずの運転士がなんとかして操作したのだ。そして、それだけではない。前にいた1270Tの運転士は乗客を全部降ろした後、自分は運転席に残り、1270Tを発進させて追突位置を二百メートル近く前にずらした。追突自体は避けられなかっただろう。だが急加速している1270Tに、減速しながら1260Tがぶつかったとなれば、相対速度はかなり減殺される。鉄道の先頭車両には自動車同様の衝撃吸収構造がある。追突の位置から計算すれば、おそらく一号車も無事だった。

……勝ったのだ。死者はゼロで済むかもしれない！

ようやく走る速度を緩める。ホームは避難する人間とそれを誘導する人間、負傷したらしき人間とそれを搬送する人間でごった返している。だが負傷者の救助などで人手はいくらでもいるはずだった。それに警察官本来の職務もある。停まっている1260Tには、犯人がまだ乗っているはずだった。重大犯罪の現行犯だ。一人でも逮捕しなければならない。

だが、ようやく通常の思考を始めた俺の脳裏には、嫌な感覚がずっと張りついていた。

小型ながら致死性の危険をはらむある種の毒蜘蛛《どくぐも》のような、小さいのにとても濃厚で存在感のある感覚。何かを忘れている。重要な何かを。

ホームの端に辿り着き、右手一本でどうやって上がるかと考え始めた時、俺は思い出すべきことを思い出した。

そして動けなくなった。

……1260Tの運転席には、一人しかいなかった。

もちろん1260Tに乗り込んだのがその一人だけというわけではないはずだ。少なくとも車掌室に一人、おそらく運転室の周辺に、警戒用にもう一人。そして転轍機を破壊して逃げた一人。だがそれ以上の人数があの1260Tに乗り込んでいたとは考えにくい。俺が撃った男は一人で運転士を拘束し、運転台に立っていた。人数がもっといるなら、運転室にもう一人くらいは入っているはずだ。

車の中で聞いている。1260Tに乗っていたうちの一人は竹ヶ原という男だろう。だが小寺と、久島・脇野という二人も、別の路線の駅にいた。奴らはどうなったのか。

先刻、仲本を取り調べて出てきた話だ。小寺は竹ヶ原に「ヤコブ」の名を与えたという。「ヤコブ」は聖書に出てくるイエスの弟子で、十二使徒の一人だ。

……なら、他の十一人はどこで何をしている？

俺はホームの端に手をかけたまま動けなかった。忘れていた、ひどく重大な可能性とはこのことだった。竹ヶ原たちはおそらく、たった三人で電車を一つジャックしている。

それなら他の仲間たちも今頃、別の電車を同じようにジャックしているのではないか。ＧＰＳ情報の報告があったのだ。小寺が総武線快速。久島と脇野が小田急小田原線――。

これは自爆テロだ。だがただのテロではない。同時多発テロなのだ。

取り返しのつかない感覚があった。中央線《ここ》のテロはなんとか小さめの被害で済んでいる。だが少なくともあと二ヶ所で同じことが起こっている。そちらには全く対応していない。ここのようにうまくいくとは思えない。もし連中が同時に犯行を開始したとするなら、今頃は。

ホームの上を男性が駆けてきて、俺を見下ろすと手を貸してくれた。大丈夫ですかと訊かれ、大丈夫ですと答える。しかし頭の中はそれどころではなかった。

全身をざわざわしたものが駆け上がる。連絡しなければならない。高尾発の中央線ではこんな結果になったのだ。都内全域の鉄道すべて、それが無理でもせめて、連中の仲間が乗り込んでいるらしき総武線快速と小田原線だけはすぐに止めなければならない。もうすでに暴走が始まっているかもしれない。一刻も早く、無線でこのことを伝えなくては。

ホームに上がり、手を引いてくれた男性に礼を言って無線機を出す。

だが視界の隅に光るものがあった。反射的に払いのけようとしたが、俺の体に向かって突き出されてきた光るものは俺の脚をえぐって切り裂いた。灼熱の感触が右腿に広がる。

体のバランスが崩れる。前から男が迫ってきて、俺の胸を突き飛ばした。全身が宙に浮き、俺は背中からバラストの上に叩きつけられていた。手から無線機が落ちる。

「な……」

何が起こったのか分からなかった。突き落とされたのだ。手を貸してくれた男が、なぜか突然俺を突き飛ばし、再び線路上に落とした。それに右腿をやられた。刺してきたのもこの男だ。

……どういうことだ。何が起こっている。

混乱したまま上体を起こした俺の前に、肉厚のナイフを持った坊主頭の男が飛び降りた。

「ようチョンカス。やっと出てきやがったな。手間かけすぎなんだよ」

聞き覚えがあった。そう昔のことではないはずだが、随分とかすんでしまっている記憶の中にある声。まだいつも通りの日常があった頃、行きがけにちょいと逮捕しただけの、取るに足らない存在。

間違いなかった。この坊主頭は、いつか品川駅で韓国人に絡んでいて、俺に取り押さえられた酔っ払いのチンピラだ。

「な……」

なぜここにいる、と訊こうとしたが、それどころではなかった。右脚に激痛があり、尻の方に向かって血が垂れていく感触がある。そしてそれよりも。

俺は傍らに落ちた無線機に右手を伸ばそうとしたが、男がその手を踏んだ。思わず呻き声が出る。

「応援呼ぶぞ、ってか？」男は俺を見下ろして言った。「だいたいそうやって群れて騒ぐよな。チョンカスは」

踏まれている手を抜こうとするが抜けない。手の上に乗っている足の重みが増す。

「離せ。てめえ」

「あー、うるせえうるせえ」

手が解放されたと思ったら、顔面に蹴りが飛んできた。鼻先で火花が散り、仰向けに倒される。

「てめえのせいで、こっちはあれからずっと迷惑してんだよ」男は顔を歪めて言った。

「本当に中央線にいやがったな。あの女はどこだよ？　捕まえて、チョンカス遺伝子の撲滅に協力してやるよ」

「おい……」

この男の状況はそれでなんとなく想像がついた。俺と海月が線路に落ちた時の映像は動画サイトに上げられていたし、あの後川萩係長は「鮮やかだったそうじゃないか」と言っていた。だとすれば、俺たちがこいつを逮捕した時の映像も誰かが撮影し、動画サイトに上げていたのだろう。それも、顔がはっきり映る形で。

この男はそれを知り、恥をかかされたと思って俺と海月を探していた。俺たちはここのところ高尾に通っていたが、二人セットであれば、動画を見た誰かに見つかっていてもおかしくはない。その誰かが「この二人を中央線沿線で見た」とどこかに書き込んだのだろう。

男のナイフを見て思う。俺は二ヶ所から同時に狙われていたのだ。

品川駅で俺を刺したのは仲本ら宇宙神瞠会の信者ではなく、おそらくこいつだ。信者たちは門前仲町で俺を襲った以上、俺の住所を把握していた。住所を把握していたなら、すでに勤務地ですらなくなっていた品川駅で待ち伏せなどするはずがない。品川駅で待ち伏せをしていたのは、そこ以外に手がかりを知らないこいつの方だ。だから海月も、俺を護衛していたはずの公安も対応できなかった。JR品川駅は構内を貫く大きな通路から新幹線を除く二つの改札がどちらも見渡せる広々とした造りになっている。素人一人でも張り込みはできただろう。

男の蹴りがまた飛んでくる。素人の蹴り方なのでブロックはできた。だが無線機が取れない。

「おい、やめろ！　今はそれどころじゃないんだ」

男は眉を八の字にしてああ、と言い、また蹴りを飛ばしてきた。

「やめろ！　無線機をよこせ。早く連絡しないとやばいんだ」

頭をガードしながら立ち上がろうとすると、今度は左から男の蹴りが飛んでくる。吊った左腕を蹴られ、俺はまた膝をついた。さっきまで鈍痛で済んでいた左腕と脇腹が疼《とう》痛《つう》に変わっている。右脚は焼けるようだ。

「おーお、痛そう」男は口許を歪める。「辛いか、おい？　こっちはもっと迷惑してんだよ」

左腕を狙ってくるのを読み、体を捻って右手で蹴りを受け止める。だが右脚が踏ん張れず、俺はバラストの上に横倒しにされた。目の前に無線機があることに気付いて手を伸ばそうとしたら、男の足が無線機を蹴り飛ばした。

「おい、てめえ」

「残念でした」

男が俺を見下ろして笑う。倒れている相手を見下ろす優越感に緩みきっている顔だった。

正面から飛んでくる蹴りから頭部をかばう。「馬鹿野郎！　今はそんなことやってる場合じゃないんだ。まわりを見て分からないのか？」

男の口許に歪んだ笑いがにじむと、俺の顔面にまた蹴りが飛んできた。

ホームの状況を見れば非常事態と分かるし、俺が線路上に下りていたことを考え合わせれば、俺の言葉が嘘ではないかもしれないと気がついてもよさそうなものだ。なのに全くその様子がない。こいつには「想像力を働かせる」という能力が一ミリもないのだろうか。それとも自分の報復に夢中で、「どこかで起こるテロ」などどうでもいいと思っているのか。

「逃げようとしてんじゃねえよ」

男は足を振り上げると、俺の頭を踏みつけた。視界が揺れ、頭蓋骨がきしむ音がする。

……くそったれ。この馬鹿が。自分が何をやっているか分かっているのか。こうしている間に何百人も日本人が死ぬかもしれないというのに。「俺を殺したいなら好きにしろ。その前に無線機に喋らせろ。テロが起こるぞ。ここで起こったのと同じ」

脇腹を蹴られ、激痛が走る。まだ抜糸が済んでいない。そこを狙っている。

「ほら、泣けよ。イタイニダー、タスケテニダー」

……この、クソ野郎。

思わず拳銃のホルダーに手を伸ばし、そこで思い出す。拳銃は今、空だ。せいぜい棍《こん》棒《ぼう》代わりにしかならない。

目の前にはホームのコンクリートがあった。たった一・二メートルの壁だ。だがそれが、俺たちを他の人間の目から隠している。俺はこんなところで死ぬのか。無線機に一言喋るだけでいいのに、それすらできず、こんな奴に殺されて終わりなのか。

せめて脅すだけでもと思って拳銃を抜こうとしたがうまくいかず、代わりに内ポケットから転がり落ちたものがあった。チェーンのついたヒヨコ型の――海月に渡された防犯ベルだった。そういえば、なんだかんだでまだ持っていたのだ。

そのストラップを抜いた。左腕が動かず、右腿が刺されている。できる抵抗はそれくらいだった。ピヨピヨピヨピヨピヨ、という音が間抜けに響く。

「……何だそりゃ」男は鳴り続けるベルを踏みつけた。

黄色いヒヨコは、踏みつけられながらも健気に鳴り続けていた。だがホームの喧騒と比べ、その音はあまりに慎ましやかで、何の希望ももたらしてはくれなかった。

男は吹き出した。「……こんな音で、誰も来ねえよ」

その声をかき消して、強烈な破裂音が響いた。バラストが弾ける。男が呻き声をあげ、見ると、押さえている肩から血が噴き出ていた。

「い……いて、え」男が膝をつき、ホームの上を振り仰ぐ。

ホームの端に、拳銃を両手で構えた人影があった。ベージュのダッフルコートを着た小柄な少女。今、火を噴いたはずなのに、持っている拳銃がどうしても玩具のように見えてしまう。

「……警部」

来た。まさかこの音を聞いて来たのだろうか。ヒヨコはまだピヨピヨと鳴いている。

「設楽さん、ちゃんと使ってくれましたね」海月は俺を見下ろして微笑んだ。「通報機能付きの防犯ベルです。お子様がベルを使用すると、同時に親の携帯電話に緊急通報が入ります」

……俺は子供じゃない。

しかし今は、それを言う余裕すらなかった。「警部。緊急です。同時多発テロである可能性があります。総武線と小田急線に……」

「確認しました。鉄道警察隊も配備されています。現在、両路線ともすべての電車の運行を停止しています」

気分がさっと明るくなる感覚があった。大丈夫だった。海月がすでに気付いていた。

俺の横で男が立ち上がった。痛そうに肩を押さえながら海月を見上げる。「この……」

海月はそちらを一瞥すると、無造作に男の脚を撃ち抜いた。男が悲鳴をあげる。

それからまた俺に言う。

「現在、越前さんが関係各所に緊急連絡。鉄道警察隊、機動捜査隊、主要各駅の近隣各所、それに警備部から人員を集めています。一定の警戒態勢を敷くまでの間、列車の運行は停止するよう、警察庁を通し都知事経由で通達。鉄道各社からはまだ返答が出揃っていないそうですが、まず承諾されるでしょう。……ところで、設楽さん」

「はい」

「大丈夫ですか？」

遅いわい、と思う。まあ、いつものことである。

「てめえ、この……」

男が何か言おうとすると、海月は反対の脚も撃ち抜いた。男がまた悲鳴をあげ、バラストに血をなすりつけながらのたうち回る。俺は驚いていた。こいつ、射撃が上手いじゃないか。それともまぐれ当たりで、本当は威嚇するつもりだったのが当たってしまっているのか。

「設楽さん、今、応急処置を」

海月は飛び降りようとしてホームの高さに戸惑い、きょろきょろと左右を見た後、反対側の縁に階段がついているのを見つけてぱっと顔を輝かせ、柵の外側に摑まりながらカニ歩きでうんしょうんしょとそちらに移動し始めた。実にまどろっこしい。

　ようやく階段を降りてこちらに来た海月は、ポケットから滑らかな素材のハンカチを出し、俺の腿に当ててくれた。力が弱いので途中でハンカチを借り、自分で止血する。肉がえぐられているようだが、骨をやられたわけではないようだ。

「……すいません。高そうなハンカチなのに」

「そんなことは、気にしなくていいです」海月は真剣な顔で言い、後ろで何か呻いた男に向かってまた一発、発砲した。「遅くなって申し訳ありません。1260Tの乗務員・乗客には今のところ死者は出ていません。犯人の一人と運転士は重傷ですが、命に別条はないようです」

「……そいつは、何より」止血する手から力が抜けそうになり、再びぐっと押さえ直す。

「ところで、後ろの方にも犯人グループの一部が乗っていたはずですが」

「確保する余裕はありませんでした。緊急配備はしましたが、乗客に紛れて逃走した可能性があります」

「了解」脚が痛いので、どうしても声がかすれる。

「総武線と小田急線、危ないところでした。もし中央《ここ》線と同時に犯行に移っていたら、間に合わないところでした」海月は眼鏡を直して言う。「ですが、どちらも動いていません。何か、決行の障害になるようなことが起こったようです。……それが何なのかは分かっていませんが」

　では、とりあえず危機は去ったのだ。今の俺にはそれだけで充分だった。というより、それ以上のややこしいことを考える余裕がない。

「警部……」

「お疲れ様でした。あとは、上から次の指示が来るまで待ちましょう」

　まさか本当に上から指示が降ってくるわけではないだろうに、海月は空を見上げた。

「ここからは、幹部のみなさんの戦いです」

21

警視庁刑事部長の越前憲正は、その日の一週間以上前から水面下での戦いを続けていた。宇宙神瞠会の残党「小寺派」が不審な動きをしている、という情報はすでに入っていたが、既存の宇宙神瞠会（現在は「友愛の国」）関連施設を監視している公安部からは何の情報もなかった。無論、公安部が、自分たちの地道な工作で摑んだ情報を簡単に刑事部に流すはずがない。だがそれでも、「何かを摑んだ」という時は分かるものなのだ。筧公安部長の所在、ルーチンから外れた人員の配備、その他。それらのちょっとした変化は上層部の間ですぐに伝わる。どの幹部の横にも、よその「いつもと違う動き」を察知し、都度注進に及ぶ、斥候のような取り巻きというのがいるが、そいつも今回は沈黙したままだった。公安が手詰まりになっているのは明らかだった。

そこに飛び込んできたのが、特命を受けて活動中の海月警部からの報告だった。海月と組んでいる、火災犯捜査係の例の巡査が駅のホームから突き落とされた。宇宙神瞠会の犯行である可能性が存在する。確かにそうだった。あの巡査は現に一度、宇宙神瞠会の刺客に襲撃されたことがある。降ってわいた、だがようやく指先で触れた一本だけの糸だった。そしてそれが刑事部の懐に垂らされた。越前は箕に接触して協力を持ちかけ、この細い糸を最大限に利用すべく、例の巡査が再び襲撃されるであろう状況を作り、待った。宇宙神瞠会の事件は刑事部のマターでもあったし、刑事部としても、現在最大の案件である「名無し」が宇宙神瞠会を狙っている以上、奴を発見するために公安部の協力は必要だったのだ。

公安部と協力態勢を作ったことで、越前の許にも敵の情報が入ってきた。小寺惣一とその一派。そして、その中で最も新参で若く、隙のありそうな仲本丈弘。公安部が小寺派の中心部を追うのを尻目に、越前はこの青年に照準を合わせた。海月警部の接触は成功し、二月十九日、仲本はぶら下げられた餌にかかった。例の巡査に対する殺人未遂ということで本庁に引っぱったが、仲本の口からは具体的な情報は出なかった。

しかしそのかわりに、抽象的で、しかしもっと恐ろしい可能性が浮上した。小寺派が自爆テロを計画している。翌二十日、海月警部の報告により、自爆テロの目標が推測可能になった。都内を走行中の鉄道車両である。

箕も越前も、あるいは鉄道警察隊長あたりも、薄々は予想していたはずのことだった。現今の政治状況に鑑みれば、近い将来、東京も必ずテロの標的になる。それも、日本の社会に対する無分別な敵意と狂信によってなされる自爆テロだ。そして自爆テロ犯が目をつけるのは、東京では航空機というよりむしろ鉄道車両ではないか。日本の大都市圏において、鉄道網は理論的限界値に限りなく近いレベルまで発達している。世界で最も乗降客数の多い駅は日本の新宿駅であり、二位が渋谷駅で三位も池袋駅なのだ。都心部では一分間隔で電車が運行され、路線図を見るだけで外国人はその複雑さに驚愕する。だがそれは増え続ける利用者数に対症療法を重ねてきた結果、行きついたものだった。その結果、東京圏の鉄道はもともと抱えていたある種の脆弱さをどうすることもできないまま肥大させ続けてしまっている。

それでも人間は東京に集まり続ける。自らの質量で内側に向かって崩壊を続けるブラックホールが、光すら逃げられない引力を周囲に放ち続けるように。

テロリストにとってこれほど都合のよい状況はなかった。技術的にはほとんど規格外と言ってよいレベルの非接触式ＩＣ乗車券端末を導入してすら、主要駅の改札では列車一本ごとに歩行者の大渋滞が生ずる。このような状況で、駅構内への危険物の持ち込みなどチェックできるはずがなかった。何より鉄道の乗客自身が、ゴルフバッグや楽器などの大きな荷物を抱えた人間を見慣れている。手頃なスポーツバッグに銃器を忍ばせて乗り込み、運転席をジャックして車両を暴走させる。基本的な車両の構造さえ把握していれば、それはいつ誰でも可能なことだった。そして都心部の鉄道では、それだけで百人単位の死者が出る。

二月二十日昼。海月警部からその報告を受けた越前は、来るものが来たか、と覚悟を決めた。部下たちを本部庁舎六階の会議室に呼び寄せ、地図と警察電話を大至急整備して仮設の対策本部とすると、各鉄道会社に「テロ発生の可能性あり」を通達した。都知事、警察庁公安課、刑事局、さらに国家公安委員会にも連絡を入れ、万一の可能性が存在することを知らせる。いざテロが起こった際、寝耳に水で報告を受けるのと、「事前に指摘されていた可能性」が現実のものになったと知るのとでは雲泥の差だった。携帯キャリアに対するGPS情報開示の要求、その他の緊急連絡、さらに有象無象の後回しにできない通常業務も並行してこなしながら、越前は動き続けた。秘書役の係員がデスクに置くペットボトルが空になり、じきに二本目も空いた。

そして約一時間後、その可能性は現実のものとなった。

三鷹駅を発車した中央特快上り1260Tが暴走。途中駅を制限速度超過で通過した後、先行する1270Tが停車中の中野駅に接近している。つい一時間前にテロの可能性を示唆されていた鉄道各社の対応は速かった。JR東日本東京総合指令室はいち早く車両がジャックされた可能性を検討。当該車両が音声指示とATS－Pをすべて無視して突入してくるものと仮定し、周辺の車両をすべて停止、1270Tの乗客を避難させた。具体的な状況はまだ報告されていないが、1260T、1270T両運転士の果断により、死者ゼロのレベルにまで被害が抑えられたらしい。

だが、緊急のため本部庁舎刑事部長室に集められた部下たちがほっと胸を撫でおろす中、越前と参事官の岸良《きしら》は厳しい表情を崩さなかった。

「まだだ。同時多発的によそでも起こる可能性が大きい。都内各鉄道会社に通達。現在運行中の列車をすべて停止させろ」越前は受話器を持ったまま、立ち上がって指示を飛ばした。「中央線の状況を伝えて『テロ』の単語を必ず入れろ。責任問題はあとだ。脅しつけてでも従わせろ」

「部長。満田《まんだ》警備部長が現在外出中です」越前が次にするであろう指示を予測した岸良参事官が隣に来る。「仮の態勢でも一時間はかかりますが」

「肝心な時にいないんだよねあの馬鹿は。いいよどうせ総監いないと動かないんだから。所轄と地域部でそこまで持たせる。各所轄に出動要請急げ。駅入口にパトカーで派手に乗りつけろと言っておけ」

「了解。鉄道各社がとりあえず最寄駅までの車両の移動を要求してくると思われますが」

「まだだ。全車両、動かす条件は警備態勢を宣伝するアナウンスを入れること」

「了解」

越前の補佐についてそろそろ一年となる岸良参事官はそれだけで指示を把握し、近くの管理官を呼び寄せてアナウンスの原稿作成を指示した。テロのため停止、という指示が飛んだ場合、大部分の車両が駅間で停車することになる。だがその状態は、駅に停車したまま運行を停止している状態と比べてはるかにストレスフルなものだ。乗客からも鉄道各社からもすぐに不満が出るだろうが、しかし、どこにテロリストが乗っているか分からない状態で、はいそうですかと動かすことはできない。しかも厄介《やっかい》なことに、もし車両内で新たなテロが起こった場合、乗客を駅間で停車中の車両に閉じ込めていた、という事実が逆に責任問題を出来《しゅったい》させかねない。

会議室は巨大地震に見舞われたかのような騒ぎになった。圧倒的な回線不足を補うため次々と警電が設置され続け、外からは椅子とホワイトボードが運び込まれる。これから少なくとも二十四時間、この部屋から警視庁全体を動かさなければならない。設置された瞬間からすぐさま警電の受話器が取られ、集められた管理官ら、さらには事務役の総務課員までが刑事部長名義での関係各所への指示の伝達、返ってくる報告、質問、クレームの処理に奔走していた。半分近くの者は並べられた椅子に座る暇すら惜しんで電話をかけているが、備品の搬入・設置の音響に負けぬようにとそれぞれが怒号に近い大声で喋るため、会議室内は竜巻の内部のように混沌とし、動き回る人間たちの体温で温められた空気に早くもネクタイを緩める者がいる。暖房に設定されていたエアコンはすでに誰かが止めていた。

「大塚署より入電。有楽町線護国寺駅、丸ノ内線茗荷谷《みょうがだに》駅配備完了」

「湾岸署より報告。りんかい線東雲《しののめ》から東京テレポートまで配備完了」

「台東署より報告。京成上野、JR御徒町《おかちまち》、上野から田原町、つくばエクスプレスは浅草、千代田線は湯島配備完了。各改札に二名または三名が限界とのことです」

ホワイトボード数枚に分けて貼り出された大判の地図に次々とマーカーで印がつけら

れ、各駅の配備状況が書き込まれていく。本当の緊急事態に際しては、デジタルより紙の地図とホワイトボードの方が柔軟で速い。情報は時に漏れ、重複し、細かい伝達ミスも積み上がっていくが、それらを検証するのは後回しだ。

一分、また一分と時間が過ぎるうちに、会議室内のエネルギーはさらに高まっていった。幸いなことに今のところ続くテロの報告はないが、都内を走行する千を超す列車のどれが自爆テロの標的になるか分からないのだ。となれば、最終的にはすべての列車にテロ警戒の態勢をとらせなくてはならない。無論そんな配備が一時間やそこらで済むはずがなく、とりあえずは応急的に、各駅の改札に最寄りの所轄と機動捜査隊から出させた人員を置くしかなかった。だが郊外の小さな駅ならともかく、複数の改札を持つ都心の主要駅では、武器を隠し持って改札を通る人間をチェックしきれるはずがない。そのことは越前も岸良も承知していた。改札に配備するこの態勢はあくまで応急処置だ。テロ犯が本気になれば犯行を止めることはできないが、警察が一斉に動き出した、ということをアピールすれば、敵はとりあえず状況を把握するまで実行を延期する可能性が大きい。それを期待してのいわば威嚇に過ぎなかった。長くは続かない。

「……そうだ。都内全域だ。六階の会議室に来てくれ。そこで説明する」

「警備部長は捉まったか？　総監も一緒だろう。まず中央線の報告をして慌てさせろ」

「公安委に行った連中の報告はどうなった。そこはもういい。君からかけてみろ」

複数の電話機を同時に使い、さらに電話以外で肉声による部下の報告に応答し、然るべき命令を伝える。多重に込み入った状態の中で、越前は言葉でのやりとりをするのと同時に自分の思考も動かしていた。急遽配備された警官たちにテロ犯がたじろいでいる隙に、都内全鉄道路線に本格的な警備態勢を敷かなければならなかった。駅という定点での警備は効果がなく、実際に運行中の全車両に乗り込ませなければならない。同時運行中の鉄道車両が最大で約千本として、前後の各乗務員室に二名ずつの四名。それだけで四千人の計算になる。機動隊を全部動員してようやく同数だ。足りない部分は刑事部・警備部・交通部・地域部とさらに各所轄からも動員するとして、総数で四千プラス何人が兵力になるだろうか。だがもちろん、同じ人間を二十時間も三十時間も乗せたままにしておくことはできない。体力に優れる機動隊員なら最初の二十四時間、いや終電から始発まで休憩をとらせればもう二十四時間は維持できるだろう。だがその後は二交替、できれば七十二時間以内に三交替の態勢にもっていきたい。しかし四千掛ける三では一万二千になってしまう。場所により二交替を維持、乗客の少ない路線は三名ないし二名の配置で済ませる。そして鉄道各社にどこまで運行本数を減らさせられるかが勝負になる。ラッシュ時の本数を減らして最大値を下げるか、それ以外を減らして休憩時間を作るか。あらゆる手段を用いて、一万二千を三千か四千にまで近付けなければならない。

……これはどうやら、連続徹夜の記録を更新しそうだな。

思考に一瞬だけ生じた間隙で、越前はそう考えて苦笑する。まず現在進めている仮の警備態勢をあと一時間で整える。完了次第、いや完了した地域から順次並行して、連続勤務を前提とした一時配備を完了する。それが済んだら今度は、その人員が疲れ果てる前に二交替制、さらに三交替制の態勢を整えなければならない。無論、同時に警察庁、都知事、公安委員会、さらに国土交通大臣らとの折衝もしなければならない。大臣は警視総監に任《う》せ《え》るとしても。

「総監はどうした。こっちには来ないのか？」

岸良参事官が答える。「まず局長らと状況認識を共有したいそうです」

「……あの、ナメクジが」

珍しく口をついて出た越前の悪態に反応する者はいない。上層部の一部を除いて、現警視総監坪井《つぼい》真澄《ますみ》の鈍物ぶりは公然のものとなっていたからだ。目の前を強盗が走り抜けても眉ひとつ動かさずにゴルフを続けるような男で、ナメクジと渾名される通り決断力のけの字もなく、追及されるとぬらりぬらりとかわしていつの間にか物陰に逃げている。面倒になりそうな会議を事前の根回しにより「滞りなく」予定調和に持っていくのがこの男の持つ唯一の特技で、その手腕についてだけは「妖術師」と言われるほどだった。

越前は顔をしかめざるを得ない。前の総監は優秀だった。その前も立派な人だった。川路《かわじ》利良《としよし》から連綿と続く日本警察史の中で、あいつだけが負の方向に突然変異を起こした珍獣なのだ。それでも任期をつつがなく過ごしさえすれば、まるで他の総監たちと同等であったかのような顔をして瑞宝重光章《ずいほうじゅうこうしょう》を賜る。そういう世界だった。

そんな男でも役職上は警視総監である。都内の列車運行を長期にわたって制限するにも、機動隊を総動員するにも、刑事部長の権限では不可能だ。

「直接、伝令を送りますか」

傍らの管理官が訊いてきたが、越前は首を振った。「送ったところでヌルッとして手ごたえがないだろうしね」

だが状況は一分の無駄も許さない。歯噛みするしかない気分のところで、開け放されたままの会議室のドアから入ってくる人影があった。後ろのホワイトボードを見ながら部下に指示していた越前は、その部下が突然直立不動になり敬礼するまで、誰が入ってきたのかに気付かなかった。

「……副総監」

越前も直立不動になって敬礼した。穏やかな光をたたえた双眸。柔道で鍛え上げた骨太な巨軀。現警視庁警視副総監の瀬戸《せと》川壮一郎《がわそういちろう》だった。

「総監の代わりで来た。責任は私がもとう」瀬戸川は部屋の中に進みながら、直立不動になっている左右の係官に柔らかな声で言う。「こんな時だ。堅苦しいのはいい。仕事に戻りなさい」

電話は長机の上で鳴り続けている。もともと話し中の者はもとより、そうでない者もすぐに仕事に戻った。

「各駅では間に合わんな。全列車に乗せるとして、最大時に何人要る？　三千五百か四千か」

瀬戸川は越前の隣に急遽用意された椅子につき、早速ジャケットを脱いでネクタイを緩めた。「満田君とは私が話す。あのニセ松村達雄に任せていたら日が暮れるからね」

そういえばこの人は映画好きだったなと越前は思い出す。「列車本数の削減が本筋です。問題は小寺派を一掃するまで、という不定期になる点ですか」

「何か案がありそうだね」

「始発と終列車を削るよう交渉するつもりです。一本削れば二十分間、休憩時間が増えます」

「それでいこう。公安委には草案の状態で持っていきたい。君、しばらく帰れなくなるが」瀬戸川は腕まくりをしながら言った。「体力には自信があるかい」

「は。お付き合いいただけますか」

「年寄り扱いはナシだよ。徹夜の二晩や三晩、まだ軽い」

坪井とは打って変わり、いい意味で執務室にいない人間だという評判である。同意と敬意を示すため、越前もジャケットを脱いだ。

越前は瀬戸川の入室以後、会議室全体の雰囲気が変わったことを自覚していた。警察庁や閣僚相手でも物怖じしないこの副総監は坪井からすれば悩みの種だろうが、下の者からすればこれ以上ない後ろ盾である。すでに何名かの者が瀬戸川に応じるように腕まくりをしていた。関係各部署との折衝、鉄道会社との交渉、その間に現場からは刻々変わる状況が報告されてくる。言質と責任がラグビーボールのようにやりとりされ、機を見た懐柔と適切な恫喝が必要になる。これから十数時間、あるいは数十時間は、集中力を切らせられない長丁場になるだろう。

瀬戸川はそれを見越して言った。「君、今のうちに奥さんにメールしときなさい。しばらく帰れなくなるよ」

越前は報告のＦＡＸを見ながら首を振った。「必要ありません。ニュースを見て把握しているでしょう」

越前は家にいるだろう妻の顔を一瞬だけ思い浮かべた。あれは警察官の妻を二十年やっている。そして生まれた時からずっと警察官の娘をやっている。連絡など不要で、明日の朝には差し入れの一つも持ってくるだろう。

瀬戸川はすでに傍らに駆け寄った係官に指示を出している。越前は深呼吸をし、臨戦態勢を整え直した。会議室の戦いは苛烈さを増していく。

22

井畑道夫死刑囚の証言

――二月二十日当日、犯行前の気分はどうでしたか。

緊張で眠れませんでした。私たちは決行前夜、都内のホテルに泊まっていたのですが、私は寝床が変わると眠れなくなるので、ほとんど徹夜でした。同室の久島さんと脇野さんは酒も飲んでいましたし、よく眠っているようでした。それでも朝、動き出すと、頭ははっきりしていました。久島さんと脇野さんはマナを使っていましたから、私よりもっと元気だったと思います。ですが今思うと、あそこで私もマナを使っていたら、今回のような結果にはならなかったのかもしれないと思います。

——あなた方は三ヶ所に分かれた。

はい。小寺をリーダーとする四人が総武線快速上り、竹ヶ原をリーダーとする四人が中央線快速上りを担当すると、事前の打ち合わせで決めていました。私は小田急小田原線上りの担当で、私が運転士を拘束して電車を動かすリーダーの役でした。久島さんと脇野さんが一緒で、私たちだけ三人の班でした。

——当日の動きを見ると、竹ヶ原班の中央線が一番先で、彼らがターゲットに乗車した十三時二分の時点で、あなたたち小田原線の班と小寺たち総武線快速の班は動いていません。

そうだったようですね。単純に、狙う電車の発着時刻の関係だと思います。

——中央線の竹ヶ原班が失敗したと判明したのが十三時二十分です。失敗だという知らせが入ったのですか。

いいえ。その時点ではすでに小田原線快速急行の車両に乗り込んでいました。久島さんが車掌の担当で、私と脇野さんが運転士の担当でした。私たちは小声で「エデンで会おう」と言いあって、武器が入ったスポーツバッグを提げて、前と後ろの車両に移動し始めました。

――つまりその時点では、犯行に何の障害もなかった。

はい。

――しかし小田原線と総武線では、結局実行には移されていません。何があったのですか。

私たちは予定通り、喜多見《きたみ》駅を過ぎるまで乗務員室のドアの後ろに立って待つつもりでした。黙っていると怪しまれるのは分かっていましたが、脇野さんも黙っていましたし、どんな話をすればまわりに怪しまれないのかが分からず、何も喋れませんでした。緊張で胃が痛くなり、読売ランド前駅近くのカーブで電車が揺れると、気持ち悪くて吐きそうになりましたが、横にいる脇野さんにそのことがばれると情けない奴だと思われるような気がして、隠していました。

狛江《こまえ》駅を過ぎたあたりで、私は一度、車内を見回しました。その日は、乗客は思ったより多くて、正直なところ、もっと空いていてくれたらやりやすいのに、と思っていましたが、車内の座席はみんな埋まっていて、立っている人も少しいました。スーツを着たサラリーマンとか、杖をついた老人とか、車内にはいろいろな人がいて、「この人たちは自分がもうすぐ死ぬことを知らないのだな」と思うと、申し訳ない気持ちになりました。そんなもの参考にならないから見るなと小寺からは言われていたのですが、ＪＲ福知山線脱線事故の映像を見たことがありました。これから自分があれを起こすのだと思うと手が震えました。私は自分の使命を思い出し、何か理由をつけてやらずに済ませたいと思う気持ちをこらえて、自分がやらなければならないんだと言い聞かせました。

そうしているうちに喜多見駅を過ぎて、決行のタイミングになりました。私は怖くて手が震えていて、これで本当に銃が撃てるのかと思いました。冷や汗をかいていて、手が汗で湿っていました。私は銃をスポーツバッグから出そうとして床に置きました。もう一度周囲を見回すと、一番手前の席には制服を着た少女が座っていて、文庫本を読んでいました。私は「この子も殺すのか」と思い、気が進みませんでしたが、脇野さんが「おい」と言って私をつつくので、仕方なくスポーツバッグのチャックを開けました。

すると文庫本を読んでいた少女が立ち上がって、私に話しかけてきました。「大丈夫ですか」と訊かれました。気分が悪かったら座ってくださいと言われ、さっきまで彼女が座っていた席を指さされました。

あとで考えると、その時の私は緊張でかなり顔色が悪かったか、苦しそうにしていたのだと思います。彼女はそれに気付いてくれたのでしょう。

とにかく私は実行に移れなくなりました。他の客から注目されてしまっていると思いましたし、赤の他人である私の顔色を見て声をかけてくれたこの少女まで殺したくないと思いました。私が彼女に大丈夫だと答えると、彼女は席に戻りましたが、小声で何か言ってくる脇野さんに、「無理だ。次にしよう」と言いました。脇野さんは「いいから」とか言いましたが、私は「無理だ。目立っている」と繰り返しました。脇野さんはそれを見ると携帯を出し、後部車両にいる久島さんに「中止」の連絡を入れました。私は「決行に重大な障害が生じたので中止するように」というメールを、小寺班の四人にも送りました。

――それが結果的に、総武線快速の小寺班が犯行を中止する理由になった。

そうだと思います。すぐに小寺から電話がかかってきました。小寺は「何があったのか。障害とは何だ」と訊いてきましたが、私は「とにかく無理になった。降りてくれ」と繰り返しました。見られている、とか、乗務員室が違う、とか、適当に思いつく限りの言葉を並べました。小寺はそうしているうちに時間が経ったからか、後でまた連絡する、と言って電話を切りました。

下北沢駅で電車が停まると、私はすぐ降りました。脇野さんは隣で「おい」と言っていましたし、むこうから久島さんが走ってきたのも見えました。二人から「なぜだ」

「何があった」と訊かれました。

――それで揉みあいになり、下北沢駅構内の事件が起きた。

はい。私はあくまで「やめよう。無理だ」と言いましたが、マナを使っている脇野さんと久島さんは次第に怒り始め、次の電車でやる、お前は置いていく、と私に言いました。それから脇野さんが、ひと目があるのに、チャックの開いていた私のスポーツバッグから散弾銃を出して奪おうとしました。

私はそれを奪われるとこの場で撃たれそうな気がしたので、必死で抵抗しました。久島さんも私に組みついてきて、「よこせ」と言って揉みあいになりました。私は二人から「半端者」「ユダ」とののしられ、かっとなって散弾銃の引き金を引きました。まず脇野さんが倒れたので、こいつも撃ってやろうと思い、振り返って久島さんの顔を狙い、撃ちました。

――少なくとも周囲に通行人がいたことは認識していたはずですが。

はい。鉄道警察隊のあの方が見えていたかどうかは覚えていませんが、人がたくさんいるから当たるかもしれない、ということは認識していました。

――それでも撃った。その結果、脇野・久島の殺害の他に、流れ弾により当時現場にいた鉄道警察隊所属の室田敦也《むろたあつや》巡査と、通行人の立石京子《たていしきょうこ》さんが重傷を負っています。

はい。何度も言われたのでよく知っています。大変申し訳ないと思っています。

――裁判員の中には「死んだのは宇宙神瞠会の人間だけであり、しかも犯行を止めようとして揉めた結果だったのだから、無期懲役で充分ではないか」という意見もあったようでしたが。

私のような人間にまで配慮してくださったことには感謝しています。ですが、殺人は殺人ですし、裁判員の方々の判断は正しいと思います。死刑になって償うつもりです。

（九月十五日　東京拘置所）

23

俺がタブレットを差し出すと、支店長は口臭のきつい息がこちらにかかるほど身を乗り出した。最初は後ろのテーブルで客の応対をしていた男性も今は興味深げに画面を覗き込んでいるし、裏に引っ込んでいたはずの女性まで出てきて一緒に画面を覗き込み始めた。

「……どうですか？　もちろんさっき申し上げた名前のどれも名乗っていなかったかもしれませんし、髭や眼鏡で変装していた可能性も大きいです。ですが似た感じの男……」俺は少し考え、付け足した。「というのでなくとも、何か気になる客、はいませんでしたか？　ほんの些細《ささい》な、いつもはいないような客、というので構わないんですが」

経験豊富な不動産業者は初対面の客を見て収入や社会的地位などに当たりをつける技術を持っていて、それは同時に、「何か普通の客と違う」怪しい人間を直感的に嗅ぎ分けられる、ということでもある。俺は多少の期待を持って質問したのだが、支店長だという六十前後の男性は、眼鏡の縁を押さえたポーズのままタブレットを覗き込んで長々と唸り、結局首を横に振った。「申し訳ありません。この人たちは見ていませんし、思い当たることはちょっと」

支店長が左右を見ると、左右の二人も顔を見合わせながら首を振った。

「そうですか。……御協力ありがとうございました」

頃合いである。俺はタブレットを海月のバッグにしまって立ち上がった。「もし何かありましたら、お渡しした名刺の方にいつでも御連絡をください」

昼時で暇なのか、あるいは刑事が訪ねてくるという状況が珍しいのか、支店長以外の二人はやたらと丁寧に頭を下げ、男性の方に至っては出入口のドアまで開けてくれた。ドアを開けられ慣れている様子で優雅にお辞儀をする海月を連れて外に出る。その途端に埃を含んだ風が吹きつけ、俺は冷やされたせいかまたかすかに疼きだした脇腹と右腿に思わず顔をしかめた。ややアンバランスにはなるが右腿は歩けないほどではなく、左肘と脇腹も、病院で再び処置をしてもらった後はそれなりに回復している。今日は油断していて朝、痛み止めを飲んでこなかったのだが、それを少し後悔した。

中央線の暴走から一週間が経っている。潜伏してしまった小寺たちの動きは摑めていない。

当然ながら事件は大きく報道され、一週間が経った今でもまだ特番が組まれている。

呼称の方は二転三転したが、おおむね「中央線テロ未遂事件」か「中央線自爆テロ未遂事件」で定着したようで、Wikipediaでも後者でページができている。無論、記事には「犯人グループの一部は逃走し、まだ捕まっていない」という、耳が痛くなる文も含まれていた。

　確かに小寺たちはまだ、武器を携えたまま潜伏していた。小田急線を襲撃しようとした三名は仲間割れのため一名逮捕、残り二名が死亡という結果になっていたが、総武線の小寺ら四名は逃走、俺たちが止めた中央線の四名も、結局逮捕できたのは運転室にいた竹ヶ原一名だった。その竹ヶ原は逮捕後丸二日の間、意識不明の重体であり、なんとか一命をとりとめた現在でも証言はとれていない。そのため現在、刑事部員が総動員され、仲本の証言にあったような小寺らの「協力者」の線を追い、彼らの潜伏先を発見すべく動いている。

　だがまだ何も掴めていなかった。俺と海月も小寺たちに関係のありそうな地域の不動産屋を訪ね回っているが、「協力者」はどうも表向き完全に普通の人間らしく、その足跡を見つけるのは困難だった。

「収穫なし、ですね。次は田園調布です」腕時計を見る。「移動前に昼飯にしますか。あるいは田園調布に着いてからでもいいですが」

「自由《こ》が丘《こ》ですと、おいしいパティスリーは多いのですが」海月はこういうことに関しては大いに悩む。「わたしのおすすめはどこも駅から離れていて時間がかかります。田園調布に行きましょう」

「別にいい店でなくても……」言いかけた俺は、今度は田園調布のいい店を脳内で検索し始めたらしき海月を見て肩をすくめた。「さっと食えるとこにしましょう。急がなきゃいけないんですから」

前方を見る。自由が丘駅のロータリーにはパトカーが一台、停まっていた。警戒中か、「乗車班」の交替だろう。

確かに時間はなかった。現在、都内の鉄道はJR・私鉄・各地下鉄を問わず、すべての編成に四名ずつの警察官が乗り込んでいる。機動隊はほぼ総動員。各所轄と刑事、生安、交通部等からも多数が動員されている。短期間でよくこれほど大規模な配備ができた、と驚くほどで、印象はまるで戒厳令下だ。もちろん通常ダイヤの電車すべてに配備する人数は警視庁にはなく、運行本数をかなり減らした特別ダイヤになっている。

だが、この態勢はいつまでも続けられるものではない。鉄道会社は運行本数の減少に伴う大幅なダイヤ改正と常態化した運行調整でそろそろ限界が近いはずだった。都知事は一時的な時差通勤の要請を各企業・官公庁に出していたが、それでも朝夕の電車は高度成長期のようなすし詰め状態で、軽微ながらすでに何件か事故も発生していた。警察の側にしても、機動隊をそこだけでずっと独占しているわけにはいかないし、そもそも休みが満足にとれないこの態勢が続くせいで、さしもの機動隊員にも疲れの色が出始めていた。そして乗客の側にも不満が充満している。いつまでこの異常事態に耐えればいいのか。無言のプレッシャーが黒い波のようにうねり、桜田門に向かって輪を縮めてきている。

そして誰も口には出さないが、最も不安な点は別にあった。

分かっているだけで小寺派の実行グループは十一人が確認されている。うち、逮捕が二名で死亡が二名ということは、まだ七名が潜伏しているのだ。その全員が再度の犯行に参加するかどうかは分からないが、七名という人数が武装して車両に乗り込んできた場合、前後二名ずつの警備では突破されてしまう可能性が大きい。こちらは警察官であり、相手はあくまで「捜査対象者」と見なければならない。だが敵の方は先制攻撃でこちらを皆殺しにしても構わないし、乗客が何人死んでも構わないのだ。状況が不利すぎる。

つまり現在の状況では、小寺たちが一点突破でテロを仕掛けてきた場合、防ぐ手立てがないのだ。鉄道テロの最も恐ろしい点はここだった。空港なら、ポイントを絞って警備を厳重にすることができる。だが鉄道ではそうはいかない。秒単位で運行される日本の鉄道駅では、利用者を数秒足止めすることすら困難だった。

改札を抜け、考え事をしていたらしく見事に改札機に引っかかった海月を押し戻す。窓口を通らせて構内に入る。海月が乗車券を出そうとあたふたしているうちに、目の前のホームに電車が来てしまう。ホーム上に並んでいた乗客たちが、順番にぞろぞろと車両内に吸い込まれていく。

それを見ていた俺は、ふと奇妙な錯覚に囚われた。

ホームの乗客たちは皆、無表情だった。ある者は俯いて。ある者はイヤフォンのコードを耳から垂らし、ある者は携帯をいじりながら。列が動くのに任せ、流されるように車両に吸い込まれていく。自分の意思で歩いているのではなく自動的に歩かされているような、平静そのものの歩き方で、それはひどく正確な速度だった。一瞬、俺の目に、一人一人の周囲を囲む白い枠が、乗客の数だけ見えた気がした。

この枠には覚えがあった。都市の雑踏を歩く者に与えられる、人間一人分の白い枠だ。腕を大きく振れば、もうはみ出してしまうほどの狭い枠。あまりにもささやかな個人の空間。俺がこの時初めて気付いたのは、「居場所」という名のその白い枠が「動いている」ということだった。枠が人の周りにできるのではなく、人の方が枠を追って自ら収まりにいかなければならないのだ。枠は早足の速度で常に動き続け、通行人の一人一人を追い立てている。走り出したり立ち止まったりすれば、すぐにその枠から外れてしまう。

皆、そうして追い立てられ、電車に詰め込まれていく。乗り込むその車両にテロリストがいるかもしれず、数分後には暴走した車両の中で叩きつけられ圧死しているかもしれないというのに、誰も躊躇うものはなく、いつも通りの速さで歩いて車両に乗り込んでいく。

それが、とてもおかしなことのように思われた。テロが起こったのはつい先週。日本の社会にとって転換点になるような、国内初の自爆テロだ。それが起こってからまだ月すら変わっていない。それなのに駅の風景はあまりに日常的だった。いつも通りに歩く通行人。いつも通りに物を並べる売店。貼り替えられる広告。犯人は逃走中で、間違いなくまた同じことをする。そしてそれがいつ、どこの車両でなのかは全く分からない。今、ホームに入っているその車両であっても少しもおかしくない。

それなのになぜ皆、いつも通りに電車に乗っているのだろう。

無論、配備された警察官が警戒しているし、乗っているその電車でテロが起こり死ぬ確率というのは、交通事故で死ぬ確率より低いかもしれない。そして顔には出さないだけで皆、不安感ぐらいは覚えているのだろう。だがそれでも、当たり前のように電車に乗っている。誰にだって仕事があるし、学校があるし、電車に乗るべき今日の予定がある。だから、いつもと何も変わらずに。

何年も前からいつかこうなると指摘されていた、「テロのある東京」の姿がこれだった。流れる空気に含まれる不安感がかすかに濃くなるだけで、あとはそれまでと全く変わらない。きっとこれから先、実際に電車が暴走して脱線したとして、あるいはどこかが爆破されたとして、おそらくこの光景が変わることはないのだろう。事件現場は数日で修復され、また以前のように人が溢れるようになる。残された「立入禁止」の表示はすぐに、駅の改築工事のそれと同じ程度の意味しか持たなくなるだろう。都市の空間に新たに生じたテロの危険性は「外出時の危険」の一項目としてリストに足され、人々の意識の奥に収納される。ただそれだけですべては進行してゆく。ずっと昔からこうだったのだと言わんばかりの無関心さで。

冷静に考えてみると、それはかなり異常なことなのではないだろうか。朝のニュースでは、通学電車が怖くて登校拒否になった子供がいると言っていた。正しいのはその子供の方で、平然と電車に乗っている方がおかしいのではないか。

しかし現在の東京は確かに、その無関心がなければ回っていかないのも確かだった。関東大震災を経て近代化し、戦後の焼け野原から二度目の再出発をし、日本全国から流れ込む人間を収納するため建物を敷き詰めて肩を寄せあい、あるいは超高層を上空に伸ばし、はち切れる寸前まで膨張してあちこちにひび割れを作ったまま、半世紀もその状態で踏みとどまっている街。

昼間人口、約一五〇〇万人。人口密度、一平方キロメートルあたり約六千人。この数の人間たちを回し続けているうちに、街の足元のどこかで「異常」が生じた。上に乗っているすべてを掘り返してそれを除去する時間などあるはずがなく、「異常」はそのままに、上にコンクリートを被せて隠された。人は「異常」が大きくなり、足元の裂け目から顔をのぞかせようとするたび、新たにコンクリートを被せ続けた。そして今、ふと気付いてみると、その「異常」は「正常」よりずっと大きく膨らんでいた。上を歩く人間たちは誰も気付かない。異常と正常は連続しているものであるし、異常はある日突然やってくるものではないからだ。初めは気付かない程度であり、それが徐々に徐々に濃さを増し、気がついたら正常のラインがはるか彼方に遠ざかってしまっている。異常とはそういうふうにやってくるものだ。

だから東京は回り続ける。たとえ何があっても。

現実から意識が離れていたことに気付き、俺は周囲を見回した。ぼけっとしていると海月がまたロストしてしまう。

だが、いなくなっていると思われた海月はちゃんと隣にいた。近すぎて視界の下方に消えていただけである。

海月はなぜかぼけっと突っ立ったまま、改札の外を見ていた。あまりにまっすぐに一点を見ているので何かあるのかと思い、かがんでその視線の先を追う。こちらに背を向けて、花束を持った女性がタクシーに乗り込んだところだった。

「……警部？」あれを見ていたのだろうか。

海月は応えず、いきなり携帯を出すと、慌ただしく操作し始めた。

「あの、警部」

「……宇都宮線。常磐線。いえ、京葉線……」

携帯の画面には首都圏の路線図が表示されている。それをスクロールさせる指が不意に止まった。「……東海道線、上り！」

「東海道線が何か？」

「設楽さん」海月は顔を上げて俺の腕を摑んだ。「川崎駅に行きましょう。急いで」

「えっ、川崎ですか」警視庁の管轄を出てしまう。「ちょっと警部」

しかし海月はもう走り出している。「武蔵小杉で乗り換えましょう」

「ちょっと警部待った」そっちは大井町線だ。「武蔵小杉なら東横線です。階段の上です」

「えっ、階段」

きょろきょろする海月の腕をとって引っぱる。「こっちです」

電光掲示板を見ると、ちょうど電車が来る時刻だった。一体何故に東京のどこでもなく川崎なのか。それを訊きたかったが後にした。こういう時の海月の判断には、理由など訊く前にまず従った方がいい。俺のこれまでの経験がそう言っている。

すぐに遅れる海月の腕を引いて階段を駆け上がり、しっかり先頭車両に警察官二名が乗っている電車に申し訳なくも駆け込み乗車をし、ようやく俺は訊いた。「……どういうことです。なぜ小寺が川崎に」

「潜伏して、いるのでは、ありません」たったこれだけの距離でも俯いて肩で息をしている海月は、車両の揺れにふらつきながら途切れ途切れに答える。「これから、犯行に、出るかも」

海月は最後の方、声をひそめた。思わず顔を寄せる。「……川崎駅がターゲットだと？これからですか？」

「可能性です。ですがもしその可能性が当たりなら」海月はようやく顔を上げ、ドアのガラス部分から外を見た。「東海道線上り13：00川崎発、列車番号1586E。……もしかしたら、その電車かもしれません」

腕時計を見る。十二時三十六分。武蔵小杉でJRに乗り換えて川崎へ。おそらく間に合うはずだった。

東急東横線の車両が加速してゆく。

24

　昼時だからと思っていたが、ＪＲ南武線の車内は座れないほどに混んでいた。やはりこのあたりは、そもそも人間の絶対数が多いのだ。ドア上部の電光掲示板を「次は　平間《ひらま》　に停車します」の文字が流れていく。川崎まではあと五駅だ。１３：００なら間に合うはずだった。

　海月はようやく電話を切り、疲れたのか眼鏡を外して瞼を揉んでいる。これまで電車内だろうが乗り換え中だろうがずっと各所に電話をかけ続けていたので、俺は人ごみの中で露払いよろしく彼女の通るルートを作りながら引っぱって歩いていた。

「……警部。そろそろ訊いていいですか」

　俺が口を開くと、海月は頷いて眼鏡をケースにしまった。

「問題は、潜伏中の小寺たちが『いつ』やるかという日時と、『どこで』やるかという場所の二点です」

いつもの説明の下手さはどこへ行ったのか、ちゃんと筋道立てた話し方で海月は言う。

「その二つを、先日の犯行から推測しました。先日の事件では、犯人グループは13：02に立川から中央特快上りに乗りました」

「はい」頷く。その電車を待っていたらしいということも分かっている。

「これは極めて現実的な理由から選んだものと思われます。まず乗車率。犠牲になる乗客は多い方がいいのですが、たとえば乗車率80％以上……車両内の移動が困難になってしまうような状態では、先頭と最後尾で銃を振り回すのは逆に困難になります。ですから、犯行は昼間の、乗車率が下がる時間帯なのです。その上り電車」

そのあたりまでは俺も把握している。実際に混んでいたからといって誰かが犯人を取り押さえるようなことはないだろうが、満足に立ち回れない車内ではもし失敗した時に逃げることができないということもあり、心理的にも難しいだろう。

「次に、犯行にかける時間の余裕が必要です。駅を発車後、頃合いを見て銃を出し、運転室と車掌室のドアを同時に破って運転士と車掌を拘束し、状況確認をしあってから車両を加速させ、充分な速度に達するまでの時間は、五分はなくては不安でしょう。つまり各駅停車ではなく快速です。それも、通過する駅数の多い路線になります」

「だから中央線快速、それに総武線快速と小田原線快速急行……ですね」いずれも駅間に五分以上かかる路線だ。「それに、事故を起こすなら都心部がいい、ということですね。テロリストの心理を考えれば、早朝や夜間ではなく、リアルタイムで市民にニュースが届く昼間。しかも都心部の電車を白昼堂々脱線させるのでなければ社会的インパクトが弱い。……なら、地下鉄でもないでしょうね」

事実、乗客が多いはずの地下鉄は前回、ターゲットにされていなかった。

「そうです。それから、加速の必要上、ある程度直線が続く路線です。たとえばこの南武線なら、武蔵小杉から川崎の間になります」

車両によって加速性能は違うが、営業速度から最高速度に達するまでにはそれなりの時間がかかるはずだった。カーブの多い路線では困難だ。

「地下鉄を除き、都心に向かう昼間の上り電車。駅間に五分以上かかり、ある程度直線が続く路線……」

俺に続けて海月が言った。「それに、都内に入ってすぐに都心部を走る路線です」

海月を見る。どうしても警察官の癖なのか、俺はその点を忘れていた。

「……管轄ですか」

「そうです」海月は頷く。「現在、前後各二名の四名、という厳重な態勢がとられているのは警視庁管内だけで、隣接する各県はいずれも駅での警戒に留まっています。小寺たちがこれに気付いているなら、隣県でターゲットに乗車し、都内に入った直後に犯行に移るはずです」

テロリストであるなら当然そうだし、これまでの経緯を考えても、小寺たちが東京都以外で犯行にでるとは考えにくい。そのこともあって、神奈川や埼玉など、隣接する県の警備態勢は警視庁ほどではなかった。何より周囲の県には警視庁ほど大規模な機動隊がないのだ。もちろん越前刑事部長がこの点に気付いていないはずはなく、おそらく警察庁を通じてかけあってはいるのだろうが、管轄外を走る電車に警視庁の警察官を配備するのは、刑事部長の力だけでは無理だろう。だから現状、配備された人員は「都内側の最初の駅」で車両に乗り込むことになっている。

だが、よく考えてみればこれには隙がある。

海月は言った。「隣県の端にある駅から乗車して、都内に入る最初の駅に着くまでの間に犯行にでればいいのです。しかもその駅がすでに都心部で、先程の条件もすべて充たす……そういう路線が、一つだけあります」

「……東海道線ですね」

東海道線上り。川崎駅は神奈川県だが、発車後すぐに多摩川を渡って都内に入る。そしてその電車は大森駅や大井町駅などを通過し、次に停車するのは品川駅なのだ。

「川崎―品川間は約九分かかります。ですが品川駅前のポイント通過までの間、東海道線の線路には大きなカーブがありません」海月は言った。「最高速度で品川駅に突入した場合、被害は中野の時以上かもしれません」

「……また品川、ですか」俺から見れば、つくづく災難の続く駅だ。

「東海道線上りの川崎―品川間は非常に混む区間で、午前中の電車では犯行可能なほど空くことはまずありません。条件を充たすとすれば13：00発あたりからです」

「確かに。そこは了解しましたが」ここまでの話は至極当たり前のものだった。だが。

「……なぜ今日、これからなんです？」

「テロリスト本人にとって、犯行の日は自分にとって重大な『記念日』です。ですから、何日にやるか、という話になった時、犯人は自分にとって『何かのある日』にしようと思うのではないでしょうか」

俺は頷いた。実際にエノク道古の公判期日などは警備部もぴりぴりしていたし、刑事部にも「要警戒」の通達が回ってきた。

「しかし、今日は……」

思いつく限りの記念日を頭の中で並べてみる。今日は祝祭日ではないし、宇宙神瞠会が盛大に祝いをする開祖エノク御堂《みどう》の誕生日は十二月、教祖のエノク道古もたしか十月生まれではなかったか。連中が借用しているキリスト教でも、特に何かの記念日ではなかったはずだ。

「……思いつきませんね。建国記念日は過ぎてますし」

「わたしも、ベートーヴェンの交響曲第八番の初演があり、今ひとつ不評だった日、というくらいしか思い当たりません」

それを覚えている方がだいぶおかしい。「では、それでなぜ今日だと？」

海月は即答せず、なぜか顔をそむけた。

「……笑わないでくださいね」

「はあ」笑ってしまうような推理なのだろうか。

「テロリストというのは、基本的に世界の広さを理解していない人種なのです。自分が認められない世界なら壊してもいい……そこで何人もの命が失われるのに、その重さには鈍感で、自分一人の気持ちと世界の命運を等価と思い込んでいます。つまり幼児的な自我の肥大化が見られるわけでして、『他の人から見れば』という視点が欠けているのです」

「……確かに」

「テロリストは、どこまで行っても自分だけなのです。ですから、多くの人間を殺すテロ行為の決行日を、他の人には何の意味もない日付にしたりするわけです。つまり……あの、笑わないでくださいね」

「はい」

「さっき、花束を持っている方を見つけて、思い出したのです」

海月は恥ずかしそうに、しかし確信を持っている口調で言った。

「……今日、二月二十七日は、小寺の誕生日です」

念のため海月と二人で、先頭から最後部まで、小寺らが乗っていないかを確認しながら歩いた。そうしてみると、電車というのは随分と長い。確か東海道線は十五両編成だと三百メートルはあったのではなかったか。

川崎駅で階段近くに停まる車両を携帯で調べ、そこに移動したところで列車が速度を落とし始めた。ポイントを通過する振動で体が左右に振られる。まもなく川崎、という文字が電光掲示板を流れていく。腕時計を見るとすでに十二時五八分になっていたが、到着予定は十二時五九分だ。一分しかないが、走れば１３：００発に乗れる可能性は大きい。

「……管轄外ですね」

本来は届け出をしないと入ってはいけない領域だ。だが無論、そんなことを気にしている場合ではなかった。

「越前さんにお話ししていますから、その点は問題ありません」海月が言う。「……すみません。根拠のないわたしの推測に、お付き合いいただいてしまって」

「いいえ。……実は聞いた瞬間、俺もぴんと来たんです。こいつは当たりだ、と」

海月は常に物事を論理的に考え、根拠がなかったり非合理的なことはしない。そしておそらくはそれを信条にしている。だから今回、直感で動いてしまっていることに自信が持てないのだろう。だが。

俺は言った。「警部の勘、正しいと思います。……そういうの、何て言うかご存じですか」

「……いいえ」

「『刑事の勘』って言うんですよ」

電車が停まり、ドアが開く。現在、十二時五九分。全速力で走ればまだ間に合う。俺と海月はホームへ飛び出した。海月を先に行かせると迷うので、俺は前に出て階段に急いだ。右脚がまだ完治しておらず、俺は体を左右に振りながら不恰好に走らなければならなかった。周囲の乗降客が走る俺たちを迷惑そうに避ける。体を横にし、吊った左腕が他人の鞄にぶつかる痛みに顔をしかめ、さっそく人波に引っかかろうとしている海月の手を取って川崎駅のホームを駆ける。歩く速度でしか上れないエスカレーターは避け、階段の端を駆け上がった。東海道線上りのホームは二番線で、南武線のホームからだと反対側になる。

海月の言葉を聞いた瞬間、俺も何か感じたのだ。これには従った方がいい。

勘というやつを軽く見るなと、警察学校時代から何度か言われていた。山勘で行動しろというのではなく、「何かおかしい」と感じたなら手間を厭《いと》わずに確認しろという意味だ。実際に俺も交番勤務時代、道で見た「なんとなくおかしい」という男に職質《バン》をかけ、覚せい剤所持を一件、挙げたことがある。

海月の勘を信じていいかどうかは分からないが、俺の勘も「動け」と言っている。だから動く。

だが、構内を走って二番線ホームに下りる階段の手前まで来たところで、俺は階段を下りている人間の中に気になる姿を見つけた。

特におかしな挙動をしていたわけでも、大きな物を持っていたわけでもない。単にスーツとトレンチコートを着た、何の変哲もないサラリーマンの男のはずだった。それになぜか目が留まった。あの男は……。

「ひゃっ」俺の背中にぶつかった海月が、彼女特有の変な悲鳴をあげる。「……設楽さん、どうしましたか？」

「警部」答えながらも、俺は階段を下りていく男から目が離せなかった。

「設楽さん。急ぎましょう。もう発車します」海月は俺の腕を引いた。

「いえ。これ以上前に行かない方がいい。前の人に続いて下りましょう」

俺は海月の腕を引っぱり返して階段を下りた。海月がふらつきながらついてくる。

「設楽さん」

「静かに。このまま乗り込みます。左前方の車両です」

何かを察したらしく、海月は俺の隣に来ると、黙って俺が指さす方向を見た。「……まさか、あれは」

「間違いありません。……畜生。こんな時に」

前方の男を見失わないように気をつけながら、思わず頭を掻く。「……『名無し』です。こんなところにいやがった」

宇宙神瞠会のテロに気をとられ、そちらはマークしていなかった。だが警視庁にとっての脅威はもう一つあったのだ。「名無し」が武装したまま逃走中だった。

高宮さんや他の友人から、俺と名無しは「縁がある」と言われていた。だがこんな時に、こんな場所でいきなり出くわすとは思わなかった。隣の海月を見る。こいつの勘は、予想外の方向に働いていたらしい。

俺は無線機を出し、背中を丸めて早口で囁いた。「――こちらＪＲ川崎駅一番ホーム。手配中の『名無し』らしき人間を発見。１３：００発東海道線上り電車に乗る模様。追跡します」

管轄外のためかノイズがあるが、警視庁の無線は通じた。

――本部了解。川崎駅ですか？　状況を報告してください。

当然の反応だ。だが今、それを説明している暇はない。この人ごみで無線でのやりとりは目立ちすぎる。俺は黙って送信のスイッチを切った。

くそったれ、と心の中で呟く。

本当なら乗り込んだ車両を前から後ろまで洗い、小寺たちがいないかをチェックできるはずだったのだ。だが、もうそうはいかない。刑事部の俺たちは、奴を逃がすことはできない。動かずに、適切な距離を保ってこのまま奴を監視しなければならない。さっさと逮捕できればいいが、片手の俺が後ろから襲いかかって手錠をかけられる相手ではない。それに周囲には人が多い。奴が武装していたら、発砲されかねないような強硬手段はとれない。

このまま尾行するしかなかった。決行の時刻が迫っているかもしれなかったが、テロ警戒は一旦中止だ。

名無しの姿が車両内に消える。俺は横目でそれを確認しながら、同じ車両の隣のドアから乗り込んだ。

25

海月が読んだ通り、東海道線の車両は立っている客があちこちにいる、という程度の乗車率だった。テロには都合がいいが、俺たちには都合が悪い。乗ってすぐにドア脇に張りついたものの、隣のドア前にいる名無しが周囲を見回せば視界に入ってしまう位置だ。今は間に立っている数名の乗客がブラインドになってくれているが、彼らが動けば見つかる。俺も海月も、奴にはとっくに面が割れているのだ。

無線機にイヤフォンを付け、海月が渡してくれた文庫本に本体を隠して囁く。「……現在、七号車に乗車中。品川駅で交替できませんか」

——本部了解。現在、品川駅に捜査員を向かわせていますが、間に合うかは分かりません。その場で緊逮《きんたい》できませんか。

「設楽から本部。こちら現在、二名です。私は負傷しています。確保は困難です」

奥歯を噛んで無線機にそう囁く。電車が揺れ、走行音が硬質のものに変わった。多摩川を渡り始めたのだ。

無線の係官は名無しを通常の手配犯とさして違わないかのように扱っており、それがもどかしかった。ＳＩＴと刑事・公安部員が束になってかかっても取り逃がしたのだ。ついこの間だって三対一の状況で確保できなかった。片手の俺と海月でどうにかなる相手ではない。下手に手を出せば逃げられるだけだった。そして今の俺は速くは走れない。

無線機に向かって応答しながら、名無しの方を横目で確認したくなる衝動を抑える。走行中の電車内なのだから、見ていなくてもどこにも行きはしない。それよりも下手にちらちら見ていて目が合ってしまう方が危険なので、次にドアが開く時まであちらに注意を向けるのはこらえなければならない。だが、どうしても気になる。見ていない間に奴がいなくなってしまうのではないかという不安感が体にまとわりつく。仮に品川駅まで勘付かれずに行けたとしても、停車後におそらく多くの人間が乗降する。その中で奴を見失わず、奴が降りるのか乗り続けるのかを見極め、しかも気付かれずにいられるだろうか。

ジャケットの内側にある感触を確かめる。拳銃は携帯している。このままさりげなく接近し、先手必勝でいきなりぶっ放すのはどうだろうかと、警察官にあるまじきことも考えてしまう。警告も威嚇射撃もなしにいきなり撃つ点は、俺が処分されれば済むことだからまだいい。だが周囲にこれだけの乗客がいる。乗客たちに危険が及ばないように発砲できるものだろうか。

電車がまたかすかに揺れ、窓の外に見える景色が急に住宅地に変わった。多摩川を渡り、そろそろ蒲田駅に近付いている。俺は鼓動が強く速くなるのをどうしようもなかった。どうする。どう動くのが最善なのか。

海月が俺の脇腹をつついてきた。脇に視線を落とすと、携帯をいじるふりをしていた海月は目線だけで名無しの方向を指した。

がらり、という音がした。思わずそちらを見ると、名無しがなぜか動き、隣の八号車に続く連結部のドアを開けたところだった。

舌打ちしたいのをこらえる。隣の車両に行かれてしまってはもう見えない。だが走行中の電車内で車両を移動する人間は少ないから、追えば目立ちすぎてしまう。名無しの方も尾行対策で移動したのだろう。行くな、という意味を込めて脇の海月を肩で押す。

だがその瞬間、何かが爆発する音が車内に響いた。

突然響いた大きな音に、乗客たちのどこかからも軽く悲鳴があがった。思わず名無しの方を見たが、奴が何かしたわけではなかった。名無しの方は連結部のドアから体を引き、身構えるようにしている。だがそれだけだ。奴がたてた音ではなく、明らかに一つ後方の六号車からだった。

……まさか。

俺は全身から血の気が引くのを感じていた。そしてまるでそれが当然のことのように、連結部のドアが横にゆっくりと動き、両手でショットガンを構えた男が入ってきた。

最初の一瞬、七号車の乗客たちは状況を理解できず、沈黙していた。だが男がショットガンの銃口を誇示するように持ち上げると、一斉に悲鳴があがった。

「全員動くな。そのまま座っていろ。立っている人間はその場を動くな」

海月の勘は正しかった。それとも俺の直感の分も合わせての大当たりなのだろうか。だが一度に大当たりすぎる。

がくんと電車が揺れ、明らかに急激な操作をされた様子で加速を始めた。

小寺たちも乗っていたのだ。おそらくすでに、この電車は奴らに制圧されている。

※

列車位置を表示するＣＲＴのモニタが一瞬、ゆらりとぶれたように感じた。輸送指令の阿久津《あくつ》はまず自分の眠気を疑い、担当する線区に異状がないことを確認してから下肢に力を入れ、椅子から尻を浮かせた。そのまま五秒待つ。尻を落とし、数秒してからもう一度。目の奥に一瞬巣食った眠気らしきものはそれでさっぱりと姿を消した。阿久津は深呼吸をし、背筋を伸ばして周囲を見回した。椅子の背もたれがきしりと鳴り、隣の指令卓の塩田《しおた》がちらりとこちらを見たが、彼はすぐに受話器を取って電話をかけ始めた。

その塩田の目元にくっきりと隈《くま》ができているのを見て、阿久津は自分の目のまわりを指で押してみた。おそらく自分も同じような顔をしているだろうな、と思った。塩田のむこうに視線を飛ばすと、体育館、というより空港のロビーを思わせる東京総合指令室の広大な室内にいる百数十人の人間全員が、どこか同じような鈍った空気を発しながら働く様子が見渡せた。明らかにしゃんとしているのは後方、一段高くなった「高台」に座る総括指令長ぐらいである。

疲れている。それも当然か、と、阿久津は視線を前に戻しながら思った。中央線で起こったJR史上未曾有のテロ未遂。それから一週間が過ぎているが、都知事から要請のあった減便に対応する臨時ダイヤを作るため、ここ東京総合指令室の人間は最も短い者でも四十八時間の連続勤務を強いられた。列車のダイヤは生き物であり、一編成の動きが変わると、それと接続すべき列車、その通過を待つべき列車、それが発車した次にホームを使用すべき列車、その他すべての動きを調整しなければならなくなる。しかも条件は常に変わる。乗降客数が多く駅での乗降に時間がかかるかもしれない。天候が荒れて速度制限をしなければならなくなるかもしれない。線路内に人が立ち入り、安全確認をしなければならなくなるかもしれない。だが乗客は待ってくれない。待たせてはならない。日常業務をしながら総出で臨時ダイヤを組み、それと並行して突発事態への対処をするのである。

しかも今回の事態は、東京圏全域が対象、ということが非常に大きな負担となっていた。指令員たちは各々、自分の担当するブロックを持っている。通常の異常事態なら、対応を強いられるのはそのブロックの担当者たちだけだ。周囲の者は手が空いていれば応援のため指令室内を走って文字通り駆け付け、サポートに回る。異常が発生したブロックを中心に「一緒に乗り切るぞ」という連帯感が広がる。だから乗り切れるのだ。だが今回はそうはいかなかった。東京都内の電車がすべて減便されるということは、隣県の路線もそれに対応しなければならない。指令室全体が一気に当事者にされたのだ。お互いに他人を気遣う余裕はなく、むしろ普段と違い、動き回ってぶつかった時には一触即発の空気が生ずるなど、普段の東京総合指令室からすればありえないような雰囲気になっていた。事態を重く見た指令長がいち早く全員に訓示を飛ばし、また駆けつけた東京支社長が飛ばした檄《げき》が功を奏し、指令室内の空気に生じた毛羽立ちはやや収まっている。しかし一度生じた疲労感が、働いているうちにどこかに溶けてなくなってくれることなどない。事件発生、臨時ダイヤ作成から一週間が経過した現在、指令員たちの動きは鈍っている。電車の運行を管理する阿久津たち輸送指令だけでなく、駅や乗客への情報提供などを担当する営業運輸指令も、乗務員や車両の差配をする運用指令も、部署を問わず全員が疲れていた。ほぼ全員が乗務員経験者であり、職業柄「疲労感」というものに対する警戒心は強かったが、だからといって現状ではどうにもならない。阿久津のブロックもそうだが、指令卓にもその後ろのデスクにも、各駅等に送受信しているFAXや手書きで作成されたダイヤグラム、さらには筆記用具などが散らかり、片付けられぬままのそれらがますます疲労感を浮き立たせている。正常運行時、手の空いた指令員は自分の線区の異状発生を「たとえば、もし今この駅付近で人身事故があったら」などと頭の中でシミュレートし、突発事態に素早く対応する訓練をしている。しかしここ一週間、阿久津にはそんなことをやっている余裕が全くなかった。そしてそのことに今まで気付いていなかったのである。

いかんな、と思い、阿久津はそれでも集中力を戻そうとして目をこする。

異状はその瞬間に見つかった。ＣＲＴのモニタに普段と違うものを感じた阿久津はすぐに全神経を起こし、異状発生箇所を特定する。東海道線上り１５８６Ｅ。ついさっき、１３：００に川崎駅を発車した時点までは正常だった。だが。

――おかしい。早すぎる。

１５８６Ｅが予定時刻より早く蒲田駅を通過している。速度超過、という言葉がすぐに頭の中で点灯し、それと同時に手はもう無線の受話器を取っている。

「１５８６Ｅ、速度超過です。減速してください」

だが、１５８６Ｅの運転席からは何の反応もなかった。減速せよ、の指示を少し大きな声で繰り返す。

阿久津の神経が一斉に起動したのがその瞬間だった。反応がない。運転士は何をしている。だがそれだけではなかった。車掌からも何の応答もないのだ。

運転士だけならばいくつかの可能性が考えられた。単に指示を聞き逃した。行程上の勘違いをしている。最悪の場合、急病や居眠りで意識がない。だが車掌まで同時に応答がなくなっている。だとすると。

呼びかけ続けるが1586Eからの応答はない。CRTの在線位置表示は容赦なく動く。1586Eの前方には貨物列車の2092がいる。このまま1586Eが後方から接近すれば、そろそろ閉そく区間に入っているはずだった。だが1586Eの速度が落ちた様子がない。ATS－Pはどうしたのだろう。ATS開放状態のまま走行しているとすれば。

阿久津は席から腰を浮かし、叫んでいた。

「特殊事態！」

塩田が阿久津を見る。周囲の同僚たちが一斉に阿久津に注目し、後ろでは指令長も動いた。阿久津は大声で繰り返し、指令長を振り返る。「東海道線上り1586E、特殊事態発生！」

電車が走り続けている以上、確認している時間はない。立ち上がっていた指令長は阿久津の報告を質すことをせず、そのまま指令室全体に向けて声を飛ばした。「東海道線上りで特殊事態発生。緊急対応に移れ！」

指令室のほぼ全員の視線が一段高い位置の指令長に集まる。指令長は高台を飛び降りて阿久津の卓に駆け寄ってきていた。他の者たちは一斉に無線指示を始める。「特殊事態発生。その場で停車してください」

それまで、重く毛羽立ちながらも辛うじて平静を保っていた東京総合指令室の空気が、一瞬にして渦中のそれに変わった。走行中の全車両を緊急停止。無線に怒鳴る声が入り混じり、お互いの声がお互いを遮り、響きわたる声の主が判別できなくなっていく。

　中央線のテロ未遂事件以来、JRは手をこまぬいていたわけではなかった。警視庁、さらに国家公安委員会からの通達を受け、犯人グループが未だ都内に潜伏中であることを知ると、東京総合指令室は、再び同じ事態が発生した場合の緊急マニュアルの作成に入った。一週間が経過しても全く軽快しないほど阿久津たちが疲労していたのは、このマニュアルの作成と訓練を終電後に実施していたという部分も大きい。

　そこでは「特殊事態」という符丁が用いられていた。つまり走行中の車両の運転室と車掌室がジャックされ、列車が暴走させられる事態である。「特殊事態発生」の報があった場合、該当車両の前方にいる列車を除き、区域内を走行中のすべての列車が一斉に停車する。そして。

「1586E、前方の2092まであとどのくらいだ」阿久津の隣に来た指令長が画面を見る。

「2092は大森駅を通過中です」阿久津は双方の速度と駅間の距離をとっさに計算する。「最高速度なら、大井町あたりで追いつきます」

　それが約五分後。仮にそれを回避しても、1586Eがそのまま暴走を続ければどこかで脱線する。品川駅通過後に東海道線は大きくカーブする。だがそれ以前に品川駅のポイント通過ができないだろう。蒲田・大森間、大森・大井町間——そのさらに前にも小さなカーブはあった。それらを最高速度で抜けられる保証もない。このまま行けば

1586Eはもってあと六分、早ければ三分以内に脱線する。

指令長はほとんど考える時間を取らずに、離れたブロックにいる電力指令に指示を飛ばした。

「特殊事態発生。東海道線区間、緊急停止!」

電力指令が大声で応える。「了解。東海道線区間、緊急停止」

JR東日本が「特殊事態」に対して選択した対応策がこれだった。各架線に対応する変電所と連携し、もし「特殊事態」が発生した場合、二分以内に送電を停止させる態勢を作る。無論、強引に送電を停止する以上、相当な無理があり、一度停止してしまうと復帰にどれだけかかるかは、変電所の職員でも読めていない。

だがATS-Pが切られ、運転室も車掌室も占拠されている状況下では、暴走する列車を外部から止める手段はこれしかなかった。エネルギーの供給を断てば、運転席で何をしようが絶対に列車は停まる。

「……二度も同じ手を食うかよ」

誰かが呟いていた。阿久津も1586Eに呼びかけ続けながら祈っていた。ぶつけさせるものか。停まれ!

だが1586Eの運転室から、不意に応答があった。

〈こちら1586E運転室。指令員に警告する。現在、我々は乗務員及び乗客全員を人質に取っている。この車両への電力供給を止めた場合、人質を全員殺害する〉

一瞬、東京総合指令室の空気が凍りついた。

〈繰り返す。この車両への電力供給を止めた場合、乗務員及び乗客を全員殺害する〉

「電力指令、緊急停止待て！　送電を続けろ」

指令長がやぶれかぶれのように叫んでいた。

〈1586Eをこのまま走らせろ。妨害した場合、乗務員及び乗客を全員殺害する〉

動きを止めた阿久津たちの頭上に、その声が勝利宣言のように響きわたった。

26

「いいか。全員動くな。動いた奴から殺す」

男は乗客たちの頭上をなめるようにショットガンの銃口を動かし、再びはっきりと宣言した。乗客たちは動かない。一番遠い端に座っていた若い男が尻を浮かせて身じろぎをしたが、男がおいと怒鳴って銃口を向けると、息の漏れる細い音を発して体を縮めた。男はその場を支配している優越感を楽しむように、銃口をゆっくりと動かす。

俺は男の斜め前に立ったまま、急《せ》かされるように不規則な電車の振動で転ばないように踏んばっていた。電車が加速しているのが分かる。おそらく今、この電車は時速百キロ以上で走っている。

窓越しに、高速で走り過ぎる住宅地の風景が見えている。このまま走り続けたとして、おそらく品川駅にはあと五分程度で到達する。そしてポイント通過時か、ホームを走り抜けた直後の右カーブのどちらかで、この電車は確実に脱線するだろう。だが悪いことに、そこまで無事で走り続けられるという保証もないのだ。前を貨物列車か何かが走っていればそれに追突する。それ以前に、品川より手前にだって小規模ながらカーブはあるのだ。速度超過のまま曲がりきれるのだろうか。

だとすれば、迷っている時間は一秒たりともない。俺は男との距離を目算し、次に奴が視線をよそに向けた瞬間に抜くつもりで、懐のホルスターに意識を集中させた。運がいいのか悪いのか、左腕を吊っているせいでコートの前は締めていない。走ってきて暑くなったのでジャケットの前ボタンも外していた。余計な動作なしですぐに抜ける。

だが、こちらを向いた男の眉間に皺が走った。俺はすぐに目をそらしたが、男は俺の顔をじっと見ている。

「てめえは……」

男の口から呟きが漏れ、俺は奥歯を噛んだ。俺は宇宙神瞠会の連中に面が割れている。こうなったら一か八かしかなかった。俺は懐のホルスターに手を伸ばした。だが男はすでに体をこちらに向け、銃口を上げている。

次の瞬間、男が悲鳴をあげてのけぞった。

銃声はなく、代わりにショットガンが床に落ちる重い音が響いた。男は両手で股間を押さえ、膝をついた。

相当強く股間を蹴られたらしい。ぐ、という呻き声が漏れ、男が背後を振り返る。その顔に無造作に手が伸び、親指が右目の奥に深く突き込まれる。男が舌を出し、唾の滴《しずく》が飛ぶ。それが最期だった。目から指が抜かれ、すでに絶命している男は舌を出したまま横倒しになった。

それを見下ろす位置で、コートを着たスーツの男が立っている。

名無しだった。名無しは男の脇に膝をつき、血がべっとりとついた親指を男のコートで拭うと、ドア脇の非常用ドアコックを露出させて躊躇なくハンドルを引いた。空気の漏れる音があり、ドアの間に隙間ができる。名無しは両手で難なくドアを開け放した。風を切るごうごうという音と列車の走行音が急に大きく耳に届く。

俺はとっさに拳銃を抜いて突きつけようとした。だがその瞬間にむこうを向いていた名無しの体が回転し、右から革靴の踵が襲ってきた。とっさにガードしたが、衝撃で右手の銃が弾かれ、背中から手すりにぶつけられる。

名無しが開け放したドアから、高速で流れていく外の景色が見えた。

「……おい」

百キロは出ている。だがタイミングを計って飛び降りるつもりらしい。可能なのだろうか。

急激に、しかもいくつもの事態が同時進行する状況になり、俺は一瞬混乱した。このままでは奴が逃げる。だが今はそれどころではないのだ。あと五分もしないうちにこの電車は脱線し、五百名近くの乗客もろとも滅茶苦茶になる。一刻も早く電車を停めなければならない。だが敵の人数は最大で七人。名無しが今、一人殺したが、まだ六人残っている。しかもおそらく全員が武装している。片手の俺と海月だけで、運転席か車掌室のどちらかを奪還できるのだろうか。

「動かないでください」

声のした方を見ると、飛ばされた俺の拳銃を構えた海月が立っていた。

見る限り、海月の構え方は滅茶苦茶だった。だがそれでも、しっかり名無しを狙っている。

「警部」

それどころじゃない、と言おうとしたが、海月は落ち着いていた。

「久しぶりですね。『名無し』さん」

揺れる車内で、海月は名無しをまっすぐに見ていた。特に声を張っているわけでもないのに、外から飛び込んでくる走行音の間隙をつき、その声は不思議なほどはっきりと通っている。

名無しは海月を見てかすかに眉を上げた。昨年末に対峙した相手だと気付いたのだろう。

「ようやくお話ができましたが、挨拶をしている暇はありません」海月は銃を構えたまま言った。「この電車は現在、宇宙神瞠会の残党に占領されています。おそらく、脱線まで五分もありません」

名無しが海月を見る。視線は銃口というより、海月の顔を捉えているように思えた。

撃たないと考えているのだろうか。

海月の方も、それを承知している様子で言った。

「そこでお願いがあります。わたしたちはこれから前方車両に向かい、運転席を奪還します。協力してください」

名無しの眉が動く。

おい、と言いそうになった俺は、とっさに頭の冷静な部分で考えた。そうだ。俺と海月だけでは、運転席の奪還は到底無理だ。だが、もし名無しがいれば。

……連続殺人犯と協力してテロリストを制圧する。

もちろん、そのことにこだわっている場合ではなかった。間に合わなければ全員死ぬのだ。

「ただで協力しろとは言いません」海月は言った。「もしあなたがこのままそこから逃げたら、わたしたちはあなたの居場所をかなり正確に特定できることになります。いくらあなたでも、時速百キロ以上で走る電車から飛び降りれば必ず大怪我をします。その状態で緊急配備を突破する自信がありますか？」

名無しは動かない。海月の視線はまっすぐに名無しに向けられている。

「ですが、もし運転席の奪還に成功したら、あなたの所在は伏せておくことをお約束します。乗客に紛れて逃げて結構です」海月は構えている銃を下ろした。「……どうですか？」

俺は手すりに背中をぶつけた姿勢のまま名無しを窺った。やれやれと言いたい気分だった。俺たちはこの車両に名無しが乗っていることを、とっくに無線で報告している。この状況でどうしてそんな白々しい嘘が出てくるのか。海月の頭の中を見てみたい気がする。

海月は一歩前に出て、俺に銃を渡した。そうする間も名無しは動かなかった。

「それだけではありません」海月は名無しを見る。「この電車には、あなたの娘さんと同じ年頃の女の子も乗っているんですよ」

見た限り、乗客の中にそういう女の子もいなかった。ぬけぬけとよく言う。

しかし、名無しは開け放されたドアにかけていた手を離し、ゆっくりと体をこちらに向けた。

「急いでください。最大でもあと四分程度しかないはずです」

海月がそう言うと、名無しは俺と彼女の脇をすっと抜け、一言だけ言った。

「二分で制圧する」

俺は思わず海月と名無しを見比べた。

地上最強の助っ人だった。

「敵は最大六名です。後方一号車におそらく二名、前方十五号車に二名。残りの二名は中間の車両を巡回し、乗客たちを制圧しているはずです。どの車両でぶつかるか分かりません」

海月が名無しの背中に言う。名無しは頷いたのかどうかも分からなかったが、前方の連結部に向かって歩き出した。左右に座っている乗客たちが恐れるように足を引き、道を作る。

その後に続こうとした俺の胸に、海月が何かを押し当てた。見ると、銀色にぎらりと光るオートマチックである。

俺は急いでそれをホルスターに押し込んだ。支給されているニューナンブと形が違うのでちゃんと入らないが、ぶらぶら提げて名無しに見られるわけにはいかない。「警部、どこからこんなものを」

「もしもの事態に備えてお借りしておきました。九発入っていますから、好きなだけ撃てますよ」

「撃ちませんよそんなに」言いながら、俺の後についてこようとする海月を押しとどめる。「警部はここで待っていてください。できれば後部車両に移動して」

「ですが……」

「キャリアでしょうが。あんたは」俺は腰をかがめて海月に囁く。「前途あるキャリアが、殺人犯と共同作戦なんてしちゃいけないでしょう。そういうのは俺がやります」

海月はそれを聞くと、ふっと微笑んだ。「大丈夫ですよ？　わたしは、いなかったことにすればいいのですから」

俺は肩をすくめた。「そういう権力の使い方に慣れきってると、いつかどこかで足元をすくわれる。……そう思いますよ」

すぐに名無しの方に振り返って歩き出したので、海月がどんな顔をしているかは分からない。だが、海月はもうついてこようとはしなかった。

「行くぞ」

こちらを向いて訝しげに見ている名無しに言うと、名無しは頷きもせず、黙って連結部のドアを開けた。

名無しの背中に続いて連結部に入る。その時にちらりとだけ振り返ると、海月はじっとこちらを見ていた。

足手まといになりそうだから、という本音は言わないでおいたのだが、気付いているのだろうか。

※

【13：04　大森駅付近　品川駅まで5・9キロ】

東京総合指令室の広大な空間に、混乱した熱気と冷たい静けさが同居していた。

各指令卓では無線と電話で一秒の間もなくやりとりが続けられている。後ろのデスクに据えられたFAXからも、休むことなく紙が吐き出され続けている。吐き出された紙をひったくるように取る指令員。卓から卓へ走る指令員。座ったまま、走行車両と駅の状況を大声で叫ぶ指令員。それに大声で応える指令員。

その中で、東海道線を担当する阿久津たちのブロックは奇妙なほど静かだった。皆、左右と後方で刻々やりとりされる情報の奔流に乗って動き続けてはいる。だが全員の心の底に、敗北の予感がどっかりと居座ってしまっている。

1586Eを止める手はない。だとすれば、どんなにうまくいっても持つのは数分だった。乗車率は75％近くになっているだろう。指令長の指示で、周囲の者たちはすでに大規模脱線事故発生を見越して救援の準備に動いている。

卓に置いた阿久津の手に汗がにじんでいた。無線で呼びかけ続けているが、反応は全くなかった。

「――お願いです。応答してください。話を聞いてください！」

数十秒前から、阿久津は運転席に呼びかけ続けることだけに集中していた。わずかでも希望が残っているとすれば、それしかなかった。指令長は周囲の者に阿久津の他の仕事を割り振り、彼が通話にだけ集中できるようにしている。

だが効果はなかった。CRTのランプは冷酷な平静さで1586Eの列車位置を表示している。

「速度制限区間抜けました。大森駅に入ります！」

阿久津に代わって言う塩田の声に、横にいた一人が小さくガッツポーズをした。

1586Eは速度を落とさないまま、まずは大森駅手前の緩い右カーブを脱線せずに抜けることに成功した。

だが大森駅を抜けると、次の大井町駅の手前には、より急な左カーブがある。

1586Eの速度はまだ上がり続けている。

※

名無しは一切振り返らなかった。後ろに俺がいるということを全く意識すらしていない様子で、大股で車両内を進んでいく。俺は右手にニューナンブを持ったまま、その背中に引き離されないことだけ考えて歩いた。現在、十号車。先頭の十五号車まではまだ三分の一ある。

電車が大森駅を抜けたのは、左右の窓から見える風景で分かった。大森駅の手前で大きく横揺れした時はどうなることかと思ったが、なんとか脱線せずに曲がりきったようだ。だが次のカーブが何秒後に来るのかも分からない。

ぐにゃぐにゃと動く連結部を踏み越え十一号車に入ると、目の前に突然、ショットガンを持った男が現れた。

とっさに銃を向けたが、それと同時に名無しの背中が加速していた。ショットガンが火を噴き、天井の蛍光灯が一つ砕けて閃光を出す。俺は思わず首をすぼめたが、その時にはすでに、相手の男は仰向けに倒れていくところだった。名無しの背中越しにかすかに血飛沫が舞うのが見え、名無しは再び赤く染まった右手を、刀をそうするようにひと振りして歩き出す。一瞬だったが、間違いなく殺している。

後ろからそれを見ていた俺は、どうしても躊躇《ためら》いが先行してしまう。法的には正当防衛が成立するだろうが、警察官がこんなやり方を容認していいのか、という不合理な逡巡があった。

俺は周囲を確認した。男の銃口は名無しが上にそらしていたし、跳弾で負傷した人間はいないようだ。もっとも、仮にいたとしても今は構っている時間がない。

その瞬間、連結部のドアが開いてもう一人、ショットガンを持った男が出てきた。不意打ちだった。同じ車両で続けて二人と遭遇するとは思っていなかったのだ。

名無しは駆け出したが、車両の反対側にいる男までは距離がありすぎた。それを察したのか、前を塞いでいた名無しの背中がぱっと横に動いて座席の陰に隠れた。

時代がかった長髪でショットガンを構えた新手の男はすぐに状況を理解したようだった。俺が体を元いた場所から引きはがすようにして跳んだ瞬間、発射音が耳元を突きぬけた。バランスを崩してドアにぶつかり、左腕に痛みが走るのをこらえて銃を握り直す。

撃て！　という命令が俺の全身を駆け抜けた。このまま連続して撃たれたら乗客に当たる。相手が反応するより先に、撃つ。

座席の陰から立ち上がり、右腕を伸ばして引き金を二度引く。二発目の方が頭部に当たり、長髪の男が銃を腰だめに構えたまま後方に吹っ飛んだ。

俺はすぐに飛び出した。一つ前のドアのところにいる名無しを追い抜き、行くぞ、とだけ言って走る。連結部のドアにもたれかかるような姿勢で、長髪の男が倒れていた。ショットガンはまだ両手に持ったままで、がくりと横に倒した頭部が真っ赤に染まっている。見ている暇はない、と言い聞かせて無理矢理無視し、銃を持った手で連結部のドアを開ける。

殺した。射殺した。

おそらくそうだった。だが確かめている暇はないし、見てはならない。走り続けていないと動けなくなってしまいそうな気がする。

……銃撃戦をするような仕事に就いたつもりはなかったんだが。

気持ちを落ち着かせるためにそんなことを考えてみる。それと同時に、忘れていた右脚の痛みが蘇ってきた。連結部のドアが開く。この先は十二号車。前方の敵は残り二人。おそらく両方、先頭の十五号車にいる。

【13：05　大森駅通過　品川駅まで4・2キロ】

※

1586Eの現在地を示すランプがまた一つ移動した。大森駅を通過したのだ。まだ脱線はしていない。

「品川はどうだ。空いたのか?」

「五番線、今発車しました。入れます」

指令長と輸送指令がほとんど怒鳴りあうような声でやりとりをしているのを、阿久津は無線に呼びかけ続けながら聞いた。品川駅の準備はできたようだ。だが頭の方は無慈悲に冷えてゆく。それでどうなるというのか。ポイントを通過できるのか。通過してもすぐに脱線だ。いや、それ以前に。

隣の塩田が悲鳴のような声をあげた。「1586E、カーブに入ります!」

大井町駅手前の左カーブ。通常でも減速が求められる区間だ。1586Eは今、ほぼ最高速度で走っている。時速一二〇キロであそこを抜けられるのか?

腕時計を見ていた逆隣の指令員が言う。「来るぞ!」

阿久津は反射的に目を閉じていた。

「曲がれ!」

後ろで誰かが叫んだ。曲がれ。頼む!

周囲が停止し、長い一瞬が過ぎた。後ろから指令長の声が飛んだ。

「2092急げ!」

はっとして阿久津は目を開けていた。事故を知らせる警報音はない。曲がった!

「よっしゃあ!」周囲から歓声があがる。隣の塩田も両手を握って天を仰いでいた。

だが、指令長だけは祈りも喜びもしていなかった。

「２０９２に追いつくぞ！」

はっとして、知らず動きを止めていた全員が態勢を戻す。

１５８６Ｅは、前を走る貨物列車の２０９２に追いつこうとしていた。２０９２は通常より速度を上げているが、脱線しないぎりぎりの速度を維持しなければならない２０９２に対し、１５８６Ｅは全速力で迫ってくる。新型のＥ２３１系とでは電動車の性能も違う。

阿久津は奥歯を噛んだ。２０９２が品川まで逃げる時間がない。

※

「く……」

呻き声が出る。俺は座席の手すりを掴み、乗客の上に倒れてしまった体を起こした。

「すみません。大丈夫ですか」

座っていた男性は顔をしかめていたが、すぐに頷き、逆に「そちらは」と返してくれた。

後ろを振り返る。名無しは床に膝をついていたが、転ぶこともなくすぐに立ち上がった。

十三号車に入ったところで、車体がいきなり右側に振られたのだ。そういえば大井町の手前でカーブがあると聞いていた。車輪とレールがこすれあって悲鳴をあげたところまでは覚えている。その後は体が投げ出され、乗客の悲鳴と車体の傾きしか分からなかった。車体は確かに一瞬、浮いていた。だがぞっとするような浮遊の瞬間の後、振動とともに水平に戻った。曲がれたのだ。ぎりぎりで。

立ち上がる間に窓の外の光景が変わっていた。高速すぎて判別できないが、ホームのコンクリートと立っている客たちがかすれながら過ぎていく。大井町駅に入ったのだ。ここを出てしまえば次は品川だ。もうほとんど時間がない。

もはや小走りではいられなかった。左腕が動いて痛むのを無理矢理こらえ、左脚で床を蹴り、俺は全速力で連結部のドアに飛びついた。声をあげて重いドアを開け、十四号車に飛び込む。敵がいるかもしれなかったが、構ってはいられなかった。出てきたら撃ちまくるだけだ。後ろで名無しもドアを通り抜けたのが音で分かる。

揺れる十四号車には敵はいなかった。左右の座席は埋まり、乗客たちはまだ座っていた。状況を呑み込めていないのか、それとも移動していたさっきの連中に、席を立つなと脅されたのか。髪の長い女性が頭を抱えて震えている。太った男性が手すりを摑んだままましゃがみこんでいる。若い女性が赤ん坊に覆いかぶさるようにして抱きしめている。抱かれた赤ん坊が激しく泣いている。

俺は鈍く痛む右脚を引きずりながら、それらの間を走り抜けた。あと何十秒の猶予が与えられているのか、考える余裕もなかった。自分が「死」に向かって走っているという、妙に生温い感触が肌を撫でる。前の車両に行けば行くほど助かる確率は下がる。先頭車両に入ってしまえば、止めない限りまず助からない。なのに俺は今、そちらに向かっている。

連結部のドアに飛びついて開けようとすると、後ろから肩を掴まれた。振り返ると、名無しが来ていた。

名無しは振りほどこうとする俺を押しのけ、ドアのガラス部分にかがみこんだ。状況を確認しろ、ということらしい。

名無しの隣でガラスを覗き、俺の全身が凍りついた。

角度的に運転席はほとんど見えなかったが、明らかに運転士でない男が乗務員室内にいるらしいというのは分かった。

だがその手前のもう一人の方が問題だった。運転士は殺されていなかった。乗務員室の外、壁に背をつけた状態で立たされていた。そしてその隣には、彼の頭に拳銃の銃口を突きつけた小寺がいた。

小寺は状況を把握している。俺たちに対抗するため、すでに運転士を人質に取っている。

【13：06　大井町駅通過　品川駅まで2・1キロ】

※

大井町駅手前のカーブを1586Eが抜けた瞬間、わずかに沸いた指令室は、すぐに凍りついた。

前方の2092が逃げきれない。追突する。

列車位置を示すCRTの画面はすでに隣りあった二つが点灯している。次の瞬間に二つが一つになってもおかしくなかった。

「間に合いません」塩田が悲鳴のように叫ぶ。

指令長が怒鳴った。「ポイント切り替え！ 京浜東北線の線路に逃がせ！」

指令員たちが歯を食いしばりながら動いた。大井町―品川間にはポイントがあり、東海道線上りの線路から隣の京浜東北線下りの線路に移ることができる。通常、ここを切り替えてしまえば前から来る京浜東北線の車両と正面衝突してしまう。だが「特殊事態」の報により、京浜東北線下りはすべて停車していた。指示を受けた指令員がすぐさまポイントを操作する。隣の指令員がそれと同時に受話器を取り、運転士に指示する。

「2092、通過の瞬間を報告しろ！」

後方から迫る1586Eがどこまで来ているのか、指令室では細かくは分からない。だが近いはずだった。2092が通過した瞬間にすぐポイントを戻さなくては、後ろの

１５８６Ｅまで同じ線路に進入してしまう。そして曲がりきれない１５８６Ｅはその場で脱線する。通常ではありえない、秒単位でのポイント操作が要求されることになる。

――こちら２０９２。速度八一。ポイントにかかります！　三、二、一！

指令長はその音声を頼りにタイミングを計っていた。２０９２は二十六両編成。最後尾の車両が抜けると同時にポイントを戻す。間に合わなければそこまでだ。

――通過！

無線機から声が届き、指令長は頭の中に２０９２の車体を思い浮かべていた。四両目、五両目――。

「ポイント戻せ！」

――いけます！

指令長の声と、一瞬遅れて２０９２運転士の声が響いた。指令員がポイントを操作する。だが転轍機が動ききるまでには時間がかかる。

１５８６Ｅの位置表示が２０９２のそれと重なった。

そしてその一瞬後、二つが再び分かれた。２０９２は隣の線路を。１５８６Ｅは元の線路を。

指令室内が振動した。指令員たちは歓声をあげ、拳を突き上げて歓喜した。

阿久津も思わず拳を握っていた。だが。

……ここまでだ。俺たちにできるのは。

2092をかわすことはできた。だがそれは、1586Eの寿命を一分か二分、延ばしたに過ぎない。どちらにしろ1586Eは、なすすべもなく品川駅に突っ込む。奇跡でも起きない限りは。

※

連結部のガラスは分厚い。そして十四号車側と十五号車側の二枚がある。海月からオートマチックを預かっていたが、両方のガラスを貫通して車両一台分を端から端まで飛んで敵に命中する、などという狙撃は絵空事だ。悩んでいる暇はなかった。待っていれば死ぬのだ。俺は名無しに頷きかけると、ドアを開け放して十五号車に踏み込んだ。

正面に小寺がいた。小寺はまっすぐにこちらを見ていた。

「動くな。こいつを殺すぞ」

銃を構えようとした俺は、その姿勢のまま動けなくなった。

小寺はすでに、隣の車両に俺たちが来ていることにも気付いていたのだ。もとより、ろくに遮蔽物《しゃへいぶつ》がない上、車両内の通路は人間一人分の幅しかない。そこを走って間合いをつめてから攻撃しなければならない俺たちは極めて不利な状況で、だから相手がこちらを認識する前に攻撃する、という不意打ちに賭けるしか手がなかったのだ。だが小寺に対してはそれができない。

電車が揺れている。グリップを握る手が石化したように動かない。小寺までは十メートル以上の距離があった。西部劇のガンマンのような早撃ちで当てられる距離ではない。それにそもそも間に合わない。俺は銃を構え、狙い、それから撃たなければならない。小寺はその間に引き金を引くだけでいい。

「銃を捨てろ」

小寺は微動だにしなかった。「ゆっくり動け。素早く動いたら、その瞬間にこいつを殺す」

覚せい剤をやっているはずなのに、興奮も錯乱も全く感じさせない口調だった。以前、公安の資料を見た時、高宮さんが小寺を「やばそうな奴」と言っていたのを思い出した。本当だった。初めて直接に向きあった小寺惣一は、ただの狂信者でも、すぐにキレるチンピラでもなかった。常にどっしりと構え、冷静で、それでいて人の命を数字でしかとらえないような冷酷さを持つ、最も危険な印象の相手だった。

「捨てろ」

まばたきすらしないまま、小寺は最低限の言葉で俺に命じた。

俺の全身がぴしりと硬くなった。捨てるか、撃つか。撃とうとすればおそらく小寺は運転士を殺す。間に合わないだろう。だがここで電車を止めなければ、もっと多くの人が死ぬ。

俺は迷っていた。警察官の生活で染みついた感覚が、グリップを握る手にみっちりと絡みつき、縛っている。人質を見殺しにするのか、と耳の中で問いかけてくる。

だが、小寺は短く言った。

「見ろ」

それに応じて奴の体を見た俺は気付いた。前を開けたダウンジャケットの間から、四角い何かが巻きつけられたベストが覗いていた。

……爆発物。

どれだけの量なのかは分からない。だが爆発すればおそらく、この車両内にいる人間が動けなくなる程度の威力はあるだろう。その計算はしているはずだった。

小寺が運転士を撃っている間に俺が小寺を撃つ。警察官として最も大切な何かを捨ててまで採るその選択すら、小寺は許してくれなかった。この距離で早撃ち。しかも揺れる車内だ。中野で刺された影響で、右足もきちんと踏ん張れない。小寺の爆発物に当てずに済ませるのは無理だ。

俺はゆっくりと動き、銃を落とした。小寺の視線がそれを追って動くのが分かった。

そして、後ろにいる名無しに頭の中で命じた。

——あんたが撃て。

名無しの存在自体は小寺からも見えているだろうが、名無しの動きは前にいる俺がブラインドになって隠れているはずだった。そして名無しは銃を持っている。十五号車に入る前に、俺がオートマチックの方を奴に渡していた。こういう状況になって俺が銃を捨てても、奴の方が撃てるように。

背中越しに名無しが動く気配があった。俺が伏せる。その直後に奴が打つ。奴の腕なら、きっと小寺の頭だけを撃ち抜くことができる。

「後ろの奴も動くな」

小寺が突然そう命じ、名無しの動く気配が消えた。

「てめえ、この間来た公安じゃねえか。なんでここにいる」

小寺は前を見ていた。俺ではなく、俺の背中に隠れた名無しを見ていた。

「公安なら銃持ってんだろ。てめえも早く捨てろ。言っておくが、前の奴が避けた瞬間に俺も動くぞ。てめえが撃てばドカンだ」

……おい、冗談だろう。

後ろの名無しに問い質《ただ》したい気分だった。確かに名無しは顔写真付きで手配されている。だが奴の顔は不気味なほど無個性で、毎日交番でポスターを見ている警察官ですら実物を前にしても見逃しそうなほど判別が難しいのだ。たとえ宇宙神瞠会の人間が手配のポスターを意識していて、しかも名無しが俺の後ろから来たという状況でも、こんな距離ですぐに見分けられるはずがない。

……面識がない限りは。

おそらくそうだった。小寺は名無しを「公安」と呼んだ。考えられないことではなかった。名無しは公安が張っていたのと同じ道場を張っていた。表沙汰になっていないだけで、小寺のいる施設をすでに襲撃している可能性もある。現に今、たまたまこの車両に乗り合わせていたことも、名無し自身が独自に、小寺か他の信者を尾行していたからだというなら納得がいく。

だとしたら、土壇場でとんだ計算違いだ。

忘れていた右脚の痛みが、拍動とともに蘇ってきた。左肩と脇腹も鈍く疼いていた。

電車が揺れる。踏んばる足に力が入らない。この電車はまもなく脱線する。

一か八か、名無しに撃てと叫んで伏せるしか手はなかった。どうせこのままでは、あと数十秒で全員死ぬ。小寺が爆発すれば、その衝撃が車両のシステムに何かを及ぼしブレーキがかかるという、奇跡のような可能性もないわけではなかった。

ゼロではないなら、そちらにすべきだ。だが、俺は確実に死ぬ。

その瞬間、ばちん、という音とともに視界が暗くなった。

明かりが消えた。そしてがくりと車両が揺れる。倒れそうになりながら見回した。電力がカットされたのだ。

ピヨピヨピヨピヨ、という間抜けな音が車内を駆け抜けた。

とっさに膝を折っていた俺は、自分の横をすりぬけて、黄色いヒヨコが床を滑っていくのを見た。後ろを振り返る。連結部のドアを細く開け、海月の手が後ろから覗いていた。

……いつの間に俺から盗ったのだ？

停電と正体不明の音響、という二つの事態に、小寺は反応できなかった。銃口が運転士からそれ、小寺の視線が薄暗くなった車内を彷徨う。反射的に音源を探しているのだ。破裂音が響いた。小寺の頭部が弾け、後ろの壁に叩きつけられる。摑まれている運転士が小寺と一緒に崩れ落ちる。名無しが撃ったのだ。

すでに破壊されている乗務員室のドアが開け放され、ショットガンを構えた眼鏡の男が出てきた。俺は落としていた銃を拾い、続けて二発、そいつに向けて叩き込んだ。二発目を撃つと同時に床を蹴って走る。右脚に力が入らなかったが、予想外に勢いがついた。電力供給を断たれて速度を落としているため、慣性が働いているのだ。

倒れた男をまたいで越え、壁にしがみつきながら運転席に入る。運転台のハンドルに向けて一杯に手を伸ばす。電力が断たれても、車体に搭載されたバッテリーでブレーキはかけられるはずだった。

「止まれ！」

ハンドルを一杯まで押す。ブレーキ音が響き、慣性で体が運転台に押しつけられる。力の入らない左腕を無理矢理動かし、右手に添えた。視界にはすでに品川駅のホームが見えていた。

車体が上下左右に激しく揺れた。足元から振動が伝わり、硬い何かを踏み割るような激しい音がする。全く手加減なく車体が揺すぶられ、俺は床に叩きつけられた。

※

「――１５８６Ｅ、停止！」

阿久津は叫んでいた。

「状況はどうだ？　脱線は！」

指令長が怒鳴った瞬間、スピーカーから音声が入った。

――こちら警視庁刑事部火災犯捜査二係所属、設楽。１５８６Ｅ、止まりました。脱線しているかもしれませんが、車体は無事です。

運転士の声ではなかった。だが理性ある声だ。確かに「無事」だと言っていた。

――犯人グループは制圧しました。運転士は無事です。

一瞬、沈黙があった。

それから、爆発したような歓声が東京総合指令室で弾けた。

皆が声をあげ、飛び上がり、抱きあって歓喜していた。阿久津の背中を誰かが叩いている。塩田は泣きだしていた。振り返ると、指令長が諸手を上げて天を仰ぎ、絶叫していた。

……やった。止まったのだ。

やっとそれが実感でき、阿久津の全身から力が抜けた。そのままどこまでも脱力し、指令室の床に垂れ下がってしまいそうだった。

「さあお前ら、そこまでだ！」

一番の大声で絶叫していた指令長が、一番先に元に戻っていた。「状況確認。一刻も早く復帰させるぞ。いつもの仕事だ！」

駆け抜けた歓喜の嵐が、指令員たち全員に力を与えていた。それまで疲労と緊張でボロボロになっていた指令員たちは、どこにそんな力が残っていたのか、という勢いで、精力的に動き始めた。

※

無線機のマイクを運転台に放り出し、床に落ちたニューナンブを拾うと、俺は右脚を引きずりながら乗務員室を出た。足元に小寺と、運転台を占拠していた眼鏡の男が死体となって転がっている。

射殺するしかなかった。

だが、電車は止まっていた。急制動で転んだ人間くらいは出ただろうが、大怪我をした者はいないはずだ。不可能だと思われたあの状況から。

冷静になった今では、その理由にも見当がついていた。

電力供給が突然止まり、車内灯が消えた。そのおかげで小寺の反応が遅れたのだ。おそらく、JR東日本内の「特殊事態」マニュアルが発動したのだろう。電力供給の停止、という非常措置がすぐにとられなかったことからして、おそらく小寺は運転士や乗客たちを人質に、電力供給を要求していた。だが指令側は土壇場でそれを無視したのだ。このまま脱線すればはるかに多くの人間が死ぬ。それなら逆上した犯人が人質を殺害して回る方がましだという、恐るべき英断を下した人間が、東京総合指令室にいる。

そいつはきっと、海月や越前刑事部長と同じ人種だ。俺はそう思った。俺がもし同じ立場にいたとしても、その決断はできないだろう。それがいいことなのか悪いことなのかは分からないが。

死体を見下ろしていた俺は、名無しがこちらに歩いてきたことに気付いた。

俺はニューナンブの銃口を名無しに向けた。だが名無しの方が速かった。一撃で銃が跳ね飛ばされ、右手に痺れが残る。

名無しはこちらに向けていた銃をゆっくりと下ろした。そして口を開いた。

「止めてすぐに撃つべきだった」

それだけ言うと、名無しは傍らのドアコックを引いてドアを開けた。奴が外に飛び出していくのを、俺は突っ立ったまま見送るしかなかった。

痺れの残る手を見る。なぜすぐに撃てなかったのだろうか。

奴は連続殺人犯だった。たとえ動機に斟酌《しんしゃく》できる部分があり、責任の一端が俺たち警視庁にあるとしても、殺人犯は殺人犯のはずだった。しかもあの男は、全く責任のない大学生も巻き添えで一人、殺している。その遺族のことを考えれば、撃っていなければならなかった。今ここで数百人の命を救ったからといって、奴のそれまでの殺人が帳消しになるはずがない。人の命は足し引きできるものではない。

だが、撃てなかった。奴の言う通り、この電車を止めた直後に撃っていれば結果は違ったのではないか。

——名無しが逃走しました。品川駅手前百メートル。緊急配備をお願いします。

見ると、さっさと前言を翻《ひるがえ》した海月が無線機に向かって喋っていた。

……俺は、こういうふうにはなれない。

ピヨピヨピヨピヨという警報音が律義にまだ鳴り続けていることに気付いた。俺は溜め息をつき、結局散々世話になったこのヒヨコを拾って海月の方に持っていった。

海月の背後で連結部のドアが開き、ショットガンを持った男と拳銃を持った男が飛び込んできた。車掌室を占拠していた残りの二人が来たのだ。

悩んでいる暇はなかった。仕事だ。

俺はヒヨコを放り出して駆け出し、前にいたショットガンの男の顔面に掌底を叩き込んだ。後ろに吹っ飛んだ男にのしかかられ、拳銃の男がふらつく。俺はそのまま間合いを詰め、ようやくショットガンの男を振り払った拳銃の男に後ろ回し蹴りをぶち込んだ。

男が倒れる。蹴った右脚が痛み、突きにしておけばよかったかと、俺は軽く後悔した。足元に倒れているショットガンの男の顔面に拳を落とし、続けてその隣に倒れている拳銃の男の顔面を蹴る。二人はそれで銃を取り落とし、抵抗をやめた。

俺は二人を見下ろし、言った。

「……残念だったな。世界の終わりなんて、そう簡単に来やしないんだ」

【13：11　品川駅まで0・1キロ】

27

問5　下線部分ダレイオス1世について述べた文として適切なものを、次の1〜4のうちから1つ選べ。解答番号は5

1　ミドハト憲法を制定した
2　模範議会を開いた
3　イスラーム暦を採用した
4　「王の目」「王の耳」を派遣した

ミドハト憲法はオスマン帝国だからずっと後だし、ダレイオスの話なのにどうしてイスラーム暦が出てくるのだ。2の模範議会というのは思い出せないが、たしか4だった気がする。ノートに、4、と書く。

問6　下線部分ペルシア戦争において、アテネを主力とする艦隊がペルシア艦隊を破った紀元前480年の戦いを、次の1〜4のうちから1つ選べ。解答番号は6

1　レパントの海戦　　2　アクティウムの海戦
3　サラミスの海戦　　4　ミッドウェー海戦

3だな、と思った。念のため他の解答肢を見る。4のミッドウェーで笑ってしまった。いつの時代だ。他ははっきりしなかったが、レパントの海戦やアクティウムの海戦よりは、明らかにサラミスの海戦の方がそれらしい。ノートに、3、と書く。

部屋のドアがノックされる。聞こえてはいたが無視する。するとドアが遠慮がちに開き、足音が背中越しに近付いてきた。

「……夜食、置いておくから」

机の端におにぎりの載った皿が置かれる。邪魔をしないようにというのか、すぐに落ちそうなほどぎりぎりの位置に置くので逆に気になった。なのに母親はその横に味噌汁まで置く。

母親は黙って、足音すら殺して去っていく。ちょうど腹が減ってきたところだし、おにぎりは好物だ。礼ぐらい言うべきだと思う。だが、まだ言えない。言うだけで泣かれるかもしれないと思うと鬱陶《うっとう》しい。

それでもおにぎりは食べる。切りのいいところではなかったが、僕はツナマヨと思われる一つを手に取り、携帯を取ってニュースアプリを起動した。

〈東海道線テロ犯から新たな証言〉

その見出しが目に留まる。宇宙神睦会関連のことは思い出したくない記憶なのに、ついニュースを見てしまう。傷口を何度も触ってしまうのに似ていた。

僕が設楽恭介殺害未遂の被疑者として逮捕された翌日、小寺たちは中央線の電車をジャックして追突させようとした。それは失敗したが、その一週間後、今度は東海道線がジャックされる事件が起こった。そして、たまたま乗り合わせていた警察官により阻止されたという。

東海道線の事件については、検証番組が大量に放送されている。ちゃんと聞いたわけではないが、要するに列車への電力供給を止めるシステムが用意されていて、それが暴走した電車を停止させたらしい。結局、死んだのは「射殺された」という犯人側の四人だけで、あとは軽傷者を数人出すだけで終わった。

小寺は死んだ。竹ヶ原も。井畑は土壇場でなぜか裏切ったらしく、今は逮捕されて公判中だ。こうして自分の部屋で勉強をしている僕と比べると雲泥の差だった。

僕は設楽恭介殺害未遂の被疑者として逮捕され、しばらく勾留された。それが解かれて日常に戻り、高卒程度認定試験のための勉強を始めても、家族からはまだ腫れもの扱いをされている。当然だったし、実はその方がありがたかった。今は人と関わりたくなかった。

僕がなぜ不起訴になったのかについては、弁護士が説明してくれた。捜査方法に重大な問題がある、というのだ。弁護士はひどく怒っていて、これは広く世に知らしめるべきだ、公権力による違法なおとり捜査を断じて許すべきではない、といきまいていたが、僕はさっさとお引き取り願った。僕にとっては恥以外の何物でもなかったから、なるべく騒がずに、できれば一刻も早く忘れてもらいたかった。

小寺はただのチンケなテロリストだった。エデンなどあるわけがなかったし、エノク道古も外見の汚いペテン師に過ぎなかった。僕は宇宙神瞠会の信者であった時ですら、本気で救済だのハルマゲドンだのを信じていたかと言われると怪しい。信じているように振る舞う方が楽だったから合わせていた、と言う方が近い気がする。

だが、今は恥ずかしくてたまらない。何より恥ずかしいのが、僕は世界と「宮尾詩織」を救うつもりで、実は警察の掌で踊らされていただけだった、という点だった。

僕はただのカモだった。そして警察――「宮尾詩織」に化けた海月警部の演技に完璧に騙され、本気で人を殺し、テロに参加して死のうとしていた。彼女を救おうとしていた。馬鹿そのものだ。

最初はそれを認めたくなかった。だが公的に皆から「テロリスト」として扱われ、やったことが大事件にされ、小寺の仲間たちが逮捕されるのをテレビで見るうち、認めざるを得なくなってきた。小寺たちの言うことには何の根拠もなかったし、現実味も具体性もなかった。

そして何より決定的だったのが、元バイト先の店長がうちで土下座をしたあの日だ。釈放されて部屋に引きこもっていると、店長がいきなり家に来て、「お宅のお子さんを疑って申し訳ありません」と親に頭を下げだしたのだった。店長は僕を恐れる様子でびくびくし、どうか勘弁してください、と言ってうちの玄関で這いつくばった。僕が泥棒扱いされた、という事情を初めて聞いた両親はそれこそ嚙みつかんばかりに怒ったが、僕は途中から、もうやめて欲しいと思っていた。思い出したくないし、すでに這いつくばっている店長にこれ以上何をする気も起こらなかったし、親が怒っている、という構図は居心地が悪かったのだ。なぜ店長がいきなり謝りにきたのかは分からなかったが、店長は僕の顔色を窺う様子で「これでもう勘弁してくれるな？」と何度も訊いてきていたから、誰かから「謝罪して了解を得られなければ事件にする」と脅されたのかもしれない。この件については取調中に喋ったくらいで誰にも言っていないから、誰が手を回したのか謎なのだが、しかしとにかく店長は「古関君のことは訴えた」とも言っていた。詰め寄ったら易々とやったことを認めたらしい。

世界はクソのはずだった。だが世界がクソだという一番の証拠になるはずの連中が、あっさりと謝罪しに来てしまった。僕は振り上げた拳の落とし所を奪われた形で宙ぶらりんにされた。世界はクソだと言えなくなってしまった。クソで馬鹿は僕の方だった。

そして思い出してみるに、僕はそのことを、逮捕される時すでに川萩というおっさんから言われている。

　あの川萩というおっさんに投げ飛ばされた時のことははっきり思い出せる。僕は改造銃を撃った。確かに腕に命中したのに、川萩は全く怯まずに突進してきて僕を投げ飛ばした。穴の開いた腕でだ。すごいおっさんだった。僕には到底そんなことはできない。僕は投げ飛ばされただけなのに、痛みで戦意喪失していた。川萩が引き手をきちんと引き、そのおかげで怪我ひとつしていないのに拘わらず、である。

　僕は自分が強いと思っていた。格闘技や護身術を習っているわけではないが、その気になれば平然と人を殺せる数少ないタイプの人間で、試合でない「実戦」の殺しあいになれば、並の格闘技経験者より、そういう人間の方が結局は強いのだと思っていた。だが実際には違った。たったあれだけの痛みで「痛い痛い」と泣いていたのだ。思い出すだけで恥ずかしくなり、僕は手にしたおにぎりを齧《かじ》る。予想通りツナマヨだった。

　ツナマヨを味わいながら思う。あの川萩というおっさんは強かった。海月という女の子も僕を完璧に騙していた。あの時、車を囲んだ女刑事の身のこなしも凄かった。設楽恭介に取り押さえられたら動けなかった。あの現場にいた人は皆、凄かった。僕だけが何も凄くなかった。当然だ。彼らはきつい訓練をしてきたのだろう。僕は何の訓練もしていない。

　弁護士は怒っていたし、両親も怒っていた。僕は海月たちを恨んでいいはずだった。

だがどうしてもその気にならなかった。完璧に負けた人間が勝った人間を恨むことはできない。恨めば恨むほど自分がみじめになっていくだけだからだ。自分がちっぽけな馬鹿だったと分かると死にたくなったが、死ねば世間的にはますます完璧にちっぽけな馬鹿になるだけで、それならわざわざ死ぬ必要はなかった。何もする気が起こらず、小寺たちから聞いた話を警察にばらしてうっすらと憂さ晴らしをしていると、なぜか海月が面会に来た。体調は、とか、その程度のやりとりしかしなかったが、どう見ても着慣れていないスーツを着た海月は、「宮尾詩織」の時よりずっと可愛かった。あれで年上なのだという。未だに信じられない。

その海月がこれを置いていったのだ。高卒程度認定試験の参考書と問題集。面会時間の終わり頃、海月は言った。——話していて感じたのは、あなたはきちんと勉強をすれば、いい成績が取れるのではないかということです。

どういうつもりで海月がそう言ったのかは分からなかったが、その点については自負しているところもあったから、どうせ暇だからと僕は勉強を始めた。そして、こうしてやってみると、高卒程度認定試験の問題はたいしたことがなかった。これで四〇点程度取ればいいというのだから、楽勝だ。

僕は問題集に目を落とす。「問7　下線部分パータリプトラの略地図中のおよその位置と、同じくパータリプトラを都として4世紀に成立した王朝の組合せとして正しいものを、下の1～4のうちから1つ選べ。解答番号は7」……グプタ朝とブルボン朝の位置は参考書にもろに出ていた。そのままだ。

とりあえず大学に行ってみようと思った。それと、海月にもう一度会ってみたい。本当の彼女は一体どんな人なのだろうか。それが気になる。どこかでまた会えるのだろうか。

28

昼下がりの電車内はどうしてこんなに眠くなるのか。

小田急小田原線上り。午後三時半の車内にはそれほど人がおらず、座席に座っている乗客たちも半分以上が寝ている。俯いたり仰向いたり隣の人の肩にもたれかかりそうになっては起き上がるのを繰り返したりと様々だが、皆、一様に油断しきっている。

そんなことでいいのかと思わなくもない。小寺派の連中が逮捕され、各鉄道の警備態勢が解かれ、通常ダイヤに復帰してから二週間ほど経っている。現在では「恐怖の八日間」という呼び方すらされている緊迫した日々から解放された反動もあるだろうし、人の少ないのんびりした時間帯でもあるし、何より今日は春の日差しが暖かく、駅前では土鳩も野良猫もベンチの老人もみなうとうとと昼寝をしていた。そんな日に電車に揺られているのだ。しかしそれにしても、喉元過ぎた途端に熱さを忘れすぎではないのか。同種のテロがいつまた起こるかも分からないというのに。

だが、ドアのガラス越しに見える町並みは、思い出の中のように平和で穏やかな日差しを反射して黄色く輝いている。仕事中ではあるのだが、現在担当しているのはさして急ぐ必要もない継続捜査であり、つい気が緩んでしまう。どうせなら座って寝ていくか、と思い、欠伸を嚙み殺して周囲を見回すと、顔を俯けた海月が胸元にごつりと頭突きをしてきた。さっきからやたらとくっついてくるのでどうしたのかと思ったが、単に俺に寄りかかって寝ているらしい。直立したままなのに器用な奴だ。

やれやれと溜め息が出る。せっかく空いた席があるのに、これでは動けない。眼鏡がずれているが、落ちないのだろうか。肩を落として動かずにいると、前の座席で文庫本を読んでいる女の子と目が合った。女の子はすぐに目を伏せ、文庫本に顔を隠したが、俺たちを見て吹き出したのは肩の動きで分かった。まだ完治していない左腕に海月が容赦なく触れてきて痛いので起こそうかとも思ったのだが、あまりに安らかな顔で寝ているのでそれもできない。猫に膝の上で寝られた時のようだ。どうか笑ってくれるなと、女の子の方に念を送る。

そういえば、と思い出す。ここ数日、週刊誌やネットニュースなどを中心に、一つ話題になっていることがあった。「小田原線の天使」というやつだ。

事件中、分からなかったままのことが一つだけあった。中野駅の事件の直後、この小田原線に乗り込んでいた井畑らがなぜ急に犯行をやめたかだ。そのことに関して最近、井畑がぽつりと証言したことがあったという。井畑は乗客を皆殺しにするつもりでいたが、たまたま近くに座っていた高校生らしき少女が自分に声をかけてきて席を譲ろうとしたため、「この子は殺したくない」と思い、寸前で踏みとどまったのだという。

だとすれば、一連の事件において最大の功労者はその少女だった。中野駅でのあの時、俺たちには他の二ヶ所の犯行を止める手立てがなかったのだから。それを彼女が止めてくれた。彼女の何気ない行動が、場合によっては千人近くの命を救ったことになる。警視総監賞のつめあわせを贈っていいくらいだ。

この少女がどこの誰なのかを探る記事が、しばらくの間、一部マスコミで流行《はや》った。もちろん見つかってはいないし、賢明なことに少女の側から名乗り出てくる様子もない。そしてむしろそれゆえに、現在この少女はその善意で多くの人間の命を救った「小田原線の天使」として、一部ネット上で大変な人気になっているようだ。勝手に設定を作って物語の主人公にする者、アニメ調の美少女イラストで想像図を描く者、いろいろいるらしい。知り合いに江藤《えとう》というオタクがいるのだが、奴に訊いたら、「文庫本を読んでいた」というわずかな情報が勝手に膨らまされ、今や彼女は文庫本を持って翼と光輪をつけた女子高生、というキャラクターとして定着しつつあるのだという。彼女がトレードマークの文庫本を手に小田原線沿線の名所を歩くという連作のイラストが某イラストレーターによって描かれ、それが話題になったので、小田急電鉄がポスターとして採用するらしいという話まである、とのことで、江藤にはＳＮＳでそこまで一気に喋られた。クールジャパンという言葉を思い出した。

文庫本。

珍しくもないことではあるが、前に座っている女の子は条件に当てはまっている。まさかこの子じゃないだろうな、と思うと少し面白かった。

※

なんだかとんでもない話になってしまった。一昨日、ユッカとアイナが教えてくれたのだが、ネット上で私はどうやら天使になってしまっているらしい。

最初、聞いた時は頭の中がスコーンと空白になった。だが律義にも該当するサイトを十以上ブックマークしていたユッカの携帯を見せられ、私は思わず自分の背中を触った。翼とかは生えていない。アイナが私の頭を叩いた。輪っかもないとのことである。

二月二十日、たまたまテスト期間中で帰りが早かった私は、確かにあの時の小田原線に乗っていた。座りたかったので先頭車両に乗っていたし、乗務員室のところに立っていた、何か気分が悪いらしい人に声をかけたのも事実だ。私はそのまま乗っていたので気付かなかったのだが、降りていった二人はテロリストであり、あの後、降りた下北沢駅のホームで仲間割れをして二人も死んだという。マジか、と思い、翌日はユッカたちと随分騒いだ。怖くなるというよりは、どうも実感がなかったのだ。

が、事件が解決した後、こういう騒ぎが降って湧いた。

まさか私が騒がれているとは思っていなかった。ただ席を譲ろうとしただけなのだ。ユッカなどは面白がって「テレビとか出られるかもよ」と言っていたが、冗談じゃなかった。それからしばらくは小田原線に乗ること自体も怖かったのだ。だが、こそこそすればかえって目立ってしまう。たとえば仮に電車内で声をかけられても、「違います」と言えば済むことなのだから、と思って気持ちを落ち着かせ、むしろ我慢せず堂々と文庫本を読むことにした。というより、最近読み始めた津村記久子が面白すぎるのである。

現在、騒ぎはどんどんエスカレートし続けているようで、「小田原線の天使」とやらはどうみても私から離れて一人歩きしている様子でキャラにされていた。アイナが言った「脱がされるのも時間の問題だね」が恐ろしかったが、これは私とは関係ない世界の話だ、と自分に言い聞かせた。もう私から離れたね、一人立ちだね、と心の中で彼女に手を振る。たくましく生きろ、小田原線の天使。

それと同時に、もう一つの噂がネット上で流行っていた。東海道線がジャックされた時、車内を駆け抜け、テロリストたちを倒して電車を止めた二人の刑事がいるらしい。片方は左腕を吊っていたのだとか。

前に立っている人を見て、それを思い出したのだった。スーツのこの人はなんとなく刑事っぽい。だとすると一緒にいる女の子が何者なのか分からなくなってしまうからたぶん違うのだろうけど、話題になっている「東海道線の刑事」はきっとこんな人なのだ、と思った。

左腕を吊ったその人は、自分にもたれかかって寝ている女の子を持て余すようにしながら、困った顔で立っている。よく見るとなんだか強そうな人だ。まさか本当にこの人じゃないか、と思うと少し楽しくて、私は頬を緩ませつつ津村記久子に戻る。

あとがき

お読みいただきましてまことにありがとうございました。似鳥です。仕事柄「会社の健康診断」というものがない身ですので、この間自分で人間ドックに行き、右手にロケットパンチを、左肩に二四〇ミリ低反動キャノン砲を、額に大きめの吹き出物をつけてもらってきました。吹き出物がついたのは寝不足のせいですが、別に睡眠時間を削って原稿を書いたからではありません。人間ドックの予約が朝七時半からのやつしか取れなかったためです。ちなみに両手の指には高速キーボード打ちシステムをインストールしてもらったので、キーを打つ速度がとても速くなり、たとえば「ちくわ人間」と打とうとするとちちちちちちちちちくくくくくくくくくくくわわわわわわわわわわわわとなってしまい、余分な「ち」と「く」と「わ」を毎回バックスペースキーで消さないといけないぐらいになりました。非常に面倒です。

それに人間ドックはとても大変でした。朝七時半に家から四十五分かかる某所で受付、というのはまだいいのですが、最初の検査でいきなりお腹にスライムみたいなのを塗られて変な棒でぐりぐりやられました。* このスライムが魔法をぶっ放してくる強化型だったので大変でした。スライムの方の名誉のためにお断りしておきますが、本来スライムというのはファンタジー作品に出現する怪物の中では「武器での攻撃が効かず、燃やすか凍らせるかするしかない厄介な敵」という役どころだったのです。日本で「スライム＝弱い・可愛い・たくさんいる」というイメージになったのは例の『ドラゴンクエスト』シリーズのせいで、本来はあんな気軽に棍棒《こんぼう》でやっつけられるような人じゃなかったのです。

で、スライムを倒したら今度は血液検査と称して血を抜かれたり記憶や魂魄《こんぱく》を抜かれたりし、続いて袋に向かって思いきり息を吐けと言われました。あれはたぶん精気を抜いていたのです。** 病院側はああやって集めた人の精気を使って人造人間《ホムンクルス》を作っているのだと思います。それが済んだと思ったら次は視力・聴力検査なので右にある五つの扉の

＊　腹部超音波検査。肝臓・胆囊《たんのう》・膵臓《すいぞう》の各種がん・結石・ポリープ等の発見に役立つ。検査器をぐりぐりお腹に当てられる。あまりぐりぐり当てられるのでこのお医者さんはSの気があるのではないかと疑ったが、ああしないとちゃんと撮影できないだけなので誤解である。

＊＊　肺機能検査。気管支や肺の病気の発見に役立つ。肺活量検査は正常値かそうでないかを判断するだけのものなのに、男性はだいたいスポーツテストか何かのように数値を競い合う。バカ男子はおっさんになってもそのままである。

どれかに入ってくださいと言われました。間違った扉に入ると泥水の池にダイヴだったり吊り天井が落ちてきたりするそうです。たまたま先に検査を受けていたおじさんが「赤、やばいよ」と囁《ささや》いてくれたおかげで吊り天井は免《まぬが》れましたが、黄色い扉を選んだら後ろからまん丸のでっかい岩がゴロゴロ追いかけてきたので死ぬかと思いました。やっと逃れてお医者さんの前に座って「さっきの部屋は何ですか」と訊いたら「うちは視力・聴力検査と見せかけてサプライズで運動負荷心電図を採る趣向なんです。ひひっ」とのことでした。ただ、運動負荷心電図はオプションなので、オプションの料金を払わないと結果は教えてくれないそうです。その後はラムネと白いスムージーをもらえ、板の上に磔《はりつけ》になってぐるぐる回されるという楽しい検査*だけだったのでたいしたことはなかったのですが、帰り際に「自宅で説明書を見ながらつけてください」と渡されたロケットパンチと二四〇ミリ低反動キャノン砲が重くて、持って帰るのが大変でした。あれ郵送とかにできないんでしょうかね。

そもそも「人間ドック」という語の語感が恐ろしすぎるのではないでしょうか。まるで縦に細切りにした人間をパンに挟んで食べるかのようです。実際に「人間ドック」という語の発祥は、ソーセージ工場に勤める工員の男性が誤って機械で指を切断してしまい、その指が「機械の中に落ちて出てこなかった」という都市伝説に由来するものなのです。もちろんこれは嘘ですが、さっきWikipediaを見たら「ホットドック」という単語は「犬肉が入っている」という都市伝説が由来、という説があるそうです。あとがきなので真面目に書きますが、大量生産の加工食品に犬肉や猫肉が入るなどということはありえません。以前ハンバーガーの挽肉《ひきにく》について言われた「ミミズの肉が入っている」もありえません。ミミズがいくらすると思ってるんですか。** 犬や猫も同じです。大量生産する食品なのですから安く大量に安定して入手できる外国産牛肉を使わないと採算がとれません。まあ一時期のハンバーガーなどはあまりに安くて「これ牛のどこ？　どこの肉？」と恐ろしくなりましたが。

　もっとも人間ドックに関して言うなら、施設により差はありますが数時間で必要な検査をまとめて受けられるように工夫されており、最近は注射針の進歩で採血の際などはいつ刺さったか分からないほど痛みも少なく、また検査する医師のみなさんは総じて丁寧に説明してくれるので、会社の健康診断などがない職種の方は一年に一度是非受けるべきだと思います。健康は金で買いましょう。ただ間違って「人間ドッグ」の方に行くと大変です。よく調べずに予約したら人間ドックではなく人間ドッグの方だった、というのはよくある話で、健康診断をしたはずなのに終わって出てくる時は犬人間にされていたり、逆に飼い犬が人間犬にされていて北大路《きたおおじ》欣也《きんや》の声で「ちゃんと『ただいま』っ

＊　胃部バリウムX線検査。消化器の炎症・ポリープ・がんなどの発見に役立つ。追加料金を払えばいっぱい回してくれるなどのサービスがあればいいのにと思った。

＊＊　例えば食用ミミズはサプリメント等に含まれているが、大変高価。

て言ったか？」と叱ってきたりするので注意が必要です。毎年間違える人がいてひどいケースなどは訴訟になったりしているのに、どうして「人間ドック」と「人間ドッグ」という間違えやすい呼称が改められないのかといいますと、実はこれはいわゆる縦割り行政の弊害《へいがい》というやつで、人間ドックの方は厚生労働省、人間ドッグの方は農林水産省の所管であるせいで、お互いが「自分の方の呼称を変えるコスト」を嫌がって張り合っているためいつまでもそのままなのです。公務員は国民全体の奉仕者（憲法十五条二項より）のはずなのに、自分たちの都合を優先させてどうするんでしょうか。

人間ドックについてはこれ以上書くことがないので少し脱線させていただきますが、本作では東京という街の性格、というより「地方から上京してきた人間が都心を歩いていて感じること」が題材として出てきます。設楽《したら》は旭川《あさひかわ》出身ですが、千葉出身の私にしても似たような感覚を覚えました。東京の人はあまり意識していないきらいがあるのですが、実は東京都、それも二十三区内のような都心はかなり変わった街であり、そこに住む人にも他の道府県にはあまりないような行動様式が存在します。東京の都心では自家用車がそれほど必要とされません。駅で十分も電車を待つのは異常事態に近い扱いをされます。隣の駅、それどころか二駅三駅先まで歩いてしまうこともよくあります。自転車は使いにくく、自動車で駐車場を探すのとほぼ同じ感覚で駐輪場を探さなければなりません（まあ本来「そのへんに停めておく」というのはどこであっても駄目なのですが）。歩道上を歩くにもある程度のスピードが必要です。駅の改札と出口は複数あるのが当然で、間違ってしまうと途端に何が何やら分からなくなります。ずっと東京、あるいはそれ以外の大都会で暮らしてきた人は疑問に思わないかもしれませんが、全国的に見ればこれはかなり変なことなのです。東京はすごい街です。人口密度はロンドンの約三倍です。新宿駅周辺の地下街などはＪＲ・地下鉄各線・私鉄各線・ショッピングモールなどすべて合わせて把握している人間が二〇一五年現在地球上に一人も存在しないらしいです。迷宮です。最深部には火を吐く竜がいて、囚われのお姫様を助け出そうとやってくる騎士を待ち構えています。地下鉄の溜池山王駅《ためいけさんのう》・国会議事堂前駅《こっかいぎじどうまえ》あたりなどは駅の構造が何か妙に迂回《うかい》している気がしますが、あれは通路途中の隠し扉を開けた奥にある竜の棲《す》み家《か》を避けているからです。もっとも奥にいるお姫様はとっくに引退して今は「溜池山王の母」の名前で占い師として生計を立てています。二代目以降の姫役は毎年交代で「ミス溜池山王駅」の女性が選ばれますが、暗くて湿った迷宮の奥に閉じこもらなければならない大変な役なのに原則ボランティアであり、無事務めきっても手ぬぐいを一枚もらえるだけなので、ここ数年、なり手の確保が大変なようです。竜にしたところで今は生まれた時からずっと人間に飼育されていた迷宮二世や三世なので、騎士が来てもあまり積極的に襲いかかろうとせず、後ろで飼育員のおじさんに叩かれてようやくちょろりちょろりと火を吐き、あとはぐるぐると喉を鳴らして騎士やおじさんに甘えたがるという体たらくですが、飼育員のおじさんも苦笑しながら「無理に火を吐かせようとすると目に涙をいっぱい溜めてこっち見るんだよねえ。だから可哀想で」と言っていました。動物愛護団体から抗議も来ているそうですし、いずれ火吹きはやらなくなるものだと推測されます。

　というわけで、今回もなんとか出版まで辿り着くことができました。このシリーズは毎回、調べることが多いため、河出書房新社の担当Nさんにはお世話になっております。Nさん、講演の随行等、社のお仕事以外のことまでお願いしてしまっていますが、いつもありがとうございます。また今回、情報提供を頂いたI様、的確なご指摘をありがとうございました。ちなみに本作中ではストーリーの都合上I様のご指摘をすべて反映しておらず、あえて現実と違う書き方をした部分がございます。詳しい方などはもしかしたら気付くことがあるかと思いますが、その点は似鳥の責によるものですのであしからず。さらに装画の烏羽雨《からすばあめ》先生、及びデザインの坂野《さかの》公一《こういち》様&ヴェレ・デザイン様、今回もお世話になります。ネタバレの関係上悩ましいお仕事を依頼してしまうことになり恐縮ですが、よろしくお願いいたします。

　実はこのシリーズ、一巻から四年連続で刊行できております。これはひとえに、本が読者の皆様のもとにきちんと届いているがゆえでして、河出書房新社営業部の皆様や印刷・製本業者様、運送業者様、取次各社様、そして全国書店の皆様のおかげです。普段それほどクローズアップされない職域の方も多くいらっしゃいますが、デビューして八年、本作に登場する須賀《すが》や阿久津《あくつ》たち同様、あるいはそれ以上のプロ意識を持って仕事をされている方々の存在を感じずにはいられません。厚くお礼申し上げます。

そして読者の皆様。お読みいただきましてまことにありがとうございます。最近はロケットパンチがすぐ外れ、落としたそれを取ろうとすると今度は炬燵《こたつ》に二四〇ミリ低反動キャノン砲がぶつかってとれる、*といったことが多くてぴーぴー言っておりますが、当方は頑張っております。その頑張りが、どうか読者の皆様の楽しい時間につながりますよう、全力で仕事をする所存であります。

そして次回作のあまりのページで、またこうしてお会いできますように。

二〇一五年九月

似鳥鶏

＊　炬燵にノートパソコンを置いて仕事をしています。

文庫版あとがき

単行本版発売から二年が経ちまして、めでたく戦力外捜査官四巻、文庫版発売であります。「四巻」と書かずにタイトルを書けばいいじゃないかという話もあるのですが、なるべく書かずに済ませたいのです。あまり知られていないことですが、小説を書く人というのは自作のタイトルを口で言いたがりません。タイトルを言えば一発で話が通じるのに「前回のあれ」とか「青い表紙のやつ」とか「ナマコがよく飛ぶ話」みたいな婉曲な言い方をして会話を無駄に混乱させます。なぜかというと自分でつけたタイトルを自分で口にするのが恥ずかしいからです。頑張ってタイトルをつけている人ほどそうです。頑張ってつけたタイトルというのは自分が「最高にいいと思った文字列」なわけで、下手に口にすると「えええお前こんなんが最高だと思ってんの？」と言われる危険があるのです。別にタイトルに限らず、自分が「何をいいと思ったか」を口にすることは自分の限界を晒《さら》すことでもあり、「お前あんなんがいいと思ったの？　お前あの程度なの？」

と言われるリスクを負う行為でもあります。したがって何かを褒めることは何かをけなすことより百倍難しく、人は皆、安全なところからひたすら何かをけなすばかりで、「ではお前の言ういいものとはどれなんだ」という問いからは逃げるようになりがちです。でも何かを褒めることはそれを好きな人を肯定することであり、それを好きでない人に対してそれの魅力を気付かせるきっかけでもあり、色々とポジティヴな効果がある一方、何かをけなしたところでそれを好きな人を否定し、作り手の自信を奪い、世の中から楽しいことを減らしてしまうだけであまりポジティヴな効果はないです。なんでも褒めりゃいいというものでもありませんが、意識してポジティヴ寄りにいきたいものです。あと「ナマコがよく飛ぶ話」が気になるので誰か書いてほしいですが、これは望み薄です。小説家はしばしば周囲の人から「面白いアイディアがあるからこれ書いて！」と言われますが、かなりの確率で「そうだね」と曖昧《あいまい》な笑みを浮かべたまま放置します。なぜかというとアイディアというものは大抵、思いついた当人には最高に面白くても、話で聞かされるだけの他人にはその面白さがピンとこないものだからです。そして小説家というのは大抵、自分のアイディアを小説にできることが楽しくて小説家をやっているわけで、他人のアイディアで小説を書く、というのは「ネギトロが食べたくてネギトロ丼を注文したのに上のネギトロだけ他人に食べられる」ようなものだからです。ほんとすみません。私は一体誰に謝ってるんでしょうか。あとネギトロ大好きです。赤身もタタキも好きですがやっぱり一番はネギトロです。

さて四巻までお読みいただきました方は（ここからお読みの方でもこの一冊を読めば）お気づきかと思いますが、本シリーズには「東京テロ図鑑」とでもいうべき側面があります。ストーリーを考える際には「どうすれば東京でよりたくさんの被害者を出せるか」のアイディアを出す、という部分があり、担当N氏との打ち合わせでも「旅客機を墜落させるのはたくさん殺せますけど、社会的インパクトが弱いんですよね」「原発の電源装置を攻撃してメルトダウンを起こさせるのが手っ取り早いんですけど、東京近郊の原発は今、みんな停まっちゃってるんですよね」という会話をしています。完全にテロリストです。小説家と担当編集者を組織的犯罪集団だと解釈すれば共謀罪（テロ等準備罪）で捕まります。でも、これがなかなか楽しいのです。日本でどんなことが起こったら一番パニックになるか。もしパニックになったら自分はどう動くべきか。破壊的で非倫理的なそうした妄想を楽しんだ経験は誰にでもあるかと思われますし、とりわけ男の子の場合、「授業中のこの教室に突然テロリストが乱入してきてクラス全員が人質に取られたらどうするか」という妄想は暇な授業中に一度はやるものです。大抵嫌いなあいつやこいつがハチの巣にされて好きなあの子が殺されそうになるところで自分は機転をきかせてテロリストの銃を奪い、突然キアヌ・リーブス級の動きになってテロリストをバッタバッタと倒し、敵の銃弾からあの子を庇《かば》って左腕を負傷しながらも必殺の何かを決め、心配そうに見つめてくるあの子に対しては「この程度、なんでもないさ」というクールな顔を見せる、というところでエンドマークがつく妄想です。時折話が発展してテロリストを倒す過程で右手から「能力」が発動したり、実は同じ能力を持っていた友達と共に学校に次々やってくる能力者の刺客と戦ったり、中学生という表の顔とは別に、政府機関の依頼で能力を悪用する人間を陰で倒す裏の顔を持っていたり、好きなアイドルが実は能力者で共闘しているうちにふたりの距離が近づいたり、幼い頃から能力者として戦いだけをしてきて人の心を持っていない美少女と出会い共闘するうちに美少女が自分にだけ心を開くようになっていったり、何やら女の子率が高いですがまあこれが男の子の妄想でして、女の子も大差ないレベルだと思うのです。要するに、日々平和に暮らしていると、みんなどこかで非常事態を望むようになるのです。それ自体は別に悪いことではないと思うのです。「退屈だなー。何か大事件起こんないかなー」という動機で本当に大事件を起こす奴などいませんし。

さてお断りしておかなければならないことが一つ。本作ではJR品川駅その他、実名で鉄道駅が登場いたしますが、これらの駅の状況は単行本版刊行時、つまり二〇一五年のものを書いています。したがって鉄道ダイヤなども当然、現在とは違います。現在、鉄道各社は利便性と安全性の向上のため、エレベーター、エスカレーター、ホームドアといったものの設置を全力で進めており、駅の造りもどんどん変わっていきます。JR千葉駅なんか十年前と比べると別物で、東口にはどんな大スターが下りてくるんだと思うような大階段ができています。なのにまだ工事をしています。このままいくともう十年後には軌道エレベーターか宇宙船の発着所か大規模ワープ航法ステーションくらいできていてもおかしくないです。そんなものが千葉あたりに造れる社会ならすでに鉄道の意味がなくなっている気がしますが、まあ鉄道駅というのはそのくらい変わっていくものでして、変わらないのは「横浜駅は今も工事中」ということぐらいでしょうか。横浜駅は一九一五年から一度も「工事がすべて完了している」状態になったことがないらしく、地元の方はすでに諦めているのか「横浜駅は完成しないことで芸術になっている」とサグラダ・ファミリアみたいなことを言っています。

横浜駅同様、似鳥もあまり変わっておりません。人間ドックでつけてもらった二四〇ミリ低反動キャノン砲は時々目詰まりを起こして暴発しますがまだ撃てます。手にインストールした高速タイピングソフトはアップデートの際に不具合を起こすようになり、文字入力をするとワープロソフト上ではなく左上に突如出現した謎ウィンドウに字が出たり、ワープロソフトを閉じようとすると半分くらいの確率でフリーズしたり、フリーズしたため作成中の文書を復元するとフォルダ内に謎のファイルが出現したりといろいろ不具合はありますが、まだ一応使えます。担当N氏や装画の鳥羽雨先生、ブックデザイナー坂野さんといった方々にも相変わらずお世話になっております。いつもありがとうございます。コンパクトになった本書が一人でも多くの方に届けばと思います。

そして読者の皆様。本シリーズをお読みいただきましてまことにありがとうございます。五巻も現在制作中でして、じきにお目にかかれるかと思います。何度も危機に陥る東京都には恐縮ですが、さらなる衝撃とサスペンスをお届けできるよう誠心誠意頑張っております。どうか次回のあとがきで、また皆様にお目にかかれますように。

二〇一七年八月

似鳥鶏

（Twitter）https://twitter.com/nitadorikei
（blog「無窓鶏舎」）http://nitadorikei.blog90.fc2.com/

解説　不要という解説

辻真先

ミステリ作家は嘘つきでSF作家は法螺吹きであると、誰かがいったそうです。でも似鳥さんのこの作品は、紛れもないミステリなのに素敵な法螺も吹いています。本文を読む前に解説を立ち読み中のあなたの、近未来の楽しみ（どうせ買うんだろ？）を奪わぬよう具体的な紹介は控えますが、ウソだのホラだの読者に信じさせるには、裏に作者の膨大な涙と汗が籠められているのだと、ご承知ください。

本シリーズが警察小説の範疇にあることは、サブタイトルの「捜査官」の文字を見れば、一目瞭然ですね。ところが書く側にしてみるとそう簡単に〝瞭然〟とはゆきません。一口に警察小説といっても、人間関係のどろどろを描くのか、犯人追及のドキュメント風にするのか、あるいは人情ドラマのスタイルで書くのか、作者によって趣向は千差万別なのですから。

ぼくはミステリと名がつけばなんでも読む男で、現に似鳥作品は、デビュー作からリアルタイムで大半を読んでいます。その印象に従えば似鳥鶏と警察小説の間には径庭があると思っていたのに、このシリーズは既成の警察ものを蹴散らす面白さでありました。手垢のついたジャンル分けをする以前に、まず抜群のキャラクターが活躍するお話だということ。

初っぱなから〝戦力外〟と銘打たれる札付きのヒロインです、コンビを組まされた不幸でタフな設楽刑事ともども、目を奪うほどのオーラを放って登場しております。主役ふたりを除いても異色警視監である越前刑事部長をはじめ、警察に置いておくのが惜しいようなユニークな顔ぶれが揃っている。

さてゆるキャラ的な主役コンビが今作で対決するのが、大スケールのカルト集団でテロリストグループとあって、ドラマがどこに着地するのやら、よほどの読み巧者にも見当がつきません。ハードに描くのかソフトな味でくるむのか、それさえ不分明な物語全体に、更に独特な風味のコーティングがかかっているので、いよいよ読者は惑乱いたします。

似鳥調ときめつけては解説者として安易に過ぎますが、この作者のミステリを一度でも読んだ方なら、納得してくれるのではありませんか。

描写の対象から一定の距離をおくことで独自のユーモアをかもす手つきに、魅了された読み手はぼくだけではないでしょう。ごめんなさい、まだ一度も読んだことがないあなたには、なんのことやらわからんと思いますが、ここでぼくが量子力学やエッシャーを引き合いに出しては、説明オンチの海月警部みたいになりますので、委細はさっさとお読みになればよろしいのです。

というわけで仮にあなたが素直な人で、立ち読みもせずレジで購入して、本文の第一ページを開いたとします。

ン？

ここまでの解説を読んだあなたなら、早速にも海月と名乗る美少女警部が登場すると期待したはずですが、すみません。そうは簡単にゆかないのです。なぜってこの作品は警察ではなく〝死刑囚の証言〟にはじまるのですから。

えーっ。ドジ姫はどうした、不幸な刑事はどうした。

どうか腹をたてないでください。ものには順序がありまして、この長編は必ずしも警察側の視点だけで描かれていないのです。自分を取り巻く社会に不平と不満を並べ立て、今この瞬間にトラックが町に突っ込んでくるのを期待する、どうしようもないがどこにでもいそうな若者が、ドラマの一郭を支えていますから。物語の要所要所で若者は鬱屈した毒気をまき散らし、物語世界にひとつのリアリティを与えるという、この構成。ユーモアを武器とした似鳥ミステリが、実はその裏に形容しがたい苦さ辛さを設定する二重底。

ミステリによくあるどんでん返しが、プロットの小細工に止まらず、物語の深部にまで介入してきたとき、読者はボディブローを食らった思いで立ち竦むでしょう。それはミステリの本物の怖さであり、笑いの影にほの見える似鳥作品の恐ろしさでもあります。と思ったとたん、美少女警部のドジっぷりに読者はつい頬を緩めてしまうのだから、まったく油断のならない作者です。

　エンタティンメントとして、これでもかといわんばかりなサービスのひとつが、シリーズを横断して跋扈する通称〝名無し〟の存在です。いやもう、強い強い。名だたる捜査一課の面々が、彼の正面突破を許してしまうほどですから。

　そんな強敵を向こうに回して、しかも当面する相手のカルト組織は、同時多発テロを計画している！　対する美少女警部はゆるふわで、相棒の設楽刑事は負傷中という有り様。

　さあ、どうする。さあ、どうなる。

　エート、突然話は変わりますが、『シン・ゴジラ』をご覧になりましたか。ぼくは昭和29年の初代ゴジラから見続けています。クライマックスは東京駅のゴジラめがけて突進する無人列車爆弾の群。同時に上りを走る二本の新幹線なんて、現実にあり得ない疾走を目の当たりにして興奮したテツですから、本作の随所で展開する列車テロの山場には、つくづく圧倒されました。その速力感、時間との戦い、乗客という無数の人質！ページをめくる手が止まらない。おまけに敵もさるもの、想定を上回って調べている。転轍機《てんてつき》までマークしていたとはやられたなあ。テロリストが調べたというのは、つまり作者が調べたわけだ。くそめ、作者は責任をとれ！

折り重なる緊急事態に、ぼくまで錯乱してきた。敵の狙いは同時多発だ、慌ててぼくも脳内に、首都圏鉄道路線図を展開する。神経痛で今は乗れなくなったが腐ってもテツ、犯人に負けてはいられない。よしっ、敵の狙いはここだな！　おお的中した！

いやもう夢中でありました。読んでるのか列車に乗ってるのかもわからない。だが今は解説を書いてる最中でした。具体的な紹介は控えるはずだっけ？

うわわ、申し訳ありませんっ。

だけどあなたはもう買っているんでしょ。それならゆっくり電車の中でもトイレの中でもひもといてください。冒頭でこれは法螺吹きの作品でもあるといいましたが、天馬空を行くスピードとスケールで描破される海月・設楽の死闘図を、法螺だなんて失敬な。これぞフィクションの極致といいたい収穫です。大業にまじえて味な小道具も飛び交って、どうか舌なめずりしながらお読みくださいますように。

結論。解説なんていらん！

（つじ・まさき＝ミステリ作家、アニメ脚本家）

似鳥鶏著作リスト

〈創元推理文庫〉
『理由あって冬に出る』（二〇〇七年）
『さよならの次にくる〈卒業式編〉』（二〇〇九年）
『さよならの次にくる〈新学期編〉』（二〇〇九年）
『まもなく電車が出現します』（二〇一一年）
『いわゆる天使の文化祭』（二〇一一年）
『昨日まで不思議の校舎』（二〇一三年）
『家庭用事件』（二〇一六年）
〈文春文庫〉
『午後からはワニ日和』（二〇一二年）
『ダチョウは軽車両に該当します』（二〇一三年）
『迷いアルパカ拾いました』（二〇一四年）
『モモンガの件はおまかせを』（二〇一七年）
〈幻冬舎文庫〉
『パティシエの秘密推理　お召し上がりは容疑者から』（二〇一三年）
〈河出文庫〉
『戦力外捜査官　姫デカ・海月千波』（二〇一三年）
『神様の値段　戦力外捜査官』（二〇一五年）
『ゼロの日に叫ぶ　戦力外捜査官』（二〇一七年）

『世界が終わる街　戦力外捜査官』（二〇一七年）
〈河出書房新社〉
『一〇一教室』（二〇一六年）
〈光文社文庫〉
『迫りくる自分』（二〇一六年）
〈光文社〉
『レジまでの推理　本屋さんの名探偵』（二〇一六年）
『100億人のヨリコさん』（二〇一七年）
〈角川文庫〉
『きみのために青く光る』（二〇一七年）
〈KADOKAWA〉
『彼女の色に届くまで』（二〇一七年）
〈講談社タイガ〉
『シャーロック・ホームズの不均衡』（二〇一五年）
『シャーロック・ホームズの十字架』（二〇一六年）

本書は、二〇一五年一〇月に小社より単行本として刊行されました。

世界《せかい》が終《お》わる街《まち》
戦力外捜査官《せんりょくがいそうさかん》

二〇一七年一〇月一〇日　初版印刷
二〇一七年一〇月二〇日　初版発行

著　者　似鳥鶏《にたどりけい》
発行者　小野寺優
発行所　株式会社河出書房新社
〒一五一－〇〇五一
東京都渋谷区千駄ヶ谷二－三二－二
電話〇三－三四〇四－八六一一（編集）
〇三－三四〇四－一二〇一（営業）
http://www.kawade.co.jp/

ロゴ・表紙デザイン　粟津潔
本文フォーマット　佐々木暁
本文組版　KAWADE DTP WORKS
印刷・製本　中央精版印刷株式会社
落丁本・乱丁本はおとりかえいたします。
本書のコピー、スキャン、デジタル化等の無断複製は著作権法上での例外を除き禁じられています。本書を代行業者等の第三者に依頼してスキャンやデジタル化することは、いかなる場合も著作権法違反となります。
Printed in Japan ISBN978-4-309-41561-1

戦力外捜査官　姫デカ・海月千波

似鳥鶏　41248-1

警視庁捜査一課、配属たった２日で戦力外通告⁉　連続放火、女子大学院生殺人、消えた大量の毒ガス兵器……推理だけは超一流のドジっ娘メガネ美少女警部とお守役の設楽刑事の凸凹コンビが難事件に挑む！

神様の値段

似鳥鶏　41353-2

捜査一課の凸凹コンビがふたたび登場！　新興宗教団体がたくらむ“ハルマゲドン”。妹を人質にとられた設楽と海月は、仕組まれ最悪のテロを防ぐことができるか⁉　連ドラ化された人気シリーズ第二弾！

ゼロの日に叫ぶ

似鳥鶏　41560-4

都内の暴力団が何者かに殲滅され、偶然居合わせた刑事二人も重傷を負う事件が発生。警視庁の威信をかけた捜査が進む裏で、東京中をパニックに陥れる計画が進められていた――人気シリーズ第三弾、文庫化！

推理小説

秦建日子　40776-0

出版社に届いた「推理小説・上巻」という原稿。そこには殺人事件の詳細と予告、そして「事件を防ぎたければ、続きを入札せよ」という前代未聞の要求が……ＦＮＳ系連続ドラマ「アンフェア」原作！

アンフェアな月

秦建日子　40904-7

赤ん坊が誘拐された。錯乱状態の母親、奇妙な誘拐犯、迷走する捜査。そんな中、山から掘り出されたものは？　ベストセラー『推理小説』（ドラマ「アンフェア」原作）に続く刑事・雪平夏見シリーズ第二弾！

殺してもいい命

秦建日子　41095-1

胸にアイスピックを突き立てられた男の口には、「殺人ビジネス、始めます」というチラシが突っ込まれていた。殺された男の名は……刑事・雪平夏見シリーズ第三弾、最も哀切な事件が幕を開ける！

ダーティ・ママ！

秦建日子　41117-0

シングルマザーで、子連れで、刑事ですが、何か？　——育児のグチをブチまけながら、ベビーカーをぶっ飛ばし、かつてない凸凹刑事コンビ（＋一人）が難事件に体当たり！　日本テレビ系連続ドラマ原作。

サマーレスキュー　〜天空の診療所〜

秦建日子　41158-3

標高二五〇〇mにある山の診療所を舞台に、医師たちの奮闘と成長を描く感動の物語。ＴＢＳ系日曜劇場「サマーレスキュー〜天空の診療所〜」放送。ドラマにはない診療所誕生秘話を含む書下ろし！

愛娘にさよならを

秦建日子　41197-2

「ひとごろし、がんばって」——幼い字の手紙を読むと男は温厚な夫婦を惨殺した。二ヶ月前の事件で負傷し、捜査一課から外された雪平は引き離された娘への思いに揺れながら再び捜査へ。シリーズ最新作！

ダーティ・ママ、ハリウッドへ行く！

秦建日子　41273-3

シングルマザー刑事の高子と相棒の葵が、セレブ殺害事件をめぐって大バトル⁉　ひょんなことから葵はトンデモない潜入捜査をするハメに……ルール無用の凸凹刑事コンビがふたたび突っ走る！

ザーッと降って、からりと晴れて

秦建日子　41540-6

「人生は、間違えられるからこそ、素晴らしい」リストラ間近の中年男、駆け出し脚本家、離婚目前の主婦、本命になれないＯＬ——ちょっと不器用な人たちが起こす小さな奇跡が連鎖する！　感動の連作小説。

最高の離婚　1

坂元裕二　41300-6

「つらい。とにかくつらいです。結婚って、人が自ら作った最もつらい病気だと思いますね」数々の賞に輝き今最も注目を集める脚本家・坂元裕二が紡ぐ人気ドラマのシナリオ、待望の書籍化でいきなり文庫！

最高の離婚　2

坂元裕二　41301-3

「離婚の原因第一位が何かわかりますか？　結婚です。結婚するから離婚するんです」日本民間放送連盟賞、ギャラクシー賞受賞のドラマが、脚本家・坂元裕二の紡いだ言葉で甦る——ファン待望の活字化！

Mother　1

坂元裕二　41331-0

「あなたは捨てられたんじゃない。あなたが捨てるの」小学校教師の奈緒は、母に虐待を受ける少女・怜南を“誘拐”し、継美と名付け彼女の本物の母親になろうと決意する。伝説のドラマ、遂に初の書籍化。

Mother　2

坂元裕二　41332-7

「お母さん……もう一回誘拐して」室蘭から東京に逃げ、本物の母子のように幸せに暮らし始めた奈緒と継美だが、誘拐が発覚し奈緒が逮捕されてしまう。二人はどうなるのか？　伝説のドラマ、初の書籍化！

問題のあるレストラン　1

坂元裕二　41355-6

男社会でポンコツ女のレッテルを貼られた７人の女たち。男に勝負を挑むため、裏原宿でビストロを立ち上げた彼女たちはどん底から這い上がれるか⁉　フジテレビ系で放送中の人気ドラマ脚本を文庫に！

問題のあるレストラン　2

坂元裕二　41366-2

男社会で傷ついた女たちが始めたビストロは、各々が抱える問題を共に乗り越えるうち軌道にのり始める。そして遂に最大の敵との直接対決の時を迎えて……。フジテレビ系で放送された人気ドラマのシナリオ！

昨夜のカレー、明日のパン

木皿泉　41426-3

若くして死んだ一樹の嫁と義父は、共に暮らしながらゆるゆるその死を受け入れていく。本屋大賞第２位、ドラマ化された人気夫婦脚本家の言葉が詰まった話題の感動作。書き下ろし短編収録！解説＝重松清。

著訳者名の後の数字はISBNコードです。頭に「978-4-309」を付け、お近くの書店にてご注文下さい。